古典文獻研究輯刊

二三編
曾永義 主編

第2冊

從文學及思想層面探討明清經義文

蒲彥光 著

國家圖書館出版品預行編目資料

從文學及思想層面探討明清經義文／蒲彥光 著 -- 初版 -- 新
北市：花木蘭文化事業有限公司，2021〔民 110〕
目 4+212 面；19×26 公分
（古典文學研究輯刊 二三編；第 2 冊）
ISBN 978-986-518-341-7（精裝）
1. 明清文學 2. 八股文 3. 文學評論 4. 文集
820.8   110000422

ISBN-978-986-518-341-7

古典文學研究輯刊
二三編 第 二 冊   ISBN：978-986-518-341-7

從文學及思想層面探討明清經義文

作　　者　蒲彥光
主　　編　曾永義
總 編 輯　杜潔祥
副總編輯　楊嘉樂
編　　輯　許郁翎、張雅淋　美術編輯　陳逸婷
出　　版　花木蘭文化事業有限公司
發 行 人　高小娟
聯絡地址　235 新北市中和區中安街七二號十三樓
　　　　　電話：02-2923-1455／傳真：02-2923-1452
網　　址　http://www.huamulan.tw 信箱 service@huamulans.com
印　　刷　普羅文化出版廣告事業
初　　版　2021 年 3 月
全書字數　184086 字
定　　價　二三編 31 冊（精裝）台幣 82,000 元

從文學及思想層面探討明清經義文

蒲彥光　著

作者簡介

蒲彥光，東吳大學中國文學研究所碩士，碩論《韓愈贈序文類之研究》（柯慶明教授指導）；佛光大學文學系博士，博論《明清經義文體探析——以方苞《欽定四書文》為中心觀察》（指導教授龔鵬程、潘美月）。研究興趣綜涉古今文學、經典詮釋等議題，代表著作包括《文本的開展——小說、社會與心理：以論析黃春明、白先勇作品示例》（2005），《明清經義文體探析》（2010）。任教於明志科技大學、國立台北大學、台北海洋科技大學。

提　　要

　　明清經義文，俗稱八股，其內容涉及宋明理學，更與古文運動以來之疑經改經／文人概念密切相關。本書收錄九篇論文，為《明清經義文體探析》後，作者於此議題之進一步思考。

　　〈見證滄桑〉篇，以洪棄生的《寄鶴齋制藝文集》為主題，論述其經義文觀點、以及文中對於馬關締約與台灣易幟之感慨。〈唐順之四書文研究〉篇，說明唐氏復古由秦漢轉向唐宋，以追求活法，標榜「洗滌心源」，與陽明心學攸關。〈試析《夕堂永日緒論》之經義觀點〉篇，以王船山晚年《夕堂永日緒論》為主題 研究其與唐宋派差異 揭示理學家如何看待經義文之「載道」。〈李贄時文觀點研究〉篇，指出「童心說」標舉當代經義，如何受到陽明心學影響，兼論其「借題發揮」之作法。

　　〈《袁太史稿》研究〉篇，說明袁氏取典秦漢，以申、韓「雄奇廉銳」風格，與朝廷政令有別 兼論《欽定四書文》對於章雲李－尤王派－袁枚這一系作風之壓抑。〈金聖歎《小題才子書》評語初探〉篇，說明其復古乃以先秦西漢為典範，義理上則雜攝佛道，表現晚明「三教合一」的特殊性。〈詮釋主題之朗現〉篇，主要從古文派「理」「法」「辭」「氣」四個層次，說明經義文受道學世俗化影響，朗現出詮釋主體。〈體貼聖人之心〉篇，主要藉由明代經義文論為例，重新反省經學研究與讀經教育之隔膜，倡議「朝未來開放的經典教育」。〈守經、用經與背經〉篇，主要藉由經義文發展史，強調除了漢學考據，尚有文人經說與科舉教育等經學題材值得學界重視。

目
次

見證滄桑：
洪繻《寄鶴齋制義文集》初探

提　要

　　洪繻（1866～1928）被譽為「舊文學的殿後大將」，他的《寄鶴齋制義文集》尤足見證其舊學功力。本論文主要從「文人心態史」、「書寫風格論」、「編選作意」，以及「反映時變」四層面立論：以文人心態史而言，此書明確記載了洪氏於二十歲以後沉困名場的挫折與困惑；於書寫風格論而言，他主要「以才子之筆而造大家之詣」的金聲為典範，強調「轉折之精」、「氣骨雄偉」的風格，又於名家中標舉尤侗，著重以駢儷藻飾，表現出「幽峭奇豔」，這兩種風格也具現在他大部份的制義作品中。於編選作意方面，《寄鶴齋制義文集》並未依循篇題，卻是依寫作先後來編次，又篇題以〈臣事君以忠〉為首，以〈故君子有不戰戰必勝矣〉作結，因此筆者推測全書於編次上或有寓意，寄託其「閱歷滄桑」之感。於制義反應時變方面，本論文摘錄了 1892 年和 1895 年的兩篇制義為例，說明洪繻如何「借題抒發」，反映出臺灣文人面臨亂世之憂心與深省。

關鍵詞：洪繻、八股文、臺灣古典文學、寄託

一、關於洪繻的制義文

　　洪繻（1866～1928），本名攀桂，字月樵〔註1〕。乙未（1895）割臺後

〔註1〕洪棄生早期名攀桂、一枝、月樵，都和科舉有關，如《晉書・郤詵傳》：「武帝於東堂會送，問詵曰：『卿自以為何如？』詵對曰：『臣舉賢良對策，為天

改名繻，字棄生，臺灣彰化鹿港人，曾於彰化白沙書院就讀，從光緒十二年（1886）開始參加秀才考試，直到光緒十五年（1889）始獲臺南知府羅大佑（1846～1889）拔擢第一，錄取為秀才。此後曾四赴福州參加鄉試，可惜皆落第而歸。

從現有資料看，光緒十四年（1888），洪繻即以教書授徒為生，光緒十八、十九年（1892～1893），並曾於草屯的登瀛書院擔任山長。乙未年日人侵臺，洪繻與丘逢甲、蔡壽星等人同倡抗戰，任抗日政權中路局籌餉委員〔註2〕，事敗後潛歸鹿港，杜門不預世事。

「寄鶴齋」是洪繻自署書齋名稱，洪氏潛心詩古文辭，所著有《寄鶴齋詩集》、《寄鶴齋古文集》、《寄鶴齋駢文集》、《寄鶴齋詩話》、《八州遊記》、《八州詩草》、《臺灣戰紀》、《中東戰紀》等書，至於《寄鶴齋制義文集》〔註3〕，從張光岳〔註4〕書前撰寫的序文來看，原本成書於光緒十八年（1892），收錄了洪氏從 20 歲至 27 歲之間的制義文章六卷〔註5〕。在科舉制度的訓練下，洪氏對傳統文學的造詣，誠如辜鴻銘（1857～1928）所稱讚的「十八般武藝，樣樣精通，北京大學哪一個教授趕得上他？」其次子洪炎秋先生也說他是「舊文學的殿後大將」〔註6〕。

洪繻作品近年頗受臺灣學界關心，可是議題多半集中於詩、詩話，略及於散文、賦、駢文，鮮少對於其文集中制義作品關心者，然而其制義應是非常具有研究的價值，首先是他也對於自己的制義「頗可自信」〔註7〕，其於書

下第一，猶桂林之一枝，崑山之片玉。」」後因以「折桂」、「攀桂」謂科舉及第。杜甫〈同豆盧峰知字韻〉：「夢蘭他日應，折桂早年知。」《初刻拍案驚奇》卷三四：「今試期日近，若迷戀于此，不惟攀桂無分，亦且身軀難保。」李漁《奪錦樓》第一回：「那些未娶少年一發踴躍不過，未曾折桂，先有了月裏嫦娥。」可見家人對他的期待。

〔註2〕廖漢臣，〈學藝志‧文學篇〉，《臺灣省通志稿》，卷六（臺北：臺灣省文獻會，1959 年 6 月），頁 106。

〔註3〕《寄鶴齋制義文集》見於胥端甫編輯《洪棄生先生遺書》（臺北：成文出版社，1970 年），冊 7。

〔註4〕張光岳（1859～1892）是臺灣彰化人，字汝南，號璞齋，洪棄生《寄鶴齋詩話》謂：「同邑有張汝南，名光岳，號璞齋，制藝巨手，衡文者至以方百川為比。」（南投：臺灣省文獻委員會，1993 年）比擬其為制藝大家方舟。

〔註5〕後來實際上輯文計八卷，書中甚至保留了丁酉（1897）年的文後批語，請參考本篇第五節的討論。

〔註6〕〈弁言〉，《寄鶴齋選集》，臺北：臺灣銀行經濟研究室，1972 年。

〔註7〕〈與林幼春書〉，《寄鶴齋古文集》（洪棄生著，林文龍編，南投：臺灣省文獻

中也有多處記載他的自信：

> 此場第一名為●●●，然●批惟詞意明暢四字，通篇無加密圈處。

> 此卷較見欣賞，詩文兩藝，俱細加密圈，位置間殆有意見耳。迨結榜後，羅公告逝，往哭，臨其幕賓陳蕭伯，謂公拔取日曾言：臺郡五屬，惟得此一人！聞之，不覺汗淚俱下。〔註8〕

> 此院課借名生員劉珊瑚作也，聞鄒司馬得是卷極見欣賞，以為壓倒一切，令兒輩鈔入讀本，通篇自起講至末比俱一字兩圈，已定第一矣。因訪於山長，不知何人所作，疑為鈔襲舊文，乃改第二，品評較諸卷倍佳賞識，亦逾分矣，因記之以誌知音。〔註9〕

都於篇後特別標榜自己應試文章之「壓倒一切」。至於書中所收其他文人之跋語，亦咸表推崇：

> 根據《說文》推勘聲義，無筆不鍊，無意不搜，觀其曲證旁通，獨標新穎，信是吾鄉淹雅士也。（蔡壽石跋）〔註10〕

> 筆力廉悍，詞旨精詳，允推此間能手。（宏文山長邱原評）〔註11〕

即使未必是全臺第一或唯一，但可確信他的文筆與義理受到肯定，足以作為當日制義文之典範。

二、研究現況

目前為止，對於洪繻《寄鶴齋制義文集》作過比較深入探討的，大概只有游適宏〈洪棄生八股文詮題立意試析〉〔註12〕（2018），此篇從「熟諳經註，切題闡述」、「循題探賾，別有心得」、「恢廓題旨，融鑄經史」、「關懷時政、借題託諷」四個特點來分析洪氏的制義作法。

從研究策略來看，游適宏此作對於制義文本有相當深入的觀察，例如他從《寄鶴齋制義文集》所錄常見的「截搭題」入手，進一步論及這些文章

會，1993 年 5 月），頁 329。

〔註8〕〈關譏〉文後自記，《寄鶴齋制義文集》，頁 3219。

〔註9〕〈君子信而後勞 一章〉文後自記，《寄鶴齋制義文集》，頁 2989～2990。

〔註10〕〈哀公問社 一章〉（其六），《寄鶴齋制義文集》，頁 3380。蔡壽石（1867～?），名穀仁，為鹿港望族進士蔡德芳之三子，光緒年間貢生。

〔註11〕〈我亦欲正人心息邪說距詖行放淫辭以承三聖者〉（其二），《寄鶴齋制義文集》，頁 3450。

〔註12〕此篇發表於《輔仁國文學報》（新北市：輔仁大學中國文學系），第 46 期，2018 年 4 月，頁 105～142。

的破題、承題、股對與如何作結等「形式」布局；也能檢覈文章在「義理」上是否「守經遵註」？對比題面經文與制義闡述的不同角度〔註 13〕，並考察這些文章是否違背官方規定的程朱觀點。

在義理面，游適宏也能深入文本論及作者如何「以經證經」、「以史證經」，前者是不同經籍的融涉詮釋，後者則是帶入經典語境的「史傳背景」，從而清楚有效解釋了評語中屢見的「李石臺」現象〔註 14〕，這些都是我們在閱讀明清制義時非常值得留心的寫作特色。

至於這些代言古聖賢的制義文章，是否幽微反映了詮釋者（臺灣文人）當時的語境？游文舉例指陳《寄鶴齋制義文集》借古諷今的作意，例如析論光緒 11 年的〈舉直錯諸枉則民服舉枉錯諸直〉與光緒 18 年的〈周公兼夷狄驅猛獸〉，更進一步推測光緒 11 年（1885）「目擊時事，借題抒寫而成。感慨激昂，沉著痛快」〔註15〕的批語，當為暗指咸豐元年（1851）延燒至同治 3 年（1864）的太平天國之亂。雖然答案允當與否，尚有待進一步爬梳洪氏與友朋的著作來驗證，然而游適宏論文此一觀點與嘗試，亦值得學界加以肯定。

必須指出的是，論文書寫上的不同策略，難免會有其論述框架上之所見與所蔽，游適宏以前述四個特點來作觀察，誠然如他自己於論文中所反省的：「……『熟諳經註，切題闡述』、『循題探賾，別有心得』、『恢廓題旨，融鑄經史』、『關懷時政、借題託諷』這四種方式，前賢們的八股文也莫不如是。」〔註16〕比較是從制義文的共同特性來作初步考察，較少指出洪繻《寄

〔註13〕洪氏此集與清代其他制藝文集一樣，常見一題數作，例如方苞所編輯的官方選本《欽定四書文》不論，又如袁枚的制義文集《袁太史稿》，早見此一現象，這說明八股文在章句詮釋上早為文人接受有不同的立意角度，或是作者有心具存不同形式的寫作策略。以洪繻為例，《寄鶴齋制義文集》中收錄〈可以假館願留〉此題，戊子年當時至少作了九篇（頁 3185～3191），又辛卯年所收〈哀公問社 一章〉，當時至少作了十篇（頁 3373～3396），這些「一題數作」在洪氏，雖然如游適宏論文所說常見為短期密集的書寫，但也有歷時長達一年後而重寫者，如卷八收有癸巳年與甲午年所作的兩篇〈使有菽粟如水火菽粟如水火〉（頁 3497～3504、頁 3521～3524）。
〔註14〕《寄鶴齋制義文集》批語或後記中多次提及李石臺，李氏即清初八股名家李來泰，順治 9 年進士，康熙 18 年舉博學鴻詞科，授翰林院侍講。俞長城《可儀堂一百二十名家制義》即指出李氏「熟於六經，而運以史識，故闢畦開徑，微顯闡幽，令讀者驚魂蕩魄，所謂以經為史、以史為經者」。
〔註15〕〈舉直錯諸枉則民服舉枉錯諸直〉張光岳跋語，《寄鶴齋制義文集》，頁 3019。
〔註16〕游適宏，〈洪棄生八股文詮題立意試析〉，頁 139。

鶴齋制義文集》在選編去取與行文風格的殊異性。本論文乃亟願於游文之基礎上，再作進一步補充。

三、沉困名場之文人心態

除了像游適宏論文從制義文本與作法談起，本篇認為，亦不妨回到創作者的書寫心態來作考察。例如，學者既看重洪繻制義之高超，也許很容易輕忽此類「未脫場屋厄」〔註17〕的模範生在應試上所遭遇之挫敗。事實上，我們從洪繻《寄鶴齋制義文集》中，看到他自省這十幾年間制義文的寫作得失，不難察覺到他心中更多是挫敗與無奈。

在應試成功的時候，考生當然認為文章優劣有其一定標準可循，自己的努力是有回報的，自己的才華終未受辜負，洪繻於光緒15年（1889）考上秀才時曾自述：「此作清警中頗覺深穩，無油腔滑調，亦無浮光掠影，遂得高拔。然前此幾經銷磨之際，較此種倍有識力者，不下數首，而不遇知音，空遭白眼，回首用增短氣耳。（荔月自記）。為人捉刀之作，亦列在二名，可見文遇知己，若有定價，數載窮途之淚，於此稍覺揚眉耳。不謂伯琴雖在，鍾子已遙！結榜數日後，穀臣師竟作古人，涖臺未久，惠聲已浹人心，不獲大展驥足，闔郡民士官紳，咸深悼慟。窮途之淚未畢，知己之淚孔長，在一枝尤為抱憾耳。（荔月十三日又記）」〔註18〕

引文的這兩段話，一是說前兩名作品皆出於他的手筆，可見「文遇知己，若有定價」，讓他覺得前幾次的落榜，實在冤枉，因為洪繻認為之前還寫過數篇更好的傑作，卻都「空遭白眼」、「用增氣短」。二是雖然此次應舉成功使他「稍覺揚眉」，可惜提拔他的主試官臺南知府羅大佑卻突然過世，使他深感遺憾。尤其在聽說羅氏生前曾嘉許他為「臺郡五屬，惟得此一人！」時，洪繻「聞之，不覺汗淚俱下」〔註19〕，心中激動，溢於言表。

需要指出的是，洪氏制義未受青睞的挫折與感慨，於《寄鶴齋制義文集》之批語及自記中，不時可見，茲列舉數例：

> 正色而談，莊論可誦，擾擾中能作一篇切實有用之文，自是有根柢

〔註17〕這是張光岳在《寄鶴齋制義文集》序中對他的評論：「今其格不遽至於古人者，以未脫場屋厄也」（頁 2963）。

〔註18〕〈故為淵〉（其二），《寄鶴齋制義文集》，頁 3215。

〔註19〕〈關譏〉（其一），《寄鶴齋制義文集》，頁 3219。

人，惜時無伯樂耳。（鏡邨）〔註20〕

雄姿駿骨，顧視非凡，以此潦倒小場，譬猶驥中駁馬，虎豹尚當
俯伏，而駑駘乃得而傲之，想文不遇九方皋而遇師曠也。（鏡邨）
〔註21〕

沉著痛快，尤見睥睨一切之概，乃至見擯，郡薦真所謂明珠遭按劍
也。（張汝南）〔註22〕

次藝有此，所謂從酪酥而出醍醐也，肉眼人瞞瞞於醰醨中，宜不復
省此。（自記）〔註23〕

氣韻沉雄，可以頡頏李石臺先生作。然而明珠易投、真璞難剖，揭
榜列於四百名外，場中眯目，真不值一哂。（自記）〔註24〕

注定全神，精警透闢，典切遒健，庸詞蕪字，膚意懦筆，洗除殆盡。
風簷中有此，自是心血多人數斗，然遇盲主司，奈何！（恨人記）
〔註25〕

可見洪氏對於盲主司的不滿，乃至多次於篇後自署「恨人」。

除了不時發發牢騷以外，從《寄鶴齋制義文集》與《寄鶴齋古文集》來
看，洪繻還會非常認真地檢討每次評比的標準，記載如下：

昨夕於尊處獲見闈墨，恭讀尊作，竊思筆墨如是之高，僅中二十
名；前列者，當何如之佳！及歸，燈下披玩前列十二名內諸作，
才氣發越，大似辛卯之墨。……統觀全墨作法，於先輩相合者，
亦惟先生一篇；餘如二十六名及二十七名、五十九名，理法亦佳。
此外，真覺寥寥；若七十五名以偏鋒制勝者，則不當以理法論。
〔註26〕

余自此科報罷後，場中文字，收拾不以示人，後與李孝廉石鶴言

〔註20〕〈子曰夫人不言言〉，《寄鶴齋制義文集》，頁3061。
〔註21〕〈若伊尹萊朱〉，《寄鶴齋制義文集》，頁3038。師曠撰《禽經》，九方皋相馬
　　　　出於《列子》。
〔註22〕〈非公事未嘗至於偃之室也子曰孟之反〉，《寄鶴齋制義文集》，頁3065。
〔註23〕〈民事不可緩也〉，《寄鶴齋制義文集》，頁3211。
〔註24〕〈周雖舊邦其命維新〉（其一），《寄鶴齋制義文集》，頁3208。
〔註25〕〈若伊尹萊朱〉，《寄鶴齋制義文集》，頁3038。
〔註26〕〈與悅秋先生書（癸巳）〉，《寄鶴齋古文集》，頁311。

次，論及是榜主司眼力，孝廉慨然曰，此年闈中用方趙家法皆決
不中，學陳臥子皆可中，余恍然知。既以失之，而孝廉？於？年
登？死去。（自記）〔註27〕

賤自去年見闈墨文字，所取半屬眛目。今年此行，早已聽得失於
冥漠，只當作山水之遊，而考試為循途之舉，故在函江文鄉闈報
罷，以一笑置之。及到崇武見闈墨，乃較去年尤野狐之甚！「顏
淵季路侍」全章文中，二十四名者有句云：「流禍靡窮，草野輒資
以嘯聚」；對比云：「包藏不軌，神器直至於闖干」。上比自聖賢說
至造反，如李自成是也；下比自聖賢說至篡位，如王莽是也，不
知題為何物矣。又有說成讀書不成而改業者，文中有「持籌年利」
之語；又有說成讀書不成而游幕者，文中有「刑名法家」之語。
又《書經》題，有就「伯益說出降至春秋吳、楚、齊、晉之兵力」
者；《書經》題係「惟德動天」二句，又有作《離騷》體者，可謂
很逞蠻矣。風氣如是，賤此行可謂賣衣裳於斷髮文身之鄉，多見
其不知量也。此後若不逐臭愛醜，恐銷磨未知胡底，一嘆！〔註28〕

洪繻在評論中提及「理法」、「家法」，乃至於對比引喻失當（李自成、王
莽）、「以子證經」（刑名法家）、文體錯謬（離騷體）等等層面，容待後述，
然其批評考官之盲目則為一致。

也因此，洪繻對於尤侗著名的傳奇〈鈞天樂〉，格外感受理解與同情，
光緒14年（1888）他寫下自己與尤侗皆是傷心人：「《鈞天樂》者，尤悔菴
游戲之作也。尤子以軼類超群之才，沉困名場，潦倒半生。及暮年，受兩朝
聖人之知，擢入史館，始得揚眉吐氣；而當其扼腕撫膺之日，抑塞為難堪矣。
故搆為梨園之劇，寫其骯髒之氣；登場以哭始，結場以哭終。中以有金無筆
者，為場屋魁星；以何圖渾齋者，為試官名號。以賈斯文、程不識、魏無知
為狀元、榜眼、探花之人，等場上一齣傀儡人行徑，即場下一班齷齪兒小影。
才子如沈白、楊雲，終身不預一題名；佳人如寒簧、素綃，到死不得一封誥。
登場歆歠，肝腸欲絕，直令普天下才人同聲下淚也。故詼諧語皆刻酷語，刻

〔註27〕〈子曰吾猶及史之闕文也有馬者借人乘之〉，《寄鶴齋制義文集》，頁 3504。
李石鶴，即李清琦，字璧生，號石鶴，1894 年中光緒甲午恩科進士，列二甲
第 105 名，曾任泉州清源書院山長。這篇〈自記〉寫定於割臺之後（李清琦
死後），可見此書縱觀前後，洪繻對錄取標準之不公，實難以釋懷。

〔註28〕〈與阿宗及門（甲午）〉，《寄鶴齋古文集》，頁 313～314。

酷語皆不磨語。此劇出，吾知銅山雨血、錢鬼夜哭，句命喚奈何矣！迨五窮既送，一舉登天；文成玉樓，享來廣樂；則又破涕為笑，俯視人世，如一鴻毛。……世有傷心人乎？吾願同之！」〔註29〕

　　隔年，他甚至在後來錄取了秀才的縣試中，都覺得自己邈無希望：「前數場俱竭力經營，率不見取，至此場無復爭勝之望矣，出題日已五竿，率筆直書，交卷後，二時許，方啟闈烏，步行出城，二十里到家，日纔黃昏，及知見取，乃再與試。團覆文批：機神一片，桃覆文批：氣清而腴，筆曲而圓。遂結前列，乃知文章之惱人如是。(己丑荔月偶記)」〔註30〕清楚表現出應舉心態的患得患失。

四、制義書寫之範式與風格

（一）

　　前面提及考官評比八股文章的風尚或標準，往往不一，造成考生極大憤慨。其實洪繻對於制義史的觀點，具見於他給學生們寫的〈話制藝示及門〉此篇：

> 制藝之家，恆河沙數。舉其尤者，蓋可約言。以才子之筆而造大家之詣者，前明惟金正希、國朝惟方百川；若後來之陳星齋，亦足當也。其筆之超、意之雋，非復攀躋可及。以宗匠之學而造大家之詣者，前明惟陳大士、國朝惟熊次侯、韓慕廬；若後來之管蘊山，亦差足當也。其氣之傑、思之老，尤非襲取所能。二者之氣體，總不外一大字；二者之氣體，總不外一厚字。所以大、所以厚，總不外讀萬卷、儲千古識也。
>
> 若儲中子，則以學問之深而亞於大家；任翼聖，則以經術之富而高擅名家。若夫以才子之創筆，開名家之生面者，前明則章雲李、本朝則王柳潭、袁子才；以宗匠之極思，臻名家之妙詣者，前明則錢吉士、吳青岳，本朝可數張百川；以理學入時文而尊為大家者，為李文貞；以時文造理學而成為大家者，為方望溪；以古文入時文而卓乎大家者，為歸震川；以時文造古文而確乎大家者，亦方望溪。

〔註29〕〈閱鈞天樂小柬〉(戊子)，《寄鶴齋古文集》，頁279。
〔註30〕〈舜人也我亦人也舜為法於天下可傳於後世我猶未免為鄉人也是則可憂也憂之如何如舜而已矣〉，《寄鶴齋制義文集》，頁3034，

若以宏詞為名家之尤者，則劉克猷、李石臺；以深思為名家之尤者，則章大力、羅文止。他若與歸並稱唐荊川，與金追逐者黃陶菴，與章、羅同造者徐方曠。此外名家，指不勝屈；然一覽眾山，小矣。

其有負才子之才，漱詩賦餘芳、擅制藝別調，如尤西堂文。譬之詩，有四傑體；後人學壞，遂墮魔道。在其原者，可作駢儷讀也。〔註31〕

洪繻大致上將制義文家分為三個等級：大家、名家、及別調。在「大家」部份，他又分為「才子之筆」（筆之超、意之雋）與「宗匠之學」（氣之傑、思之老），前者的代表人物為金聲（1589～1645）、方舟（1665～1701）、陳兆崙（1700～1771），後者為陳際泰（1567～1641）、熊伯龍（1616～1669）、韓菼（1637～1704）及管世銘（1738～1798），洪氏認為「大家」的審美特點，不外「大」與「厚」字，「所以大、所以厚，總不外讀萬卷書、儲千古識也」。

至於「名家」，他又分出幾種類型：（1）學問深，如儲在文；（2）經術富，如任啟運；（3）才子創筆，如章金牧、王柳潭、袁枚；（4）宗匠極思，如錢禧、吳韓起、張百川；（5）以理學入時文，如李光地；（6）以時文造理學，如方苞；（7）以古文入時文，如歸有光；（8）以時文造古文，亦如方苞；（9）宏詞，如劉子壯、李來泰；（10）深思，如章世純、羅萬藻；（11）可與前述大家名家並稱者，如唐順之、黃淳耀、徐方廣等。

最後則是特別為尤侗保留一個「制藝別調」的位置，認為他「負才子之才，漱詩賦餘芳」，與後人「學壞」無關，其原「可作駢儷讀也」。這邊的說法很值得我們留意，洪氏顯然認為制義為體，可以允許駢儷文的風格。至於他把歸有光、唐順之與方苞列為名家等級之類型，排次後於「才子創筆」類的章金牧、王柳潭與袁枚，更可見出洪繻制義觀與官版《欽定四書文》有很大的差異〔註32〕。

〔註31〕〈話制藝示及門〉，《寄鶴齋古文集》，頁287

〔註32〕康有為曾指出章金牧與袁枚時文的關係：「章雲李開尤西堂、袁子才一派，奇怪瑰偉，曲折奧深。」（《南海師承記·講文學》，見《康有為全集》第二集，頁514）並指出章氏、袁氏與清初尤王派風格之相近。尤王派是以尤侗（1618～1704）、王廣心（1610～1691）為主要代表的時文門派，其最大特點是以才學為文，運才思於駢儷藻飾之中。

（二）

洪繻論次制義，既以金聲為大家之首，那麼，我們應該考究金聲制義之特色為何？方苞曾經提到金氏在股對筆法上「參差離奇」，評點中特別強調金文轉折之精，實屬前所未有：「前輩文之屬對，取其詞理相稱，特具開合淺深，流水法而已。惟作者屬對參差離奇，或前屈後直，或此縮彼伸，每於人轉折不能達處，鉤出精意，不獨義理完足，即一二虛字不同處，亦具有深趣，不可更移。此等境界，實前人所未闢。」〔註33〕

金聲八股文的這種境界，常常發為汪洋恣肆之雄偉氣勢，既能內斂充塞、且又舒放而激昂，例如《欽定四書文》中有相關的批評：

精神理實，融結一氣，舒放中極其嚴整，不可增減一字。〔註34〕

實理真氣，盎然充塞，不必遵歸、唐軌跡，而固與之並。〔註35〕

筆致超脫，氣骨雄偉，頗足振起凡庸。〔註36〕

高談闊議，磊落激昂，題中更無可闢之境。〔註37〕

胸有杼軸，橫鶩別驅，汪洋恣肆，而於題之反覆，次第無不相副。

〔註38〕

說金聲特別能於八股文中具現出「橫鶩別驅，汪洋恣肆」的雄偉氣骨。

我們如果檢視《寄鶴齋制義文集》，不難發現洪繻對於學生們所提出的這套評騭標準，多少亦具見於他自己的制義書寫上，例如〈無君子莫治野人無野人莫養君子〉其一，此篇「行間評語」即指出文中段落：「柱義如山，筆力似鼎，金正希後，此堪接武。」〔註39〕其他相關之評點意見，亦舉數例如下：

一種浩然之氣磅沛筆下，一種藹然之情流溢行間，是謝疊山卻聘書、文文山正氣歌，一直寫來、無數層折，自關氣盛。〔註40〕

鑄局渾堅、鍊氣雄厚，正襟而談，聲滿天地。制義中有此，自應歷

〔註33〕評〈子路有聞一節〉，《欽定四書文》，《文淵閣四庫全書》，第1451冊（臺北：商務，1979年），頁367。

〔註34〕評〈子貢問政一章〉，《欽定四書文》，頁391。

〔註35〕評〈修身也三句〉，《欽定四書文》，頁464。

〔註36〕評〈十目所視二節〉，《欽定四書文》，頁322。

〔註37〕評〈惡紫之奪朱也二句〉，《欽定四書文》，頁436。

〔註38〕評〈舜其大孝也與一章〉，《欽定四書文》，頁457。

〔註39〕〈無君子莫治野人無野人莫養君子〉其一，《寄鶴齋制義文集》，頁3406。

〔註40〕〈臣事君以忠〉行間評語，《寄鶴齋制義文集》，頁2966～2967。

浩劫而不磨，不復可以小道目之。（張汝南跋）〔註41〕

運筆縱橫豪蕩、頓挫抑揚，氣力甚大，迥異鉤取盧字而淺薄無味者。
〔註42〕

格老氣蒼，眼光獨到，朗誦一通，如挹國初諸老風味。（施淡庭跋）
／氣韻沉雄，規模閎博，縮全章於一字，作法高老，為是題獨開生
面，此大家風範，不徒為制藝宗匠也。（鏡齋跋）〔註43〕

文集中此類評語之多，無法盡舉。可以確認的是，洪繻制義的風格特點，當
以氣骨雄厚為優先。

　　制義風格如何取捨，未必見得全是文學技巧的展現，也根源於書寫者的
內在性情。事實上，我們可以從制義窺見作者的內心深處。洪繻曾經在〈報
張子汝南書〉裡有極為真誠的自剖：

然弟自審終非聖賢中人者，弟有可以入聖賢者三，有不可以入聖賢
者亦三。可以入聖賢者，性地光明也、氣象坦易也、有過不諱也；
不可以入聖賢者，多情也、多慾也、多愁也。聖門情與性並言，似
可無大害者。然情則性溢，弟之情非中節之情也。……又況往日學
為詩文，溺於蟲魚風月而不思返。繼思講求實用，則又慕為氣節經
濟之事而不深求；其於宵密之功，未嘗用力。陳龍川云：「研窮義理
之精微，辨析古今之同異，原心於眇忽，較禮於分寸，以積累為上，
以涵養為正。於諸儒誠有愧焉！至於堂堂之陣、正正之旗，風雨雲
雷交發而並至，龍蛇虎豹變化而出沒，推倒一時之智勇，開拓萬古
之心胸，於諸儒則有微長。」弟誦斯言，覺所得在此，所失亦在此
也。〔註44〕

洪繻以陳亮的說法解釋自己「情非中節」，說自己多情善感，其所長乃形之為
豪傑氣骨，「推倒一時智勇」，然而離「以積累為上，以涵養為正」的聖賢性
理，卻不免「有愧」。這封信且討論到明末的「矯強之氣」：

來書又云：「列史之中，有畸節、偏行，易令人激發；恐為所移，

〔註41〕〈舉直錯諸枉則民服舉枉錯諸直〉，《寄鶴齋制義文集》，頁3012。
〔註42〕〈孟子曰待文王而後興者凡民也　一章〉文後自評，《寄鶴齋制義文集》，頁
　　　　2975。
〔註43〕〈哀公問社　一章〉其一，《寄鶴齋制義文集》，頁3361。
〔註44〕〈報張子汝南書〉，《寄鶴齋古文集》，頁274。

流於偏駁。」此則稍泥，弟正患不激發耳。當今之世，欲勉人以就中行，誠有所難；因其激發而利導之，雖不可得中行之士，而不患有委瑣之士矣。且其中如梅福、郭林宗、管幼安至於陶元亮、林和靖，一塵不染，三代下豈能多得，何可以畸行少之乎！又謂「顧亭林有矯強之氣」，此則誠然。然顧亭林亦唯其有矯強之氣，故能成就如斯；使其隨波逐流，則又將如明末之不學無術者矣。〔註45〕

可以看到張光岳於原信反對列史「畸節、偏行，易令人激發」、「流於偏駁」的寫法，但洪繻在覆信時，卻為這種有所不為的「矯強之氣」辯護，欲「因其激發而利導之」。

（三）

除了以「氣盛」為其主要特色外，洪繻制義還有部份作品走的是「幽峭奇豔」之風格，也就是張光岳在《寄鶴齋制義文集》序言特別帶到的「不諧於時，後乃稍施聲調，仍光芒千丈，無妨喻洪忍之習。……以至思曠之幽，雲李之奇，西堂之豔，皆莫不兼收並蓄。」〔註46〕這類作品學步徐方廣、章金牧以及尤侗，具有清初尤王體曲折奧深，以才學為文，運才思於駢儷藻飾的特色。

《寄鶴齋制義文集》中相關的評語亦不在少數，例如：

文境愈空微淡素，文心愈奧折幽雋，……文情清泚，如幽澗寒泉，淨人懷抱。（樸齋）〔註47〕

一路文境，恢閎奇麗，如入五都之肆，衣冠車馬，都非尋常耳目間所有。二束比至理名言，刺骨警心，凡功業名臣之士，當書之座右以為箴銘，不徒驚才眩人也。（張汝南跋）〔註48〕

〈君子學道則愛人小人學道〉〔行間評〕清麗處豔而不靡。

〔文後批〕

活色生香，風雅人吐囑，不同塗脂抹粉。（院原評）

〔註45〕〈報張子汝南書〉，《寄鶴齋古文集》，頁276。
〔註46〕《寄鶴齋制義文集》，頁2963～2964。
〔註47〕〈臣事君以忠〉，《寄鶴齋制義文集》，頁2971。
〔註48〕〈士而懷居不足以為士矣〉其二，《寄鶴齋制義文集》，頁3082。

以六朝之麗情，達兩宋之名理，躁釋矜平，志和音雅，是學道人吐囑，不徒名士風流也。（張汝南跋）

以美人香草之蘊藉，寫瓊琚玉珮之風流，是謝靈運芙蓉詩，非顏延之錦繡句也。（鏡邨）〔註49〕

〈士而懷居不足以為士矣〉其一，〔文後批〕

流麗之筆，沉吟之韻，秀逸之姿，蘊藉之度，昔人謂王輔嗣吐金聲於中朝，衛叔寶復玉振於江表，文殆兼之。（鏡邨）

講理則宋人腐，清談則晉人浮敷，才則齊梁人靡，文如以百末釀酒，諸味俱備，令人咀之不盡，徒稱其麗猶皮相。（張汝南跋）

蘭香菊色，醴味琴心，當熱一炷檀香，以薔薇露盥手，口嚼梅花瓣誦之。（勉齋）〔註50〕

皆是其例〔註51〕。光緒15年（1889）6月洪繻考取秀才，當年2月他曾以駢體寫了一篇用典瞻麗的〈求試文〉〔註52〕，亦可參考，足見他的制義不主古文派的路數，倒是受到賦體或駢儷相當的影響。

　　至於其制義不同文風，何者較受主司青睞呢？如同樣以光緒15年的作品來看，其縣試正場所作〈周雖舊邦其命維新〉（其一）此篇，洪繻說：「聲情慷慨，氣韻沉雄，可以頡頏李石臺先生作。然而明珠易投、真璞難剖，揭榜列於四百名外，場中睞目，真不值一哂。（自記）」〔註53〕可惜並未受到肯定。而其郡試次覆被評為第一名的〈故為淵〉（其二）呢？主試臺南知府羅大佑的評語則作「心靈筆妙，極得抑揚吞吐之法」〔註54〕，郡試三覆所作被評為第二名的〈關譏〉（其一），羅氏又評為「有比有書，聲光並茂」、「中後照下處能以一筆作兩筆用，尤為妙不可階」〔註55〕可知他登上秀才之傑作，並非因為展露沉雄氣韻，卻是因為技巧高妙，表現出學問與靈思而獲雋。

〔註49〕〈君子學道則愛人小人學道〉，《寄鶴齋制義文集》，頁3041～3042。

〔註50〕〈士而懷居不足以為士矣〉其一，《寄鶴齋制義文集》，頁3076。

〔註51〕洪繻寫作香奩體詩作，收錄於《謔蹻集》，亦是在1885～1895這十年間，與《寄鶴齋制義文集》約略同時。可多余育婷，〈再現風騷：論洪棄生香奩體中的香草美人〉，《成大中文學報》（臺南：國立成功大學中文系），第58期，2017年9月，頁131～158。

〔註52〕〈求試文〉，《寄鶴齋古文集》，頁105。

〔註53〕《寄鶴齋制義文集》，頁3208。

〔註54〕《寄鶴齋制義文集》，頁3215。

〔註55〕《寄鶴齋制義文集》，頁3219。

五、有所寄託的編選方式

此外,《寄鶴齋制義文集》此書編輯篇目的方式與眾不同,也很值得我們留意。以清代制義文集的編選常規來看,例如王夫之於康熙廿二年(1683)編定的《船山經義》,當時收編作品的方式,主要是依據出題的經籍來作整理:先《大學》,復次《論語》,復次《中庸》,復次《孟子》,復次《易經》、《尚書》、《詩經》、《春秋》與《禮記》。

又如方苞於乾隆四年(1739)編成的《欽定四書文》,其編錄方式同樣是:先《大學》,復次《論語》,復次《中庸》,復次《孟子》。袁枚成書於乾隆五十一年(1786)的《袁太史稿》,編次順序則為:先《論語》,復次《學》《庸》,復次《孟子》。制義選集作這樣的編排方式,主要為了便利學生的使用,因此多依經題章句之先後,將文章分類依序臚列。

但是《寄鶴齋制義文集》卻未依循這些慣例,書中分卷的方式不依經題,卻是依照寫作時間之先後來排次,例如卷一收錄的是乙酉(1885年)的作品,卷二收丙戌到丁亥(1886~1887)的作品,卷三收戊子(1888年),卷四收己丑(1889年),卷五收庚寅(1890年),卷六收辛卯(1891年),卷七收壬辰(1892年),卷八則收癸巳到乙未(1893~1895年)作品。

洪繻此書既依寫作先後編次,從《寄鶴齋制義文集》就得以看出這11年間他如何書寫、與師友間如何評點這些作品,以及個人於此應舉生涯中載浮載沉的心境。至於體例上的不同,或許還與聽聞科舉行將廢止八股文有關,張光岳為此書於光緒十八年(1892)所作的序文曾提及:

> 或以制藝無用,必有一廢之日,議月樵「枉拋心力」。則吾謂:揚雄、班固、韓愈,皆有俳優遊戲之文,亦無用也,無能廢也!況帖括應試為古人執藝、執贄之遺,非俳優比,又何無用乎!則亦何庸議諸!
> 〔註56〕

可見當時即有廢止八股,訕笑文體「無用」之聲〔註57〕;此外,光緒廿一年簽定馬關條約割讓臺灣,更是洪繻所無法想像、天翻地覆的變局。自此之後,臺灣學子既不再參加科考,再無出版制義選集以利學習與應試的需求。

〔註56〕《寄鶴齋制義文集》,頁 2964。

〔註57〕洪繻 1898 年於〈再與家煇石孝廉書〉中批評「八比廢為策論,朝議迅速如是,是祇速於語言文字耳。若軍政、吏治亦速變積習如是,則有望矣。」(《寄鶴齋古文集》)大表驚訝不滿。

值得吾人留心的還有卷次問題，書中現存的八卷編選目錄，與張光岳1892 年於書前序言的說法並不相侔：「至於弱冠，發為文藝，遂高古絕倫，不可褻玩，……今歲二十有七，刪存已六卷。」〔註58〕或許可以推測原編六卷，即是現在書中的卷一至卷六，分別從 1885 年收錄到 1891 年，寫作於1892～1895 年間的卷七與卷八，則為後來洪繻另外增補之內容。

從此書中的評點意見，我們可以看到最晚的記載，是在 1897 年的這則「自記」：

> 此篇為癸巳小場代友之作，前場以促刀列第一，此場不到。是時猶
> 為承平雅頌之世，未曾閱歷滄桑亂離，故議論止於如是。茲以思退
> 勾和秦檜誤國，須別有一番生發，此種反似為解嘲矣，讀此細之。
>
> （丁酉自記）〔註59〕

因此，大概可以確認此書之完編，至早亦應在1897 年以後，這就使得全書選篇有了更複雜的可能性。書中收文並非全盤悉錄，既然有所抉擇去取，那麼，洪繻對於「滄桑亂離」的閱歷領悟，會不會影響了此書之編次呢？

如果我們從此書開篇即收錄了〈臣事君以忠〉、〈孟子曰待文王而後興者凡民也 一章〉這些題目，以至於卷八最後收錄的篇題又作〈善人教民七年〉、〈故君子有不戰戰必勝矣〉來看，筆者相信洪繻在此書篇目編次上，應該寓有其相當深刻之寄託。

六、反映時變之篇章舉隅

承前所論，洪繻於制義中反映「滄桑亂離」的飄零與激憤，理論上誠然不無可能，洪氏曾於全書首篇〈臣事君以忠〉文後自記曰：「此目擊時事，心懷往古，有感而作也。胸中本有一段欲說之言，特借題抒發耳。」〔註60〕等同一開始就告訴讀者「借題抒發」，原是他對應時事之感懷。這些制義既然隱伏有「目擊時事」之感慨，因此難免近於詩史，曲折映照出清末臺灣文人的

〔註58〕《寄鶴齋制義文集》，頁 2963～2964。

〔註59〕〈削何可得與〉，《寄鶴齋制義文集》，頁 3496。

〔註60〕〈臣事君以忠〉，《寄鶴齋制義文集》，頁 2967。明代晚期即有此種「借題攄發胸臆」的作法，例如《欽定四書文》評黃淳耀〈孟子之平陸一章〉曰：「實情實事，皆作者所目擊，宜其言之痛切也。自趙孟白借題以摹鄙夫之情狀，啟禎諸家效之，一時門戶及吏治民情，皆可證驗，足使觀者矜奮。」（頁 502～503）

家國憂思。

於此不妨試從光緒十八年（1892）後洪繻增訂的卷七、卷八，各舉一篇作品來舉例，看看他怎麼從制義中反映出對於亂世的關心。

（一）1892 年

即以〈周公兼夷狄驅猛獸〉（其二）當中的股對為例：

夷狄豺狼為心，見吾強而倿之，知吾弱而謀之矣。

就使中國之瑕隙難乘，亦必預為招睞，以攜我赤子。

今日之吳楚，無足怪也。

後世必以左衽而亂冠裳，以雕題而侵俎豆者矣。

其顯者稱兵為難，其微者教化為名，

至於山海許其梯航，市廛資其族處，則土地多曠而不居，將使虎豹

出於山林，蛇龍據於平陸，茂草之憂自此長矣。

夷狄窮奇是類，聞我威而畏之，受我德而侮之矣。

就使本朝之仁澤甚深，亦必廣為煽惑，以移我本根。

昔日之獫狁，不足言也。

後世必有以貉道而撓訐謨，以遠方而制肘腋者矣。

其小者變詐無常，其大者憑凌不已，

至於河山容其來往，宇下聽其逍遙，則險阻多設而不守，將見爪牙

逞於苑囿，熊羆出於藩籬，率舞之風自此遠矣。〔註61〕

此題係出於《孟子・滕文公下》之章句：「昔者禹抑洪水而天下平，周公兼夷狄驅猛獸而百姓寧，孔子成《春秋》而亂臣賊子懼。《詩》云：『戎狄是膺，荊舒是懲，則莫我敢承。』無父無君，是周公所膺也。我亦欲正人心，息邪說，距詖行，放淫辭，以承三聖者；豈好辯哉？予不得已也。能言距楊墨者，聖人之徒也。」洪氏行文重點顯然不在發展章句之經義，因此篇中未及於楊墨學術，也沒提到抑洪水與治《春秋》之事，卻把心力放在列強「攜我赤子」「移我本根」之憂懼。

因此洪繻在篇後特別自記：

西洋自通商設教以來，時事有大可慮者，賈傅生於漢文時，太息流

涕，不知在今日，又當何如？適遇是題，特側重夷狄，淋漓痛切言

〔註61〕〈周公兼夷狄驅猛獸〉（其二），《寄鶴齋制義文集》，頁 3432～3434。

之。側重夷狄，猶與下文引詩之旨恰合，亦非偏解。〔註62〕

如果考察一下十九世紀下半葉的臺灣歷史，他所說的「通商設教」，大致是指：咸豐四年（1854）美國培理艦隊停泊基隆，咸豐8年（1858）英法聯軍簽訂天津條約增開臺灣（今臺南安平舊港）、淡水、打狗（今高雄港）、雞籠（今基隆港）四個通商口岸，咸豐九年（1859）聖多明哥會派遣神父到臺灣傳教，咸豐十年（1860）「北京條約」規定臺灣開放淡水及安平港為通商口岸，同治四年（1865）英國長老會馬雅各開始在南部傳教，同治十年（1871）加拿大長老會的馬偕於北部傳教，並於光緒八年（1882）創設牛津學堂等等，此期間西方殖民者大肆透過武力達成通商與設教的過程。

既然指陳強勢文化入侵的問題，洪氏也嘗試提出解決之道：

> 周公為人心世道計，而念夷狄猛獸之不可以兵力為也，
>
> 惟是設學校以明道，廣井田以勸耕，
>
> 使民無異俗，地無曠土，
>
> 則夷狄猛獸日遠而不知，而干戈弓矢之事拙。
>
> 周公為天下後世計，而慮夷狄猛獸之難以形勢格也，
>
> 惟是宣王化以招徠，厚民生以保聚，
>
> 而使越識聖人，虎知遠渡，
>
> 則夷狄猛獸日馴而不覺，而吞并剷除之事勞。〔註63〕

他主張以「設學校」與「廣井田」來對治，想要用傳統學術來對抗西方宣教、藉農業開墾來對抗港口通商。這一段文字特地保留了行間批點云：「真本領、真經濟，能以健筆達之！」〔註64〕如此作法是否有效、能否經濟，暫且不論，然足以見證洪繻在制義中對於時代議題之記錄，並提出了深刻思考。

張光岳在《寄鶴齋制義文集》序文中說他：「於經史、時務、輿地、兵農，皆有究心，而有得於古、有感於時、有憤鬱於中，一舉而發之於時文。」〔註65〕也可以從這邊得到驗證。

（二）1895 年

最後，應該看看全書的最後一篇〈故君子有不戰戰必勝矣〉（其三），此

〔註62〕〈周公兼夷狄驅猛獸〉（其二），《寄鶴齋制義文集》，頁3434。

〔註63〕〈周公兼夷狄驅猛獸〉（其三），《寄鶴齋制義文集》，頁3437～3438。

〔註64〕〈周公兼夷狄驅猛獸〉（其三），《寄鶴齋制義文集》，頁3437～3438。

〔註65〕《寄鶴齋制義文集》，頁2962。

文寫作於乙未年（1895）三月初四，甲午戰爭已然失利〔註66〕，馬關條約尚未簽定之時〔註67〕。此題出處，亦見於《孟子‧公孫丑下》：「天時不如地利，地利不如人和。三里之城，七里之郭，環而攻之而不勝。夫環而攻之，必有得天時者矣，然而不勝者，是天時不如地利也。城非不高也，池非不深也，兵革非不堅利也，米粟非不多也，委而去之，是地利不如人和也。故曰：『域民不以封疆之界，固國不以山谿之險，威天下不以兵革之利。得道者多助，失道者寡助。寡助之至，親戚畔之；多助之至，天下順之。以天下之所順，攻親戚之所畔，故君子有不戰，戰必勝矣。』」章句原來的主旨就在於講「人定勝天」的道理，強調得道者多助，團結就是力量，「威天下不以兵革之利」。

洪編於本篇之破題云：「為君子言戰，其勝也，以人決焉。夫君子不戰則已耳，戰則人皆從之。而庸有不勝之故乎？知此者可以言人和。」一開始亦強調人民才是決勝之重點。中比則說：

> 世運否塞之秋，羣雄並起而力爭經營，遂能以一旅而縱橫天下，所當者破，所擊者服。其視仁義之師，不免積弱之形，而究之能取而不能守也。

> 末造凌夷之際，戎狄紛乘而軼出蹂躪，遂能以數族而蕩析土疆，東西者帝，南北者王。其視禮教之邦，不免疏闊之弊，而究之能暫而不能久。則雖勝猶夫不勝也！

表明國家積弱、疏闊，因此為外族所凌夷，然而大家亦不必灰心，因為侵略者「能取而不能守」、「能暫而不能久」，雖然看似勝利，總有一天還是會失敗的。

值得注意的，又如此篇之後比：

> 後世粉飾太平，不勝而為可勝之談，小勝而為全勝之事，
> 故書之史冊，而金幣以餌敵，反謂怡伏而無言，
> 玉帛以勾和，反謂駕馭之得體。
> 是不能戰功而虛張勝勢者之未可信也，而以所順攻所畔之君子異是也。

> 後世偷安旦夕，未戰而為難戰之論，既戰而為倖勝之圖。

〔註66〕1895年2月17日北洋艦隊遭日軍擊滅，全軍覆沒，決定了戰局。
〔註67〕簽約在光緒廿一年，也就是此年舊曆3月23日。

> 故見之報章，而日蹙國百里，反謂金甌之無缺，
>
> 　　不沒城三版，反謂天驕之遠逃。
>
> 是不能勝敵而徒夸戰功者之未可據也，而以多助攻寡助之君子異是
> 也。〔註68〕

則回到如何「人和」來反省，批評當朝有「粉飾太平」、「偷安旦夕」之輩，又寫出賠款媾和之事，為吞下敗戰作了沉痛的反省。

七、結　語

　　綜前所述，稍事整理。洪繻被譽為「舊文學的殿後大將」，他的《寄鶴齋制義文集》足以見證其舊學功力，可惜目前學界對於此書未及深入研究，然今年起已有學者從文體形式、與經史使用方面來作析論；筆者則嘗試欲從文人心態史、書寫風格論、編選作意，以及反映時變這四個層面，來作一些思考。

　　首先，以文人心態史而言，此書明確記載了洪氏於十年間沉困名場的挫折與困惑，雖然他自認「心血多人數斗」，可惜往往「不遇知音，空遭白眼」，即使心態上是這麼患得患失，我們也看到當日考生會在每次揭榜後，對於獲雋作品的認真研讀與評論。

　　其次，於書寫風格論而言，本篇從他寫給學生的制義教學講義，分析他對於「大家」與「名家」的看法，他心目中的最高典範，主要「以才子之筆而造大家之詣」的金聲為首，強調「轉折之精」、「氣骨雄偉」的風格；除此外，他於名家當中特別以「制藝別調」標舉尤侗，著重運才思於駢儷藻飾，表現出「幽峭奇豔」的風格。這兩種風格也具現在他大部份的制義作品中。

　　復次，於編選作意方面，本文指出《寄鶴齋制義文集》與其他制義選集相較，此書於篇目編次上並不符合常規，洪繻未依循篇題，卻是依寫作日期來編定篇章先後。這麼一來，此書卷帙之編年，就見證了作者的寫作歷程。而此書評點最晚收錄了 1897 年的自記，又全書以〈臣事君以忠〉、〈孟子曰待文王而後興者凡民也　一章〉這些題目為首，以〈善人教民七年〉、〈故君子有不戰戰必勝矣〉等篇題為結，因此筆者推測全書編次上或有寓意，應為甲午戰敗臺灣割日後，洪繻寄託其「閱歷滄桑」之感。

　　最後，於制義反應時變方面，論文中摘錄了 1892 年和 1895 年的兩篇制

〔註68〕〈故君子有不戰戰必勝矣〉（其三），《寄鶴齋制義文集》，頁 3437～3438。

義為例，說明洪繻如何「借題抒發」，指出他對於十九世紀下半葉以來，西方殖民者在臺推動「通商」與「設教」之擔憂，並指出甲午敗戰後，他對於國人「粉飾太平」與「偷安旦夕」之沉痛反省。

八、重要參考文獻

1. 〔清〕方苞編著，《欽定四書文》，收入《文淵閣四庫全書》，第 1451 冊，臺北：商務，1979 年。

2. 〔清〕康有為著，姜義華、吳根樑編校：《康有為全集》，上海：上海古籍出版社，1990 年。

3. 廖漢臣：〈學藝志・文學篇〉，《臺灣省通志稿》，卷六，臺北：臺灣省文獻會，1959 年 6 月。

4. 洪繻：《寄鶴齋制義文集》，見於胥端甫編輯《洪棄生先生遺書》，臺北：成文出版社，1970 年 3 月。

5. 洪繻：《寄鶴齋古文集》（洪棄生著，林文龍編，南投：臺灣省文獻會，1993 年 5 月。

6. 洪繻：《寄鶴齋選集》，臺北：臺灣銀行經濟研究室，1972 年 8 月。

7. 程玉凰：《洪棄生及其作品考述》，臺北：國史館，1997 年 5 月。

8. 鄭宇辰：〈臺灣先賢洪棄生駢文初探〉，《有鳳初鳴年刊》（臺北：東吳大學中國文學系博碩士班），第 9 期，2013 年 7 月，頁 602～621。

9. 李知灝：〈洪繻《寄鶴齋詩話》對漢文化正統的繼承與時代之變／辨〉，《國立彰化師範大學文學院學報》（彰化：國立彰化師範大學文學院），第 14、15 期合刊，2017 年 6 月，頁 69～88。

10. 余育婷：〈再現風騷：論洪棄生香奩體中的香草美人〉，《成大中文學報》（臺南：國立成功大學中文系），第 58 期，2017 年 9 月，頁 131～158。

11. 游適宏：〈洪棄生八股文詮題立意試析〉，《輔仁國文學報》（新北市：輔仁大學中國文學系），第 46 期，2018 年 4 月，頁 105～142。

唐順之四書文研究

提　要

　　唐順之（1507～1560）是明代制藝史上極具代表性的作者，《明史·文苑傳》曾提及「明代舉子業最擅名者，前則王鏊、唐順之」，方苞《欽定四書文》也將唐氏與歸有光並舉，認為是「制藝之極盛」。本論文擬從他的時代、作品，以及相關論文意見加以梳理，嘗試說明唐順之四書文「以古文為時文」的特色，並討論他對於文藝／道學觀點之轉變與反省。

關鍵詞：唐順之、唐宋派、八股文、文以載道

　　唐順之（1507～1560），字應德，號荊川，武進人。年二十三，舉嘉靖八年會試第一。《明史·文苑傳》曾提及「明代舉子業最擅名者，前則王鏊、唐順之」〔註1〕，而明人舊稱「王、錢、唐、瞿為四大家」〔註2〕，不僅同時代的茅坤評價其為「本朝第一」〔註3〕，方苞《欽定四書文》也將唐氏與歸有光並舉，認為是「明文之極盛」〔註4〕，可見唐順之在明代制藝史中，是位極具代表性的作者。

〔註1〕張廷玉等，《明史》，卷285，收入《文淵閣四庫全書》（台北：台灣商務印書館，1979年），第301冊，頁808～809。
〔註2〕《制藝叢話》（上海：上海書店，2001年12月），頁65。
〔註3〕《制藝叢話》，頁64。
〔註4〕〈進四書文選表·凡例〉，《方望溪全集》，「集外文」卷二（台北：河洛圖書出版社，1976年3月），頁286。

一、承先與啟後的唐順之

　　我們不妨先從文體史上來看唐順之的創作，方苞《欽定四書文》曾把明代制藝史依時代先後分為四期，藉以說明其文風演變：

> 自洪永至化治，百餘年中，皆恪遵傳註，體會語氣，謹守繩墨，尺寸不踰。

> 至正嘉作者，始能以古文為時文，融液經史，使題之義蘊隱顯曲暢，為明文之極盛。

> 隆萬間兼講機法，務為靈變，雖巧密有加，而氣體荼然矣。

> 至啟禎諸家，則窮思畢精，務為奇特，包絡載籍，刻雕物情，凡胸中所欲言者，皆借題以發之。就其善者，可與可觀，光氣自不可泯。

> 凡此數種，各有所長、亦各有其蔽。〔註5〕

換言之，在洪武至弘治間的制藝，主要成績或風格是「恪遵傳註，體會語氣，謹守繩墨，尺寸不踰。」要到了唐順之的時代（正德、嘉靖），制藝作品「始能以古文為時文，融液經史，使題之義蘊隱顯曲暢」，在文章的義理與書寫上，不必「恪遵傳註」與「謹守繩墨」，四書文在義理面開始具有更大的詮釋空間及自由，而形式上則使用了唐宋「古文」的筆法來寫作。至於方苞所提的第三期（隆慶、萬曆），「兼講機法，務為靈變，雖巧密有加，而氣體荼然矣」，則不論其義理面〔註6〕，主要表現出文體形式之完熟。

　　制藝評論家曾指出唐順之四書文的淵源與影響，例如清代俞長城說：「成、弘二朝會元，皆能名世，文之富者，為王守溪、錢鶴灘、董中峯三家。王、錢之體正大，中峯之格孤高。王、錢之後，衍於荊川，終明之世號曰元鐙。」〔註7〕可以看到唐氏基本上延續了第一期王鏊、錢福的書寫成就，這是說他的「承先」。至於「啟後」，唐順之深刻影響了後期制藝的寫作形式，如王夫之即批評他：「鉤鎖之法，守溪開其端，尚未盡露痕迹；至荊川而以為祕密藏，茅鹿門所批點八大家，全恃此以為法，正與皎然《詩式》同一陋耳。本非異體，何用環紐？搖頭掉尾，生氣既已索然，並將聖賢大義微言，

〔註5〕〈進四書文選表‧凡例〉，《方望溪全集》，「集外文」卷二（台北：河洛圖書出版社，1976年3月），頁286。

〔註6〕事實上此期之義理面亦足可觀，主要表現出陽明心學與三教合一的混雜。

〔註7〕《制藝叢話》，頁230～231。

拘牽割裂，止求傀儡之線牽曳得動，不知用此何為？」〔註8〕唐順之對於篇法筆法的強調，使制藝形式上更見嚴密、創新，乃至於試圖超越既有格套法式，追求一種渾然天成的表現方式。

二、創作特色與時代風氣

《欽定四書文》評語中曾提及正德、嘉靖期間的制藝特色，總括而言可以分為四點：（一）以古文為時文；（二）風格之氣盛辭堅；（三）融液經史之變革；（四）章脈貫通之講求。我們可以先在此一格局下，觀察唐順之的四書文。

例如方苞認為此期時文之最大特色，首先在於唐順之、歸有光等人運用了古文寫法來作八股，方氏曰：

> 以比偶為單行，以古體為今製，唯嘉靖時有之，實制藝之極盛也。
> 〔註9〕

> 以古文之氣格出之，故同時作者皆為所屈，蓋或識不及遠、或才不逮意，雖苦心營度，終不能出時文蹊徑也。〔註10〕

> 其提掇眼目，皆本古文法脈，而運以堅勁之骨、雄銳之氣，讀之可開拓心胸，增長智識。〔註11〕

> 「以古文為時文」自唐荊川始，而歸震川又恢之以閎肆，如此等文實能「以韓、歐之氣，達程、朱之理」，而脗合於當年之語意，縱橫排盪，任其自然，後有作者不可及也已。〔註12〕

提到「以比偶為單行」的古文寫法〔註13〕，係由唐順之首先施用於制藝的書

〔註8〕《夕堂永日緒論·外編》，收錄於《船山遺書全集》（台北：中國船山學會，1972年11月重編），第20冊，頁11593。

〔註9〕評胡定，〈逃墨必歸於楊一章〉，《欽定四書文》，《景印文淵閣四庫全書》，第1451冊，頁196。

〔註10〕評唐順之，〈有故而去五句〉，《欽定四書文》，頁176。

〔註11〕評唐順之，〈武王纘太王二節〉，《欽定四書文》，頁141。

〔註12〕評歸有光，〈吾十有五而志于學一章〉，《欽定四書文》，頁88。

〔註13〕「以古文為時文」之首要特徵，端在化駢為散，如梁章鉅提及：「吾鄉朱梅崖先生以古文名家，其應舉制義，亦純以古文之法行之，不肯稍降其格。乾隆甲子鄉試，首場卷已為同考官所抹，以句讀不清批黜。……原評云：『鬱然而深，曠然而明，忽整忽散，若斷若續，純以古氣緯絡其間，西漢遺風於斯未墜。』」（《制藝叢話》，頁251）此評語所謂「忽整忽散」可為其證。從其相反面而言，也有古文家說到科舉八股之「排比對偶」，會對寫作古文發生「化散

寫，造成了制藝文體的重大變革。同時，由於採用了古文筆法，制藝開始能夠表現出一股「縱橫排盪」、「屈盤勁肆」、「錯綜盡致，筆意峭勁」、「堅勁之骨、雄銳之氣」的不俗氣勢，這也就是所謂的文章「氣格」、「氣脈」。至於標榜「以韓、歐之氣，達程、朱之理」，可以窺見「文以載道」的古文主張，方苞於此繼承了唐順之、茅坤及歸有光等唐宋派論文的觀點〔註14〕。

「以古文為時文」的另一特徵，則是所謂「融液經史」的變革。借用古文家的說法，八股文書寫從「守經遵註」演化至「融液經史」，正如古文之宗主韓愈昔年所論的，是一種「師其意，不師其辭」，可以看見古文家對於經義的重新表意、與形式上之改寫。這當然也就是韓愈所標榜「自樹立，不因循」的特殊詮釋觀點〔註15〕。此期作品之融液經史，例如方苞評論唐順之曰：

> 深明古者君臣之義，由熟於三經三禮三傳，而又能以古文之氣格出之，故同時作者皆為所屈。蓋或識不及遠、或才不逮意，雖苦心營度，終不能出時文蹊徑也。〔註16〕

為駢」的不良影響。（見王葆心，《古文辭通義》，台北：台灣中華書局，1965年，上冊，卷二，頁25）

〔註14〕制藝文當然也有不以唐宋古文為典範的復古策略，如梁章鉅曾提及：「王耘渠（汝驤）曰：世之詬病時文者，謂其氣體之非古耳。若得左、馬之筆，發孔、孟之理，豈不所託尤尊而其傳當更遠乎？愚故謂有明制義，實直接《史》、《漢》以來文章之正統也。」（《制義叢話》，頁22）則以漢人史書為典範。

〔註15〕韓愈〈答劉正夫書〉：「或問：『為文宜何師？』必謹對曰：『宜師古聖賢人。』曰：『古聖賢人所為書具存，辭皆不同，宜何師？』必謹對曰：『師其意，不師其辭。』……若聖人之道不用文則已，用則必尚其能者，能者非他，能自樹立，不因循者是也。」（《韓昌黎文集校注》，馬通伯校注，台北：華正，1986年，頁121~122）唐順之也有同樣的說法：「文章稍不自胸中流出，雖若不用別人一字一句，只是別人字句，差處只是別人的差，是處只是別人的是也。若皆自胸中流出，則爐錘在我，金鐵盡熔，雖用他人字句，亦是自己字句，如《四書》中引《書》引《詩》之類是也。」（〈與洪方洲書〉，《荊川先生文集》，卷11，收錄於《四部叢刊初編集部》，王雲五主編，台北：台灣商務印書館，第76冊，1979年）唐宋古文運動原是一種對於秦漢經典的重新詮釋，在書寫上本就強調「不師其辭」、「不因循」；就這一點來看，正德嘉靖間八股文「融液經史」之精神，與古文運動對於經典傳統之消化創造是一致的。

〔註16〕評唐順之，〈有故而去五句〉，《欽定四書文》，頁176。後人往往以「熟」字評論唐順之制藝，例如梁章鉅的記載：「林于川雨化曰：唐荊川順之精於制義，有自為詩云：『文入妙來無過熟，書從疑處更須參。』此荊川自道其所得也。」（《制藝叢話》，頁64）

就《語》、《孟》中取義，而經史事迹無不渾括，此由筆力高潔，運用生新，後人動闌入《四書》字面作文，殊乏精采，所謂上下牀之隔也。〔註17〕

不採「字面作文」，是因為唐作「渾括」了經史事迹、熟於經傳，所以才會稱其「運用生新」〔註18〕。方苞在評歸有光時也強調此一「用」字：

化治以前，先輩多以經語詁題，而精神之流通、氣象之高遠，未有若茲篇者。學者苦心探索，可知作者根柢之淺深。三百篇語，漢魏人用之即是漢魏人氣息；漢魏樂府古詩，六朝人用之即是六朝人音節。觀守溪、震川之用經語，各肖其文之自己出者，可悟文章有神。〔註19〕

由於不像化治以前「多以經語詁題」，方苞形容王鏊、歸有光之「用經語」，猶如漢魏人之「用」《詩經》，猶如六朝人之「用」漢魏樂府古詩，能「各肖其文之自己出者」，這種「用」是首先有一「言志」之主體在焉，故其賦詩不妨「斷章取義」〔註20〕，可以「任筆抒寫」，「以我馭題」；借他人酒杯，

〔註17〕評唐順之，〈君子喻於義一節〉，《欽定四書文》，頁98。
〔註18〕俞長城曾說「唐荊川先生教學里中時有教學文，為吏部時有吏部文，為中丞時有中丞文。」（《制藝叢話》，頁64～65），可見唐氏於制藝寫作之勤。《欽定四書文》原屬官方編修的範本，在選文態度上務求謹慎保守，方苞雖然收錄了唐順之21篇作品（在正嘉期間是第二高，收錄篇章最多者是歸有光），然其評論唐氏〈請問其目一節〉，尚收錄了當日之「原評」曰：「荊川三墨，惟此可謂規圓矩方，繩直準平矣。」（《欽定四書文》，頁116）又〈昔者太王居邠　合下二節〉篇，方苞評曰：「屬對之巧，製局之奇，細看確不可易，……妙手乃得之耳。」（頁165）可以推論唐順之應試獲雋，乃至其他未及收錄於《欽定四書文》的作品，大抵稱不上「規圓矩方，繩直準平」，此可窺見唐氏制藝文之求新求變。另一方面，如從唐順之《文編》的批點來看，其於韓文亦經常強調作意之「奇思」。
〔註19〕評歸有光，〈大學之道一節〉，《欽定四書文》，頁75。
〔註20〕據《日知錄》記載：「林文恪公（材）《福州府志》云：『余好問長老前輩時事，或為余言林尚默誌方游鄉序為弟子員，即自負其才當冠海內士。然考其時試諸生者，則楊文貞、金文靖二公也。夫尚默當時所習特舉子業耳，而楊、金二學士皆文章宿老，蔚為儒宗，尚默乃能必之二公若合符節，何哉？當是時也，學出於一，上以是取之，下以是習之，譬之作車者不出門，而知適四方之合轍也。正德末，異說者起，以利誘後生，使從其學，毀儒先，詆傳注，殆不啻弁髦矣。由是學者悵悵然莫知所從，欲從其舊說則恐或生新說，從其新說則又不忍遽棄傳注也。己不能自必，況於人乎？是故射無定鵠，則羿不能巧；學無定論，則游、夏不能工。欲道德一、風俗同，其必自大人不倡游言始。』」（《制藝叢話》引，頁230）林材此處的說法很值得留意，他認為八股

澆自身之塊壘。

正如古文運動是「以復古為開新」、化傳統於流行，依方苞說法，或許因為這些文章改寫後的「氣息」與「音節」，保留了當代審美趣味，所以他才會稱美此期制藝書寫上「精神之流通」與「氣象之高遠」，不似前期之板滯拘謹。這一方面固然可見義理上「融液經史」之揮灑，另外一個重要層面，則是文體技巧的日漸成熟。〔註21〕行文手筆之熟練，使得此期文章比較起化治以前作品，顯得夷猶自得、貫通而遒密，請看方苞評語：

> 其噓吸神理處，王守溪亦能之，而開闔頓宕夷猶自得，則猶未闚此境也。〔註22〕

> 章脈貫通，堅重遒密，嘉靖盛時風格。〔註23〕

> 貫通章旨，首尾天然綰合，緣熟於古文法度，循題腠理，隨手自成剪裁。〔註24〕

> 八股至此，綿密已極，過此不可復加，故遂流而日下也。長至五六百字而不可增減，可以知其體認之精、敦琢之純矣。〔註25〕

強調這些作品「首尾綰合」的「謹嚴」、「遒密」與「章脈貫通」，其形式上則日漸臻於「過此不可復加」、「不可增減」之「綿密」、圓熟，循此以往，也就開啟了「兼講機法，務為靈變」，講求「鉤勒貫穿」的隆慶、萬曆風氣。

三、講求文法與融鍊自然

前面提及唐順之制藝在形式上之熟練、貫通，也就從正德、嘉靖開始，我們可以看到明人對於制藝文法的講究。唐順之制藝所以「貫通章旨」，方苞指出係「緣熟於古文法度」，確實如此，唐順之曾刻意講求古文文法，例如他的《文編》序言即說：

「毀儒先，詆傳注」之「異說」紛起，係從正德末年開始的，而方苞於此期所稱美的唐順之、歸有光，二人皆於嘉靖期間登第，這恰好可以讓我們理解正嘉間人對於固有詮釋模式之變革，與文評家方苞標舉此期之解經態度。

〔註21〕此期文學技巧日漸成熟，也形成了不同的宗派風格，如錢禧說：「正、嘉以來，或兼雄渾、或兼敏妙、或兼圓熟，各自成家，亦各有宗派，然皆有平淡之風。」（《制藝叢話》，頁233）

〔註22〕評唐順之〈顏淵喟然歎曰一章〉，《欽定四書文》，頁105。

〔註23〕評許孚遠〈故君子名之必可言也一節〉，《欽定四書文》，頁118。

〔註24〕評唐順之〈此之謂絜矩之道合下十六節〉，《欽定四書文》，頁79～80。

〔註25〕評瞿景淳〈道也者二節〉，《欽定四書文》，頁133。

> 歐陽子述揚子雲之言曰：「斷木為棋、梳（捖）革為鞠，莫不有法，而況於書乎？」然則又況於文乎？……文而至於不可勝窮，其亦有不得已而然者乎。然則不能無文，而文不能無法。是編者，文之工匠，而法之至也。聖人以神明而達之於文，文士研精於文，以窺神明之奧，其窺之也，有偏有全、有小有大、有駁有醇，而皆有得也，而神明未嘗不在焉。所謂法者，神明之變化也。易曰：剛柔交錯，天文也；文明以止，人文也。學者觀之，可以知所謂法矣。〔註26〕

所以對於文法之講求，對於他們而言不只是讀懂或寫好一篇文章而已，文法還是讀懂古文經籍、以上窺聖人神明變化之堂奧。

唐順之講求文法，主要也涉及了明初以來文壇的復古運動，《四庫全書總目提要》對於唐氏曾有此評論：

> 其文章法度，具見《文編》一書錄，上自秦漢以來，而大抵從唐宋門庭沿溯以入，故於秦漢之文，不似李夢陽之割剝字句、描摹面貌，於唐宋之文，亦不似茅坤之比擬間架、掉弄機鋒，在有明中葉，屹然為一大宗，至其末年，遁而講學，文格稍變。〔註27〕

至於《明史》則說：

> 弘、正之間，李東陽出入宋、元，溯流唐代，擅聲館閣。而李夢陽、何景明倡言復古，文自西京、詩自中唐而下，一切吐棄，操觚談藝之士翕然宗之。明之詩文，於斯一變。迨嘉靖時，王慎中、唐順之輩，文宗歐、曾，詩仿初唐。李攀龍、王世貞輩，文主秦、漢，詩規盛唐。王、李之持論，大率與夢陽、景明相倡和也。歸有光頗後出，以司馬、歐陽自命，力排李、何、王、李，而徐渭、湯顯祖、袁宏道、鍾惺之屬，亦各爭鳴一時，於是宗李、何、王、李者稍衰。至啟、禎時，錢謙益、艾南英准北宋之矩矱，張溥、陳子龍擷東漢之芳華，又一變矣。有明一代，文士卓卓表見者，其源流大抵如此。〔註28〕

可見唐氏乃是延續自弘治以來的復古思潮〔註29〕，只不過李夢陽、何景明

〔註26〕唐順之，〈文編序〉，《荊川先生文集》，卷10。

〔註27〕〈《荊川集》提要〉，《景印文淵閣四庫全書‧總目提要》，卷172，集部別集類25，第4冊，頁548。

〔註28〕張廷玉：《明史‧文苑傳》，頁1875。

〔註29〕又如康海（1475～1540）〈渼陂先生集序〉曰：「我明文章之盛，莫極於弘治

所欲興復之典範為秦漢文，到了王慎中、唐順之，卻改軏以唐宋古文為典範〔註30〕。

講求文法最重要的方式，自然就是編選一系列相關的範本教材〔註31〕。《文編》所選文章自先秦至宋代共 1422 篇，其中先秦兩漢文計 346 篇，唐宋文計 1053 篇，魏晉六朝文只有 23 篇。綜觀各體之下的文章，發現唐順之對宋代的歐陽脩和蘇軾偏愛有加，二人的文章入選得最多〔註32〕。

我們也可以在唐順之制藝的相關評語中，發現其作品表現出一種唐宋古

時，所以反古昔而變流靡者，惟時有六人焉：北郡李獻吉、信陽何仲默、鄠杜王敬夫、儀封王子衡、吳興徐昌穀、濟南邊廷實，金輝玉映，光照宇內，而予亦幸竊附於諸公之間。乃於所謂孰是孰非者，不溺於剖劂、不怵於異同，有灼見焉，於是後之君子言文與詩者，先秦兩漢、漢魏盛唐，彬彬然盈乎域中矣！」（《對山文集》，卷三，收入《明代論著叢刊》，台北市：偉文圖書，1976 年，頁 123～124）

〔註30〕 嘉靖八年（1529），唐順之以會元登進士第，當時的他尚未以唐宋古文為典範，據夏言（1482～1548）於嘉靖十一年（1532）的疏文來看：「至於成化、弘治間，科舉之文，號稱極盛，凡會試及兩京鄉試，所刻文字，深醇典正，蔚然炳然，誠所謂治世之文矣。近年以來，士大夫學為文章，日趨卑陋，往往剽劂摹擬《左傳》、《國語》、《戰國策》等書，蹈襲衰世亂世之文，爭相崇尚，以自矜眩。究其歸，不過以艱深之詞飾淺近之說，用奇僻之字蓋庸拙之文，如古人所謂減字、換字之法云耳。純正博雅之體，優柔昌大之氣，蕩然無有。……伏乞聖明采納，敕考試官今次會試較士，務取醇正典雅、明白通暢、溫柔敦厚之文，凡一切駕虛翼偽、鉤棘軋茁之習，痛加黜落，庶幾士子知所趨向，而文體可變而正矣。」（〈正文體重程式簡考官以收真才疏〉，《南宮奏稿》，收入《景印文淵閣四庫全書》，台北：台灣商務印書館，第 429 冊，1986 年 3 月，頁 420）可見當時的制藝作風，往往摹擬先秦古籍如「《左傳》、《國語》、《戰國策》等書」，表現出一種「艱難」、「奇僻」之文風。唐順之要到隔年（嘉靖十二年，1533）才接受王慎中的建議，轉向取徑於唐宋古文。

〔註31〕 唐順之一生熱衷於編選，經史子集無不涵蓋，希望「由制藝而引之古」。例如焦竑說：「毘陵唐應德先生，以文學主盟區宇，所貫穿馳騁于古今群籍，靡所不該洽。其歸自詞林，授徒荊溪者垂二十年，嘗欲由制藝而引之古也，則取《文章正宗》、《唐宋名家策論》批評之，即句櫛字比，間于作者，往往洞朗關竅，若面相質不啻也。最後《文編》出，具諸體閱具之觀，又非二書埒矣。」（明施策輯《批點崇正文選》，浙江圖書館藏萬曆四十二年刻本，卷首）

〔註32〕 此中，尤其以歐文影響最大，例如羅洪先〈祭唐荊川文〉說他：「文繼歐曾」（《念庵文集》，《四庫全書珍本》，王雲五主編，台北：台灣商務印書館，1974 年，第 5 集，卷 17，頁 13）而黃淳耀〈答張子瀛書〉亦云：「《荊川集》送到，此老是歐曾嫡派。……不能指其何字何句是古，而逼真古人。」（《陶庵全集》，《四庫全書珍本》，1982 年，第 12 集，卷 1，頁 11）

文之筆法與風格：

> 筆力圓勁，神似歐、蘇論辨。〔註33〕

> 人亦知其妙處只是頓跌之法精熟耳，到拈筆為頓跌又摹他不似。蓋
> 頓跌皆從《國策》、《史記》、韓、歐文得來，與時文中頓跌似是而不
> 同。〔註34〕

> 或於前面托一層，或於後面收一筆，夫子德盛禮恭，從容中節處，
> 曲曲傳出，而行文亦極迴環錯落之巧。〔註35〕

制藝既取法於唐宋古文，因此便重視文章的結構與風格，一方面在形式上日趨嚴整，另一方面則要求表現出作意與作者之精神面貌。古文家所謂「文以載道」，文體形式與文章內容本是一體兩面，互相抗衡，如果太拘於書寫的形式層面，則作意與精神往往會為其所掩，反而失落了制作之初衷〔註36〕。

因此，唐順之或方苞等古文家雖重視文法，卻主張「活法」，反對形式之板滯，強調唐宋文後天之法，應取則於秦漢上古「無法之法」的自然〔註37〕。方苞評論唐順之制藝時即屢稱其「天然縮合」之高妙，例如：

> 理精法老，語皆天出，幾可與韓氏〈對禹問〉相方。〔註38〕

> 屬對之巧，製局之奇，細看確不可易，須知題之賓主輕重，前案後
> 斷之間，自有天然部位，妙手乃得之耳。〔註39〕

> 如脫於聖人之口，若不經意而出之，而實理虛神煥發刻露，以天合

〔註33〕方苞評唐順之，〈盡信書一章〉，《欽定四書文》，頁194。

〔註34〕呂留良評唐順之〈晉人有馮婦者一章〉，《唐荊川先生傳稿》，《四庫禁毀書叢刊補編》，第1冊，頁516。

〔註35〕方苞評唐順之，〈入公門一章〉，《欽定四書文》，頁107。呂本中《童蒙詩訓》曾說「文章紆餘委曲，說盡事理，惟歐陽公得之。」（引自洪本健編，《歐陽脩資料彙編》，北京：中華書局，1995年，上冊，頁194）

〔註36〕例如林雨化（1738～1811）曾經指出唐順之制藝有「流水不齊文法」，表現出一種融化典籍的精熟巧妙，並提及俞長城之評論：「此等作法，成、弘、正、嘉間多有之，隆、慶以後則絕響矣。」（見《制藝叢話》，頁64）隆慶以後文體形式日見嚴密整飭，反而失去了此等灑脫。

〔註37〕明代中葉對於法的討論，自然是受到當時復古詩論的影響。何景明早在正德二年（1507）就說到：「曷章句之足守分，發矩彠之自然。」（〈述歸賦序〉）又說「泯其擬議之迹。」（〈與李空同論詩書〉，《大復集》，影印文淵閣《四庫全書》本，第1267冊，卷32，頁19下）

〔註38〕評唐順之，〈匹夫而有天下者二節〉，《欽定四書文》，頁179。

〔註39〕評唐順之，〈昔者太王居邠　合下二節〉，《欽定四書文》，頁165。

天，器之所以疑神也。〔註40〕

隨題體貼處處得喟然之神，行文極平淡，自然中變幻無端，不可方物。其噓吸神理處，王守溪亦能之，而開闔頓宕夷猶自得，則猶未闢此境也。〔註41〕

著明唐氏制藝「自然中變幻無端，不可方物」的「融鍊自然」，進而表現出一種「開闔頓宕夷猶自得」的精神面貌。可以說，這正是唐順之承繼，而又超越了王鏊之處。

四、深透史事與精神命脈

既以制藝為研究題材，為了討論的方便，也希望能從文本來理解唐順之如何寫作，於此不憚辭費，試參考其〈三仕為令尹六句〉〔註42〕：

大夫之心裕而公，忠於謀者也。【破題】

夫裕則齊得失，

　公則平物我，

而子文可以為「忠」矣，「仁」則吾不知也。【承題】

子張之意若曰：今夫天下之人，謀其身也過周，而謀其國也過畧。

【起講】

夫惟其過周也，則少不如意者，未嘗不為之戚焉；

夫惟其過畧也，則苟無預於己者，未嘗屑為之謀焉。【起比】

此無怪乎倖進之多、而善治之寡也。子文曾有是乎？【出題】

方其三仕為令尹，繼而三已之也，

吾知滿其欲得之志，不能不喜於利見之初，

　而拂其患失之心，不能不慍於播棄之後。（股中對比一）

況夫勉於其暫，不能勉於其久者，人之情也；

　矯於其順，而不能安於其逆者，理之常也。（股中對比二）

子文則謂：窮達命而已矣，

　　　　貴賤時而已矣。（股中對比三）

運之所隆，則其仕我者其道亨也，不色喜也；

〔註40〕評唐順之，〈吾與回言終日一節〉，《欽定四書文》，頁89。
〔註41〕評唐順之，〈顏淵喟然歎曰一章〉，《欽定四書文》，頁105。
〔註42〕〈三仕為令尹六句〉，《欽定四書文》，頁99～100。

勢之所去，則其已我者其道窮也，不色慍也。（股中對比四）

安其常，而不搖於身外之感，

順其適，而不遷於事變之交，（股中對比五）

其在已也，猶其在夫仕也，

其在三也，猶其在夫初也。（股中對比六）

吾於是而知其心之「裕」矣。【上股】

及其將去，而新令尹以代也，

吾知忌心生於新故之變，則必幸其敗事以形吾之善；

　　慍心起於去位之日，則必不謀其政而任其人之為。（股中對比一）

況夫功成者退，則舊政雖善，未必其我德也；

　　責有所歸，則新政雖不善，亦未必其我咎也。（股中對比二）

子文則知有國而已矣，

　　　　知有君而已矣，（股中對比三）

懼其未識乎治體也，而孰所當因？孰所當革？盡其說而道之焉；

懼其未識乎民宜也，而孰為便民？孰為不便於民？舉其國而聽之焉。（股中對比四）

大其心，而不計其形迹之嫌，

忘其私，而求善夫身後之治，（股中對比五）

使其政之行於我者，猶其得行於彼也；

　　而政之行於彼者，猶其得行於我也。（股中對比六）

吾於是而知其心之「公」矣。【下股】

吁！子文其《春秋》之「良」哉！【收結】

此篇篇題為《論語‧公冶長篇》之「三仕為令尹，無喜色；三已之，無慍色。舊令尹之政，必以告新令尹。」文章具有相當清楚的結構：先有個扼要的冒子說明經文脈絡與題意，正面提煉出「裕」與「公」的理解（主體是被代言者孔子），再以小講反面佈局（扣題，回到發語提問者子張），議論時以兩扇立格，每扇當中有六個對比句式，上股談經題前四句（裕），下股談後二句（公），由外在「運勢」講到個人內心之掙扎，最後則以對楚令尹子文之評語作結。行文條理井然，不枝不蔓，具見其所謂古文法度。

方苞對於此篇之評語，很值得我們注意：

就人臣立論，身國對勘，反正相形，子文全身已現，卻仍是子張發

問口吻，於題位分寸不溢。歸、唐皆以古文為時文，唐則指事類情，

曲折盡意，使人望而心開；歸則精理內蘊，大氣包舉，使人入其中

而茫然；蓋由一深透於史事，一兼達於經義也。〔註43〕

所謂「身國對勘，反正相形」，確實如前所述，具見於唐順之此篇行文結構中。「仍是子張發問口吻，於題位分寸不溢」，是指此篇掌握了合宜的立場、與扣緊經句條理分明的析論。至於「子文全身已現」，方苞乃指出此篇賦予子文一個鮮明的精神面貌。

　　因此，方苞又進一步說唐順之「以古文為時文」的重要特徵，在於「指事類情，曲折盡意，使人望而心開」，其淵源上則是「深透於史事」。除此篇外，《欽定四書文》也有其他相關的評語：

抉摘餂者隱曲，纖毫無遁，指事類情，盡其變態而止。〔註44〕

刻劃深透，幾可襲跡於唐荊川，而終不能強者，古文之氣脈耳。

〔註45〕

都指出唐順之制藝有「刻劃深透」、「抉摘隱曲，纖毫無遁，指事類情，盡其變態而止」的手法。這種「曲折盡意」表現出經題內在深心的筆調，或許就是唐順之藉由歐陽脩文法以上溯《史記》的一種書寫策略〔註46〕。

〔註43〕評唐順之，〈三仕為令尹六句〉，《欽定四書文》，頁100。

〔註44〕評唐順之，〈可以言而不言二句〉，《欽定四書文》，頁197。

〔註45〕評王樵，〈子張問明一節〉，《欽定四書文》，頁117。

〔註46〕唐宋派對於歐文之取法，例如茅坤〈唐宋八大家文鈔論例〉說：「宋諸賢敘事，當以歐陽公為最，何者？以其調自史遷出，一切結構裁剪有法，而中多感慨俊逸處，予故往往心醉。」（《唐宋八大家文鈔》，《景印文淵閣四庫全書》，第851冊，台北：台灣商務印書館，1983年，頁15）又艾南英〈答陳人中論文書〉說：「不佞極推宋大家之文，以其有法；而其稍病宋大家之文，亦因其過於尺寸銖兩而毫厘不失乎法，視《史》、《漢》風神如天衣無縫為稍差者，以其法太嚴耳。宋之文由乎法，而不至於有迹而太嚴者，歐陽子也，故嘗推為宋之第一人。」（〈答陳人中論文書〉，見李壯鷹等編：《中華古文論釋林》，北京：北京大學出版社，2011年9月，明代下卷，頁416）皆提及歐陽脩（文法）與司馬遷（天衣無縫）之關聯。余來明認為：「歐陽脩文章受到推崇，一個重要原因是在唐宋派看來，八大家中歐文風調與《史記》最為相近。……他們推崇《史記》，在於《史記》最切近地秉承了六經文章的精義。這一理論路徑的形成，是基於以下認識：由歐陽脩文章上窺《史記》，進而窺測六經文章經義，是使八股文『氣息淳古』的正確作法，直接取法六經，很容易誤入歧途。……唐宋派、『前七子』，二者流派統系上看似『同歸』，實則由於在是否經由唐宋古文上溯秦漢經典，存在分歧而體現不同的治學路徑。」（〈唐宋派與明中期科舉文風〉，《武漢大學學報（人文科學版）》，第62卷第2期，

除了以古文上溯《史記》，唐順之此一筆法或許與前輩作家錢福〔註47〕有淵源，如儲大文說：「經義正宗，首尊守溪、鶴灘。荊川得之鶴灘，昆湖獨得之守溪。」〔註48〕俞長城曾說錢氏「至名物度數之繁，聲音笑貌之末，皆考據精詳，摹畫刻肖，中才所不屑經意者，無不以全力赴之。」〔註49〕可見唐順之此等作法已有先例。

五、結語：超越於文法之上

唐順之「以古文為時文」，既講究「貫通章旨」〔註50〕的文法以探究經籍堂奧，卻又時時想要超越於法律之窠臼，「以天合天」〔註51〕。損之又損，後期乃有「本色說」之見解，試看其與茅坤討論自己的轉變：

> ……所疑於我，本是欲工文字之人，而不語人以求工文字者，此則有說。鹿門所見於我者，殆故吾也，而未嘗見夫槁形灰心之吾乎？吾豈欺鹿門者哉！其不語人以求工文字者，非謂一切抹摋、以文字絕不足為也，蓋謂學者先務有源委本末之別耳。文莫猶人躬行，未得此一段公案，姑不敢論。只就文章家論之，雖其繩墨布置，奇正轉摺，自有專門師法。至於中間一段精神、命脉〔註52〕、骨髓，則

2009 年 3 月，頁 189～195）唐順之取則於歐陽脩者，主要正在於其有法可循；但歐陽脩之取法於司馬遷者，誠如蘇軾所論：「歐陽子論大道似韓愈，論事似陸贄，記事似司馬遷，詩賦似李白。此非余言也，天下之言也。」（〈六一居士集敘〉，《蘇軾文集》，孔凡禮典校，北京：中華書局，1986 年 3 月，卷 10，頁 316）在於其記事之生動鮮活。然而，王夫之曾經批評唐順之此類作法太戲劇性、容易流於庸俗：「經義之設，本以揚搉大義，剔發微言，……若荊川則已開諢語一路，如〈曾子養曾晳〉一段文，謂以餘食與人，為春風沂水高致。其所與者，特家中卑幼耳；三家村老翁嫗，以卮酒片肉飼幼子童孫，亦嘐嘐之狂士乎？諢則必鄙倍可笑，類如此。此風一染筆性，浪子插科打諢，與優人無別。有司乃以此求士，可謂之舉國如狂矣。」（《夕堂永日緒論‧外編》，頁 11610）。

〔註47〕錢福（1461～1504），字子謙，又字鶴灘，華亭人，弘治庚戌會元、狀元，是明代前期重要的制藝代表作家。

〔註48〕〈純仁任子時文序〉，載《存硯樓二集》，卷九，頁 559。

〔註49〕《錢鶴灘稿》，收錄於《可儀堂一百二十名家制義》，俞長城編選，清康熙刻本，卷首〈題識〉。

〔註50〕評唐順之，〈此之謂絜矩之道合下十六節〉，《欽定四書文》，頁 79～80。

〔註51〕評唐順之，〈吾與回言終日一節〉，《欽定四書文》，頁 89。

〔註52〕王夫之曾經批評這些措詞與陽明心學之發展有關：「良知之說充塞天下，人以讀書窮理為戒。故隆慶戊辰會試，〈知之為知之，不知為不知〉文，以不用《集

非洗滌心源、獨立物表、具今古隻眼者，不足以與此。……唐宋而
下。文人莫不語性命、談治道，滿紙炫然，一切自託於儒家，然非
其涵養畜聚之素、非真有一段千古不可磨滅之見，而影響勦說、蓋
頭竊尾，如貧人借富人之衣、庄農作大賈之飾，極力裝做，醜態盡
露，是以精光枵焉，而其言遂不久湮廢。然則秦漢而上，雖其老墨
名法雜家之說，而猶傳今，諸子之書是也；唐宋而下，雖其一切語
性命談治道之說，而亦絕不傳。歐陽永叔所見唐四庫書目，百不存
一焉者，是也。〔註53〕

如以唐順之的說法來看，寫作的內容（性命或治道）不再重要，形式之工拙
也並非重點，書寫的意義反而在於透顯作者「精神、命脈、骨髓」之真切，想
要達到這種超越的真實，則必須有「洗滌心源、獨立物表、具今古隻眼」的心
性修鍊功夫。

受到五四運動以來的批判，今人多不曉明清制藝與理學的關係，以為此
文體（當日也稱為「經義」）只有空洞華麗的八股形式，這其實有很大的誤
解。即以唐順之為例，確實如唐鼎元（1894～1988）於編修年譜時所指出
的，他這一生可以分為幾段重大的創作與思想上的轉折：「公二十以前專精
制藝之文，故負海內盛名，為場屋圭臬。三十左右為師古文辭，……四十以
後專研理學。」〔註54〕唐順之正是由制藝文法的精研，走向了理學性命之深

注》，由此而求之，一轉取士，教不先而率不謹，人士皆束書不觀。無可見長，
則以撮弄字句為巧，嬌吟蹇吃，恥笑俱忘。……乃至市井之談，俗醫星相之
語，如『精神』、『命脈』、『遭際』、『探討』、『總之』、『大抵』、『不過』，是何
汙目聒耳之穢詞，皆入聖賢口中，而不知其可恥。」（《夕堂永日緒論·外編》，
收錄於《船山遺書全集》，第 20 冊，頁 11597～11598）有學者指出唐宋派與
陽明心學的關係：「實際上，歸、唐、王、茅所標舉的道，與唐宋文家的傳統
儒道有很大不同。與唐宋文道的經典、神聖、輔時濟物相比，它們與心學關
係緊密，更加強調人的創造性與個性，也更接近日常生活，已經從崇高走向庸
常，具有一定的近代色彩。他們的散文由家國天下向世俗生活位移，正與這種
道的變化相同步。」（〈從神聖到庸常：「唐宋派」文道的新變〉，羅書華，廣西
師範大學學報：哲學社會科學版，第 49 卷第 4 期，2013 年 7 月，頁 94～97）
〔註53〕〈與茅鹿門知縣二〉，收錄於李壯鷹主編：《中華古文論釋林》，明代，上卷，
頁 379～381。左東嶺認為此篇撰寫時間當為嘉靖二十四年，唐順之三十九歲
之時，從內容上來看，「屬於受陽明心學影響下的產物」。（左東嶺，《王學與
中晚明士人心態》，北京：人民文學出版社，2000 年）
〔註54〕唐鼎元，《明唐荊川先生年譜》，北京：北京圖書館，1999 年，民國二十八年
武進唐氏刊本。

究。因此在他過世後，不僅李贄《續藏書》將唐氏編類於「理學名臣」（而非「文學名臣」）項下，黃宗羲也將其列入《明儒學案》，良有以也。

六、重要參考文獻

1. 韓愈：《韓昌黎文集校注》，馬通伯校注，台北：華正書局，1986 年。

2. 蘇軾：《蘇軾文集》，孔凡禮典校，北京：中華書局，1986 年 3 月

3. 唐順之：《荊川先生文集》，收錄於《四部叢刊初編集部》，王雲五主編，台北：台灣商務印書館，第 76 冊，1979 年。

4. 何景明，《大復集》，《景印文淵閣四庫全書》，第 1267 冊，台北：台灣商務印書館，1986 年。

5. 夏言：《南宮奏稿》，收入《景印文淵閣四庫全書》，第 429 冊，台北：台灣商務印書館，1986 年。

6. 羅洪先，《念庵文集》，《四庫全書珍本》，第 5 集，王雲五主編，台北：台灣商務印書館，1974 年。

7. 黃淳耀，《陶庵全集》，《四庫全書珍本》，第 12 集，王雲五主編，台北：台灣商務印書館，1982 年。

8. 茅坤編選，《唐宋八大家文鈔》，《景印文淵閣四庫全書》，第 851 冊，台北：台灣商務印書館，1983 年。

9. 康海，《對山文集》，收入《明代論著叢刊》，台北：偉文圖書，1976 年。

10. 王夫之：《夕堂永日緒論·外編》，收錄於《船山遺書全集》，台北：中國船山學會，1972 年 11 月重編，第 20 冊。

11. 張廷玉等：《明史》，收入《景印文淵閣四庫全書》，第 301 冊，台北：台灣商務印書館，1979 年。

12. 方苞：《欽定四書文》，《景印文淵閣四庫全書》，第 1451 冊，台北：台灣商務印書館，1979 年。

13. 方苞：《方望溪全集》，台北：河洛圖書出版社，1976 年 3 月。

14. 梁章鉅：《制藝叢話》，上海：上海書店，2001 年 12 月。

15. 王葆心：《古文辭通義》，台北：台灣中華書局，1965 年。

16. 唐鼎元，《明唐荊川先生年譜》，北京：北京圖書館，民國二十八年武進

唐氏刊本，1999 年。

17. 左東嶺：《王學與中晚明士人心態》，北京：人民文學出版社，2000 年。

18. 李壯鷹等編：《中華古文論釋林》，北京：北京大學出版社，2011 年 9 月

19. 余來明，〈唐宋派與明中期科舉文風〉，《武漢大學學報（人文科學版）》，第 62 卷第 2 期，2009 年 3 月，頁 189～195。

20. 羅書華：〈從神聖到庸常：「唐宋派」文道的新變〉，廣西師範大學學報：哲學社會科學版，第 49 卷第 4 期，2013 年 7 月，頁 94～97。

試析《夕堂永日緒論》之經義觀點

提　要

　　王夫之（船山先生，1619～1692）是明末清初非常重要的理學家，雖然他的理學思想從晚清以來，已受到學界相當重視；但船山同時也是一個廣為學界所知，十分看重經義文（八股文）的學者。船山的經義文書寫，除現存作品《船山經義》尚收有卅九首外；他還有重要的經義文論，如《夕堂永日緒論》，有待學界進一步爬梳整理。本論文正欲藉由王船山這樣的思想家（而非文學家）為例子，試以介紹明末清初經義文豐富之義理及型式表現，說明理學家如何評論及書寫經義文；從這個角度，或許可以更清楚聚焦於科舉文章能指（文體）與所指（義理）之間的關聯性。

關鍵字：王夫之、理學、經義

一、前言：藉由經義文闡述理學的王船山

　　王船山（1619～1692），名夫之，字而農，一號薑齋；晚歲因隱居於衡陽石船山，自稱船山老人、船山老夫，學者稱為「船山先生」。船山自十五歲起應鄉試，二十四歲（崇禎十五年）曾以春秋第一中式第五名舉人。迨明室亡，船山知事不可為，遂閉門隱居，著作不輟。其生平遍註經籍，著作多以「理究天人，事通古今，探道德性命之原，明得喪興亡之故」為宗旨。

　　船山遍註經籍，論述宏深，但他對於經義文體卻頗為注重，其現存重要的相關著作至少有二種：分別是寫就於 1683 年的《船山經義》、及寫就於 1690 年的《夕堂永日緒論》〔註1〕。前者收錄了船山自作經義文卅九篇，發

――――――――――――――――――

〔註1〕如楊堅於〈船山經義編校後記〉根據曾載陽及曾載述之《夕堂永日緒論・經

表時船山已 65 歲；後者則為他對於寫詩及經義的相關評語，成書時已經 72 歲。足證船山於晚年時，仍留心於經義文體。他在《船山經義》序中提及：

> 嘗於九經有所撰述，而此藝缺然；亦緣早歲雕蟲之陋，深自憨怛。
> 先儒言：「科舉業非不可學，況經義本以引伸聖言，非詩賦比者。」
> 昔於嶺南，見楊貞復先生晚年稾，皆論道之旨，特其說出於陸、王
> 為詫異，要亦異於雕蟲以售技者。近唯陳大行際泰略能脫去經生蹊
> 徑，……〔註2〕

說楊起元〔註3〕晚年稿「皆論道之旨」，然則船山有意藉這些經義文「論道」、藉以「引伸聖言」，豈非昭然可見。

　　不論是八股文研究者，或是理學研究者，迄至目前為止，學界對於王夫之傳世的《船山經義》及《夕堂永日緒論》，尚未加以深入分析、研究。主要原因大概仍是受限於民國以來對於明清經義文的成見，容易誤導學者在面對這些作品文集時，逕以八股體式看待之，卻忽略了此文體與理學之間「文以載道」的關係，忽略了經義文主要之內容即在詮釋義理。

二、關於《船山經義》之詮釋特點

　　論及船山之思想，他的學問體系號稱繁雜，有幾個主要原因：最主要的在於他的觀點多存於注疏中，隨文引義，因事言理，船山喜歡關連著經典隨文點說，比興式的發揮他的見解，他著力的是對於經典的創造性詮釋，而不是理論嚴密的層層建構，如此卻使得後學者難以系統地掌握他的思想全貌。

　　其次，船山既無系統嚴整、內容單純之代表性著作，足以據為貫穿全書之參考標準（如周敦頤之《通書》、張載之《正蒙》、程顥之《定性書》）；復缺一套其所常用而界義鮮明之術語，足以據為提挈其全部思想之旨歸（如朱子之理、象山之心、陽明之良知、蕺山之意），船山之言體用、言性情、言心言

義・附識二〉、〈記衡陽劉氏所藏王船山先生遺稿〉與周調陽〈王船山著述略考〉三篇，斷言「船山確有《制義》一書，與《經義》為姐妹篇；《經義》者船山所自作時文，《制義》則選評明人之時文也」，請參鄧輝〈王船山四書學著作與《船山經義》年考〉一文（《湘潭大學學報（哲學社會科學版）》，2008年第 2 期），是知船山尚有評點時文之作，即周調陽於 1939 年時所見之《制義選評》一書，惜今已失傳。

〔註2〕王夫之，《船山經義・序》，收錄於《船山遺書全集》，第 19 冊，頁 10911。
〔註3〕楊起元（1547～1599），字貞復，隆慶丁卯（1567）舉人，萬曆丁丑（1577）進士，吏部侍郎兼翰林院侍講學士，諡文毅。

氣言理，均一方面似順宋明儒之成習而用，卻又時時自含奧義，乍然見之，確義難曉。

其三，他的著作卷帙浩繁，且表達方式詰屈聱牙，文字性格艱澀，令人望而卻步。其尤艱難者，則因為船山的思想方式頗富辯證意味，他企圖銷融及批判許多對反層次的東西，以謀解決宋明儒學及佛老所潛在的困結。〔註4〕

船山之所以採取如此特殊的立論方式，筆者以為，這或許也與他個人的思想信念有關，他在文章中屢次反對離事以言道體。這種務實心態轉移到了著作方面，倒形成一種特殊的義理表達風格。

筆者確信《船山經義》乃為船山有意之作，有幾個原因：首先，這些作品編撰於船山晚年，已非一般年少學子有意追逐功名之作；其次，這些作品中頗見未合於制義書寫體例的手法〔註5〕，可知並不拘於文體形式，關心的是義理內容；其三，此書所收之經題也與一般常見之題目有別，可知是船山為了表達他所關心的義理，有意識地擇題而作。

三、關於《夕堂永日緒論》之內容析論

寫作於船山過世前二年的《夕堂永日緒論》，對於明代經義史的研究而言，稱得上是非常重要的文獻：一方面，船山此一「八股文話」建構了不同的經義文史之選評標準，可以作為後代官方文獻（如《欽定四書文》）之參照系譜；其次，像船山這樣的理學大師會刻意想要寫作此類經義文史批評集，就迫使後人不得不認真思考八股文與宋明理學的深刻關係，若說理學是形而上之「道」，那麼經義文體就是表達與傳遞其深刻論述的形下之「器」，畢竟，捨「器」是無法言「道」的。〔註6〕反之，如不論其理學，只講究其對八股形式作法等之意見，實可能小覷了船山於經義文批評的重要性。

以下略依《夕堂永日緒論》內容，分為六項以析論船山編撰之特色：

〔註4〕此處參見林安梧，《王船山人性史哲學之研究》，頁5；曾昭旭，《王船山哲學》，頁290～291。

〔註5〕比如《船山經義》中所收的〈子曰參乎吾道一以貫之（章）〉（頁 10925～10927），以及〈公孫丑問曰夫子加齊之卿相（章）〉（頁 10954～10956），皆未循「代聖立言」的正規寫法。

〔註6〕船山認為：「無其器則無其道，人鮮能言之，而固其誠然者也。」（《周易外傳》，卷5，《船山全書》，長沙：嶽麓書院，1996年10月，頁1027）

（一）跨文類以論經義

根據近來學者研究八股淵源，學界逐漸能掌握其作為一種綜合性文體的特色：經義文不是無端憑空被創造出現，而是雜糅了不同文體特性，經過長期書寫發展成形的一套特殊文體。〔註7〕因此，周作人要說「八股不但是集合古今駢散的精華，凡是從漢字的特別性質演出的一切微妙的游藝也都包括在內，所以我們說它是中國文學的結晶。」〔註8〕

事實上，我們如從《夕堂永日緒論》來看，船山也時常由各種文體的書寫經驗，借以作為經義文體之討論或對照，所以他會說：「詩、賦、雜文、經義有合轍者，此也。以此鑒古今人文字，醇疵自見。」〔註9〕

船山以詩賦作法論經義，例如：

> 自三百篇以至庾鮑七言，皆不待鉤鎖，自然蟬連不絕，此法可通於時文，使股法相承、股中換氣。〔註10〕

> 譚友夏論詩云：「一篇之朴，以養一句之靈；一句之靈，能回一篇之朴。」囈語爾。以朴養靈，將置子弟子牧童樵豎中，而望其升孝、秀之選乎？靈能回朴，村塢間茅苫土壁，塑一關壯繆，袞冕執圭，席地而坐，望其靈之如響，為嗤笑而已。慶曆中，經義以一句爭勝。皆此說成之。〔註11〕

> 唐人選士，命作〈幽蘭賦〉，舉子傲岸不肯作，主司為改〈渥洼馬賦〉，乃曰較可。古人獎進人才如此，而以功令束人，使相效以趨於卑陋，侮聖言而莫敢違之，經義之不足傳，非此等使然與？
>
> 〔註12〕

從《詩經》、漢賦到唐代詩賦，談八股之對比、代字法、「以朴養靈」句法、選士命題分寸，皆是其例。

除了以詩賦等韻文為淵源，船山也從敘事文類（所謂「雜文」），例如唐宋古文、諢語或唐傳奇，藉以講述經義作法：

〔註7〕請參考拙著《明清經義文體探析（上）》，收入《古典文學研究輯刊》，第22冊，新北市：花木蘭文化出版社，2010年9月，頁53。

〔註8〕〈論八股文〉，1930年5月作，《看雲集》，北京：開明，1992年，頁77。

〔註9〕《夕堂永日緒論·外編》，頁11593。

〔註10〕《夕堂永日緒論·內編》，頁11568。

〔註11〕《夕堂永日緒論·外編》，頁11605。

〔註12〕《夕堂永日緒論·外編》，頁11612。

試取歐陽公文與蘇明允竝觀，其靜躁、雅俗、貞淫，昭然可見。心粗筆重，則必以縱橫、名法兩家之言為宗主，而心術壞、世教陵夷矣。明允其明驗也。啟、禎諸公欲挽萬曆俗靡之習，而競躁之心勝，其落筆皆如椎擊，刻畫愈極，得理愈淺。……代聖賢以引伸至理，而頳面張拳，奚足哉？〔註13〕

經義之設，本以揚搉大義，別發微言；或且推廣事理，以宣昭實用。小題無當於此數者，斯不足以傳世。……若荊川則已開諢語一路，如〈曾子養曾晳〉一段文，謂以餘食與人，為春風沂水高致。其所與者，特家中卑幼耳；三家村老翁嫗，以巵酒片肉飼幼子童孫，亦嘐嘐之狂士乎？諢則必鄙倍可笑，類如此。此風一染筆性，浪子插科打諢，與優人無別。有司乃以此求士，可謂之舉國如狂矣。

唯有一種說事說物單句語，於義無與，亦無所礙，可以靈雋之思致，寫令生活。此當以唐人小文字為影本。劉蛻、孫樵、白居易、段成式集中短篇，潔淨中含靜光遠致，聊擬其筆意以駘宕心靈，亦文人之樂事也。湯義仍、趙儕鶴、王龍菴所得在此，劉同人亦往往近之，餘皆不足比數。〔註14〕

此外，船山亦追溯經義之淵源於經註，例如：

信曰「悖篤」、仁曰「慈祥」、學曰「敏求」、思曰「覃精」、善曰「純粹」、治曰「經理」……，皆代字也。先輩中亦有此病，自吳季子小註來，有胸有心者，不應染指。〔註15〕

甚至以書法、棋弈對照經義作法，例如：

昔人謂書法至顏魯公而壞，以其著力太急，失晉人風度也。文章本靜業，故曰「仁者之言藹如也」，學術、風俗皆於此判別。著力急者心氣粗，則一發不禁，其落筆必重，皆囂陵競亂之徵也。……啟禎

〔註13〕《夕堂永日緒論・外編》，頁 11604～5。這邊是批評蘇洵古文不值得為經義法式，反對的正是古文派的作法。因為反對古文派，船山甚至以經義「體用排偶」之特點，強調古文與此「不相涉」，例如：「司馬班氏史筆也，韓歐序記雜文也，皆與經義不相涉。經義曁兩義以引伸經文，發其立言之旨，豈容以史與序記法攪入！」（頁 11593～4）刻意排除古文於經義之影響，並不符合此文體於明代發展之歷程。

〔註14〕《夕堂永日緒論・外編》，頁 11610。

〔註15〕《夕堂永日緒論・外編》，頁 11598。

文多類此意者，亦天實為之邪？〔註16〕

　　聞之論弈者曰：「得理為上，取勢次之，最下者著。」文之有警句，

　　猶棋譜中所注妙著也。妙著者，求活不得，欲殺無從，投隙以解困

　　厄，拙棋之爭勝負者在此。若兩俱善弈，全局皆居勝地，無可用此

　　妙著矣。〔註17〕

可見經義文之於船山，不僅在思想內容與各家（朱陸佛道）〔註18〕辯衡，也
在文學形式上雜糅了各式文類〔註19〕。

（二）經義史之分期觀

　　其次，如就文類內部的發展來論其變化歷程，王夫之於《船山經義》與
《夕堂永日緒論》中曾經作了許多的討論。例如《船山經義》提及：

　　王介甫至天順以前，皆自以意傳聖賢之意；錢鶴灘、王守溪者起，

　　始為開合起結排比之桎梏；嘉靖中葉周菜峰、王荊石剿襲古人文字，

　　其變不一，法雖屢變，要皆皎然《詩式》之類耳。〔註20〕

這是粗略將經義史分為三期：從王安石首創新體說起，以錢福及王鏊為首
變，「始為開合起結排比之桎梏」，說明八股結構之成形；又以嘉靖中葉周思
兼〔註21〕、王錫爵〔註22〕為二變，轉為「剿襲古人文字，其變不一」，則批
評嘉靖以後之復古作風。

　　關於第二期（化治到嘉靖前期），船山的評語如下：

　　錢、王出以鈍斧劈堅木手筆，用俗情腐詞，著死力講題面。陋人始

　　有津濟，翕然推奉，譽為大家，而一代制作至成弘而埽地矣。〔註23〕

〔註16〕《夕堂永日緒論・外編》，頁11604～5。

〔註17〕《夕堂永日緒論・外編》，頁11606。

〔註18〕《船山經義》有一個重要意圖，在於批評當日流行之異端邪說，冀以撥亂返
　　　　正，請參考拙作〈試論王船山的經義觀點與書寫──以《船山經義》為例〉。

〔註19〕與船山約略同時的金聖歎（1608～1661），亦有相似的跨文類觀念：「詩與文，
　　　　雖是兩樣體，卻是一樣法。一樣法者，起承轉合也。」（〈示顧祖頌、韓寶昶〉，
　　　　《金聖歎尺牘》）、「聖歎本有才子書六部，《西廂記》乃是其一，然其實六部
　　　　書，聖歎只是用一副手眼讀得。」（〈讀第六才子書法〉，林乾編：《金聖歎評
　　　　點才子全集》，四卷之二，第二卷，第九點）

〔註20〕《船山經義・序》，頁10911。

〔註21〕周思兼（1519～1565），字叔夜，號菜峰，華亭人，嘉靖二十六年（1547）進士。

〔註22〕王錫爵（1534～1614），字元馭，號荊石，蘇州太倉人，嘉靖四十一年（1562）
　　　　會元、殿試第二。

〔註23〕《夕堂永日緒論・外編》，頁11590。

自「四大家」之名立，各有蹊徑，強經文以就己規格，而此風蕩然
矣。〔註24〕

「四大家」未立門庭以前，作者不無滯拙，而詞旨溫厚，不徇詞以
失意。守溪起，既標格局，抑專以遒勁為雄，怒張之氣，由此而濫
觴焉。〔註25〕

可見他認為以錢、王為首之「四大家」，其特色在於「既標格局，抑專以遒
勁為雄」：四大家開始經營出一種「規格」，使人有了「津濟」得以依循效法；
而且強調「遒勁為雄，怒張之氣」，「以鈍斧劈堅木手筆」來表現個人風格，
遂因此濫用了「俗情腐詞」，失去原本「溫厚」之文風。總體而言，船山批
評此期轉變為一代制作之「埽地」。

至於第三期（嘉靖中葉）呢？船山的批評是：

及《文鈔》盛行，周荼峰、王荊石始一以蘇、曾為衣被，成片抄襲，
有文字而無□義；至陳（棟）、傅（夏器）而極矣。〔註26〕

這邊提到《文鈔》，即茅坤（1512～1601）於萬曆七年（1579）所編訂的《唐
宋八大家文鈔》，船山認為從周思兼、王錫爵「一以蘇、曾為衣被，成片抄
襲」，致使經義文變成徒具形式卻無內容的空洞載體，此風尤其以陳棟〔註27〕
與傅夏器〔註28〕為最〔註29〕。船山對於此期「以古文為時文」之作風頗有微
辭，稍後會以專節再作些說明。

〔註24〕《夕堂永日緒論‧外編》，頁 11589。此所謂「四大家」，船山於書中並未指明
　　　　為哪四位文家，據梁章鉅《制藝叢話》所載，舊稱「王、錢、唐、瞿」為四
　　　　大家，即為王鏊、錢福、唐順之、瞿景淳，後「浙人去鶴灘而易以方山」，以
　　　　薛應旂取代了錢福（《制藝叢話；試律叢話》，上海：上海書店，2001 年 12
　　　　月，頁 65）。船山於此書中未見論薛、然論錢福之處卻不少見，故此四家當
　　　　指「王、錢、唐、瞿」。
〔註25〕《夕堂永日緒論‧外編》，頁 11594。
〔註26〕《夕堂永日緒論‧外編》，頁 11594。
〔註27〕陳棟（1526～1572），字隆之，江西南昌人，嘉靖四十四年殿試第三名，授翰
　　　　林院編修，隆慶五年出任會試主考官。
〔註28〕傅夏器（1509～1594），字廷璜，號錦泉。泉州南安人，世稱錦田先生，嘉靖
　　　　二十九年會元。
〔註29〕第三期主要流行的是古文作法，但也有例外的個別文家，例如書中提到的顧
　　　　憲成（1550～1612）：「承嘉靖末蘇、曾氾濫之餘，當萬曆初俚調啞嚘之始，
　　　　顧涇陽先生獨以博大弘通之才，豎大義、析微言，屹然嶽立。有制藝以來，
　　　　無可匹敵。奪王、唐『大家』之名，以推戴先生，雖閱百世，不能易吾言也。」
　　　　（《夕堂永日緒論‧外編》，頁 11595）

除了前此「二變」，船山於《夕堂永日緒論》又提及隆慶、萬曆之間還有第三變，形成了第四期（隆萬之際）的潮流：

> 隆、萬之際，一變而愈之於弱靡，以語錄代古文，以填詞為實講，以杜撰為清新，以俚語為調度，以挑撻為工巧。若黃貞父、許子遜之流，吟舌嬌澀，如鴃鴂學語，古今來無此文字，遂以湮塞文人之心者數十年。語錄者，先儒隨口應問，通俗易曉之語，其門人不欲潤色失真，非自以為可傳之章句也。以為文，而更以浮屠半吞不吐之語參之，求文之不蕪穢也得乎？

> 文凡三變，而其依傍以立戶牖，己心不屬，則一而已矣。〔註30〕

則批評隆慶、萬曆期間的經義文，又從古文風格轉向為模仿語錄，使得第四期文章「以杜撰為清新，以俚語為調度」、又雜以「浮屠半吞不吐之語參之」，因此文章顯得「弱靡」、「蕪穢」。

至於說「文凡三變，而其依傍以立戶牖，己心不屬，則一而已矣。」則是指這三次文體變化，不論是規格化、古文化、或是語錄化，都是「依傍以立戶牖」，看起來像有個樣子，實際上卻缺乏了「己心」。

事實上，從《夕堂永日緒論》看來，萬曆後的經義文又有變化，可以視為第五期（啟禎）之風格，例如船山曰：

> 萬曆之季，李愚公始以堅蒼驅軟媚，方孟旋始以流宕散俗冗，稍復雅正之音，於先正沖穆之度，未遑領取。而其變也，亦足以起久病之恇矣。〔註31〕

> 啟、禎諸公欲挽萬曆俗靡之習，而競躁之心勝，其落筆皆如椎擊，刻畫愈極，得理愈淺；雖有才人，無可勝澄清之任。就中唯沈去疑、杜南谷為有超然之致，猶未醇也，其他勿論已。代聖賢以引伸至理，

〔註30〕《夕堂永日緒論・外編》，頁11594～5。黃汝亨（1558～1626），字貞父，萬曆二十六年進士；子「遜」當為「獬」誤，即為許獬（1570～1606），字子遜，又字鍾斗，同安人，萬曆二十九年會元。船山曰：「當萬曆中年，俚調橫行之下，有張君一（以誠），雖入理未深，而獨存雅度。君一與許子遜同時。昧心之作，至子遜而極。其〈樂則生矣〉一段文字，開講處有數『樂』字，鳥語班闌，不知音『岳』、音『雒』，猶可謂肉團心有一鍼孔乎？」（《夕堂永日緒論・外編》，頁11595）

〔註31〕《夕堂永日緒論・外編》，頁11595。李若愚，字愚公，漢陽人，萬曆四十七年進士；方應祥（1561～1628），字孟旋，萬曆四十四年進士。

而頩面張拳，奚足哉？〔註32〕

人各占一經，已不足以待通儒。……啟、禎以來，後起諸公雖或不雅馴，而窮經得歸趣者間出焉；方之慶、曆以前，自覺積薪居上。〔註33〕

在船山看來，第五期既以改革「語錄」、「俚調」體的軟媚俗靡為要旨，卻不免矯枉過正，「落筆皆如椎擊」、「頩面張拳」，雖「足以起久病之尫」，可惜於「於先正沖穆之度，未遑領取」。然而船山也嘉許此期經義文家的書卷之功：「雖或不雅馴，而窮經得歸趣者間出焉；方之慶、曆以前，自覺積薪居上」，以博雅的學問彌補了前此語錄體之空乏。

上面整理出船山的明代經義五期說，我們如對照清代官方選本《欽定四書文》，可以看到船山與方苞在文體分期的斷點上沒有太大差異，只是船山並不把「洪永至化治」視為一期，因為他基本上反對錢、王將此文體「規格化」，然而方苞卻肯定了此期的「繩墨」及「尺寸」。此外，方苞以「正嘉作者」為明文之「極盛」，這也與船山所持的標準有別，船山基本反對「以古文為時文」，在他的價值權衡下，極盛時期應當是在第五期（也就是啟禎諸家）。

（三）對於作法之評論與系譜考究

復次，《夕堂永日緒論》中對於經義文作法也有許多的評論。除了權衡得失之外，也往往指陳某作法之源起〔註34〕。以下大致分為六點說明：

1. 以經文為優先，不強就己規格

經義文是一種「守經遵註」的經典詮釋文章，船山首先提醒的作法是：所謂「最上一乘文字」，不要「強經文以就己規格」：

程子與學者說《詩經》，止添數字，就本文吟咏再三，而精義自見。作經義者能爾，洵為最上一乘文字。自非與聖經賢傳融液胕合，如自胷中流出者不能。先輩閒有此意，知之者鮮，自「四大家」之名立，各有蹊徑，強經文以就己規格，而此風蕩然矣。〔註35〕

〔註32〕《夕堂永日緒論・外編》，頁 11604～5。沈幾，字去疑，長洲人，崇禎四年（1631）進士。杜南谷生平未詳，待查。

〔註33〕《夕堂永日緒論・外編》，頁 11612～3。

〔註34〕船山曾說：「經義自有立言端委，如人家族譜。」（《夕堂永日緒論・外編》，頁 11607）

〔註35〕《夕堂永日緒論・外編》，頁 11589。同樣的說法又見：「經義固受法於題，故必以法從題，不可以題從法。以法從題者，如因情因理，得其平允。以題從

此一說法強調的是作者必須「與聖經賢傳融液胹合」，所代言之經文義理才會「如自胷中流出」，因此在作法上，船山舉了程子詮說《詩經》為例，認為高明的作法是「止添數字」，使經句本文「經義自見」，反對「四大家」另以「規格」牢籠了經文。

在此一詮釋原則下，船山認為經義文可以達成三種不同的詮釋效果，也有境界高下之分：

> 鈞略點綴，以達微言，上也；其次則疏通條達，使立言之旨曉然易
> 見，俾學者有所從入；又其次則摷索幽隱、啟人思致，或旁輯古今、
> 用徵定理。三者之外，無經義矣。大要在實其虛以發微，虛其實而
> 不窒。若以填砌還實，而虛處止憑衰弱之氣姑為搖曳，則題之奴隸
> 也。〔註36〕

船山認為經義文三種不同的境界：最高明的就是「以達微言」、其次則「使立言之旨曉然易見」、再來才是「摷索幽隱、啟人思致，或旁輯古今、用徵定理」。可以看出他認為「鈞略點綴」出經句的微言大義，才是經義文最重要之本色。作法則「大要在實其虛以發微，虛其實而不窒」。「使立言之旨曉然易見」雖然重要，卻不是最重要的，因為把經義講太淺白了也不行，故必須以虛實濟之。至於「旁輯古今」的書卷之功，雖然有益於「啟人思致」，畢竟不是此文體之本色。

2. 言之有意與無意：寫作經義對於時代的回應

除了前述的三種作法之外，船山對於以經義文為「寓」的作法，也是持肯定態度的，例如其批評錢謙益「黃淳耀經義作法來自於歸有光」的意見，認為黃作「言皆有意」，而歸有光則「無一語出自赤心」：

> 錢受之謂黃蘊生嗣歸熙甫，非也。熙甫但能擺落纖弱，以元爽居勝
> 地耳，其實外腴中枯，靜扣之，無一語出自赤心。蘊生言皆有意，
> 非熙甫所可匹敵；但為史所困，又染指韓、蘇，未能卓立耳。然蘊
> 生當天步將傾之日，外則遼左禍逼，內則流寇蠭起，黃扉則有溫、

法者，豫擬一法，截割題理，而入其中，如舞文之吏，俾民手足無措。」（頁
11591）這與他「有即事以窮理，無立理以限事」（《續春秋左氏傳博議》）的
主張有關。

〔註36〕《夕堂永日緒論·外編》，頁 11591～2。船山曾經提及與友人寫作一種經義
文章「取精煉液，以靜光達微言」（頁11613～4）。「靜光」不知何謂？也許可
以理解為以虛靜心洞悉經義，化去自矜之規格。

周、楊、薛之奸，中涓則有張彝憲、曹化淳之蠹，憂憤填胸，一寓
之經義，抒其忠悃，傳之異代，論世者所必不能廢也。〔註37〕

所以，把經義帶入詮釋者的時代，賦予經句歷時性的「真意」，也是船山所認
可之重要作法。

3.「代聖立言」應從正面上體會

船山又主張經義文必須「從正面上體會」，如果從反面作文詮解，表現
的只能是人性當中「不善、不勤、不慎之慝」，反而失去了「代聖立言」、體
會聖賢心胸之美意：

下劣文字，好作反語，亦其天良不容揜處。人能言其所知，不能言
其所不知；凡反語，皆不善、不勤、不慎之慝。今人畫之所行、夜
之所思、耳之所聞、目之所見，特此數者，終日習熟，故自寫供招，
痛快無寒澀處。若今於聖賢大義微言從正面上體會，教從何處下
口？無怪乎反之不已，一正便托開也。〔註38〕

船山認為「好作反語」，只是形式上的技巧，主要還是因為作文者無法「言其
所不知」、無從下口，才藉以逃避的「下劣」作法。

4. 對於字法之觀點

（1）用字之必要性：權衡險熟或詳略

船山曾舉嵇世臣與湯顯祖為例，說明用字須權衡而準確：「非此字不足
以盡此意，則不避其險；用此字已足盡此義，則不厭其熟。言必曲暢而伸，
則長言而非有餘；意可約略而傳，則芟繁從簡而非不足。嵇川南、湯義仍諸
老所為獨絕也。避險用熟而意不宣，如扣朽木；厭熟用險而語成棘，如學鳥
吟；意止此而以虛浮學蘇、曾，是折腰之蛇；義未盡而以迫促仿時調，如短
項之蛙。纔立門庭，即趨魔道。四者之病，其能免乎！」〔註39〕

（2）精微高卓：反對不經思維行文、也反對堆砌用典

《夕堂永日緒論》曾經批評受李贄、陶望齡所影響之萬曆文風：「自李
贄以佞舌惑天下，袁中郎、焦弱侯不揣而推戴之，於是以信筆掃抹為文字，

〔註37〕《夕堂永日緒論·外編》，頁11595～6。

〔註38〕《夕堂永日緒論·外編》，頁11590。

〔註39〕《夕堂永日緒論·外編》，頁11602。嵇世臣，字思用，號川南，歸安人，嘉
靖十四年（1535）進士；湯顯祖（1550～1616），字義仍，號海若，江西臨川
人，萬曆十一年（1583）進士。

而誚含吐精微、鍛煉高卓者為『齩薑呷醋』。故萬曆壬辰以後，文之俗陋，互古未有。如必不經思維者而後為自然之文，則夫子所云『艸剏、討論、修飾、潤色』，費爾許斟酌，亦『齩薑呷醋』邪？比閱《陶石簣文集》，其序、記、書、銘，用虛字如蛛絲冒蝀，用實字如屐齒黏泥，合古今雅俗，堆砌成篇，無一字從心坎中過，真《莊子》所謂『出言如哇』者，不數行即令人頭重。蓋當時所尚如此，啟、禎閒始洗滌之。」〔註40〕

（3）反對撮弄字面

例如《夕堂永日緒論》批評黃洪憲、陳懿典之撮弄字面：「文字至撮弄字面而穢極矣。黃蔡陽已啟其端，至萬曆壬辰而益濫。……文字安得不陋？士習安得不偷邪？」〔註41〕

又提及黃洪憲此一作風與陽明心學之關係，說到隆慶取士不採用《集注》，造成學子束書不觀：「良知之說充塞天下，人以讀書窮理為戒。故隆慶戊辰會試，〈知之為知之，不知為不知〉文，以不用《集注》，由此而求之，一轉取士，教不先而率不謹，人士皆束書不觀。無可見長，則以撮弄字句為巧，嬌吟塞吃，恥笑俱忘。如『戰戰兢兢，如履薄冰』，而撮云『冰兢』；『念終始典於學』，而撮云『念典』。乃至市井之談，俗醫星相之語，如『精神』、『命脈』、『遭際』、『探討』、『總之』、『大抵』、『不過』，是何汙目聒耳之穢詞，皆入聖賢口中，而不知其可恥。此嘉靖乙丑以前，雖不雅馴者，亦不至是。湯賓尹以淫娟小人，益鼓其焰，而燎原之火卒不可撲，實則田一儁、黃洪憲倡之於早也。」〔註42〕

（4）反對以字眼勾串

船山反對以官樣字、扼要字謀篇，擔心造成義理的膚淺簡化：「攇一官樣字作題目，拈一扼要字作眼目，自謂『名家』，實則先儒所謂『只好隔壁

〔註40〕《夕堂永日緒論·外編》，頁 11604。李贄（1527～1602），字宏甫，號卓吾，泉州晉江人，嘉靖三十年（1551）舉人，嘉靖四十二年出任北京國子監博士。陶望齡（1562～1609），字周望，號石簣，浙江會稽陶堰人，萬曆十七年（1589）進士。

〔註41〕《夕堂永日緒論·外編》，頁 11597。黃洪憲（1541～1600），字懋中，號蔡陽。浙江秀水人，隆慶五年（1571）進士。陳懿典（1554～1638），字孟常，秀水人，萬曆二十年（1592）進士。

〔註42〕《夕堂永日緒論·外編》，頁 11597～8。湯賓尹（1567～？），字嘉賓，號睡庵，別號霍林，安徽宣州人，萬曆二十三年（1595）進士。田一儁，字德萬，大田梅嶺人，隆慶二年（1568）會試第一。

聽』者耳。官樣字者,如〈老者安之〉三句。張受先以『王道』二字籠罩。……扼要之法,乃浮屠所謂『佛法無多子』者,孟子謂之『執一賊道』。宋末諸儒,雖朱門人士,皆暗用象山心法,拈一字為主,武斷聖賢之言,苟趨捷徑。而作經義者,依據以塞責。萬曆以後,惡習熾然,流及百年,餘焰不熄,誠無如之何也。」〔註43〕

字眼於謀篇之強調,自然也與「鉤鎖呼應法」有關,船山指出其不通之處:「古者字極簡。秦程邈作隸書,尚止三千字;許慎《說文》,亦不逮今字十之二三。字簡,則取義自廣,統此一字,隨所用而別,熟繹上下文,涵泳以求其立言之指,則差別畢見矣。……陋人以鉤鎖呼應法論文,因而以鉤鎖呼應法解書,豈古先聖賢亦從茅鹿門受『八大家』衣缽邪?」〔註44〕說明字義「隨所用而別」,如以字眼鉤鎖呼應,則只是在形式上玩耍誤用,反倒使得聖賢文理不復可通。

(5)反對唐宋派之填砌虛字

例如船山批評古文派之模仿曾鞏、張耒,尤其反對曾、張之虛字用法:「填砌最陋,填砌濃詞固惡,填砌虛字愈闌珊可憎。作文無他法,唯勿賤使字耳。王楊盧駱唯濫,故賤。學八大家者,『之而其以』,層絫相疊,如刈艸茅,無所擇而縛為一束;又如半死蚓,沓拖不耐。皆賤也。古人修辭立誠,下一字即關生死,曾子固、張文潛,何足效哉?」〔註45〕

(6)反對秦漢派之模仿奇字

例如船山批評受孫鑛晚年「剔出殊異語以為奇陷」影響之「琢字」手法:「孫月峰以纖筆引伸搖動,言中之意安詳有度,自雅作也。乃其晚年論文,批點《攷工》、《檀弓》、《公》、《穀》諸書,剔出殊異語以為奇陷,使學者目眩而心熒。則所損者大矣。萬曆中年杜□嬌澀之惡習,未必不緣此而起。《攷工記》乃制度式樣冊子,上令士大夫習之,句考工程,而下可令工匠解了,故刪去文詞,務求精覈;其中奇字,乃三代時方言俗語,愚賤通知者,非此不足以定物料規制之準,非故為簡僻也。《檀弓》則摘取口中片語,如後世《世說新語》之類,初非成章文字。《公》、《穀》二傳,先儒固以為師弟子問答之言,非如《左氏》勒為成書,原自不成尺幅。以此思之三書

〔註43〕《夕堂永日緒論‧外編》,頁11600。
〔註44〕《夕堂永日緒論‧外編》,頁11601~2。
〔註45〕《夕堂永日緒論‧外編》,頁11592。

者，亦何奇階之有，而欲效法之邪？文字至琢字而陋甚；以古人文其固陋，具眼人自和哄不得。」〔註46〕

（7）反對同義重出之代字法

船山也反對代字法，認為該用何字即應用其字，無須死板規避重出，例如他說：「有代字法，詩賦用之，如月曰『望舒』星曰『玉繩』之類；或以點染生色，其佳者正爾含情。然漢人及李、杜、高、岑，猶不屑也；施之景物已落第二義，況字本活，而以死句代之乎？如敬則是敬，更無字可代，而所敬與所以敬，正自隨所指而異。用代字者，以『欽翼』、『兢惕』代之，或以『怠荒』、『戲渝』反之，直是不識『敬』字，支吾抵塞耳。信曰『悃篤』、仁曰『慈祥』、學曰『敏求』、思曰『覃精』、善曰『純粹』、治曰『經理』……，皆代字也。先輩中亦有此病，自吳季子小註來，有胸有心者，不應染指。」〔註47〕並指陳其淵源。

（8）虛實字之運用不失呆板

《夕堂永日緒論》對於雙扇三扇之用字亦作了討論，船山主張應虛實相濟：「非有吞雲夢者八九之氣，不能用兩三疊實字；非有輕燕受風翩翩自得之妙，不能疊用三數虛字。然一虛一實相配成句，則又俗不可耐。故造語之難，非嵇川南、趙夢白、湯義仍、黃石齋，尟不墮者。」〔註48〕在意用字之虛實如何避免俗套、照應生新。

（9）疊字析用不成文理

至於疊字析用允當與否，船山則認為：「疊字不可析用，如詩賦『悠悠』而云『悠』、『迢迢』而云『迢』、『渺渺』而云『渺』，皆不成語。『兢兢業業』，舊有此文，亦不甚雅。『業業』云者，如簨虡上崇牙，兩兩相次，齟齬不相安之象。時文絕去一字，而云『兢業』，不知單一『業』字，則止是功業，連『兢』字如何得成文理？此病先輩亦有。若嵇川南、趙儕鶴諸公，則必不作此生活。」〔註49〕

〔註46〕《夕堂永日緒論·外編》，頁 11596～7。孫鑛（1543～1613），字文融，號月峰，餘姚人，萬曆二年（1574）進士。

〔註47〕《夕堂永日緒論·外編》，頁 11598。

〔註48〕《夕堂永日緒論·外編》，頁 11592。朱孟庭〈王夫之論《詩》的文學闡釋〉曾經提及船山對於《詩經》進行審美性的意義解讀，特別主張「虛實相濟的藝術思維與實踐」。（《東吳中文學報》，第 11 期，2005 年 5 月，頁 191～220）

〔註49〕《夕堂永日緒論·外編》，頁 11598。

5. 句法：不刻意求工

至於句法，船山也是反對刻意講求的，他認為文章既由句子所構成，就「當如一片白地光明錦」，行文時應以全篇為慮：

> 非謂句不宜工，要當如一片白地光明錦，不容有一疵纇，自始至終，合以成章。意不盡於句中，孰為警句，孰為不警之句哉？求工於句者，有廓落語（如……）、有陡頓語（如……）、有鉤牽語（如……）、有排對語（如……）、其下則有蔓延語（如……）、浮枵語（如……）、含糊語（如……）、答話語（如……）、肥膩語（……）、懵懂語（如……）、俗講語（……）、賣弄語（如……）、市井語、煙花語、招承語（……）、門面語（如……）、滑利語（如……）、嬌媚語（如……）。凡此類，始則偶一作者意與湊合，不妨用之；陋人驚為好句，相襲而不知其穢，皆於句求工之拙法啟之也。〔註50〕

船山反對刻意經營警句，並具體舉例說明，他亦反對如黃汝亨〔註51〕、包爾庚〔註52〕寫作短句短比「快轉以求媚」。他認為佳句「始則偶一作者意與湊合，不妨用之」，主張文體之自然，不應刻意經營，乃使陋人相襲以成穢。

6. 章法：首尾順成謂之成章

至於章法，船山也是從全篇的文意、文氣講起，反對呆板機械化之詩法與文法，《夕堂永日緒論》有謂：

> 一篇載一意，一意則自一氣，首尾順成謂之成章。詩、賦、雜文、經義有合轍者，此也。以此鑒古今人文字，醇疵自見。有皎然《詩式》而後無詩，有《八大家文鈔》而後無文；立此法者自謂善誘童蒙，不知引童蒙入荊棘，正在於此！〔註53〕

認為文法章法，不應取代文意文氣之優位，文法形式只是表意表情之工具。此外船山也反對僵硬的「開門見山」之破題作法：

> 劣文字起處即著一鬥頓語說煞，謂之「開門見山」，不知向後更從何處下筆？此弊從「仕宦而至將相，富貴而歸故鄉」來，彼作法於涼，重復申說，一篇已成兩橛，何足法也？若「環滁皆山也」，

〔註50〕《夕堂永日緒論·外編》，頁11606。
〔註51〕黃汝亨（1558～1626），字貞父，杭州府仁和縣人，萬曆二十六年（1598）進士。
〔註52〕包爾庚，南直隸松江府華亭縣人，崇禎十年（1637）進士。
〔註53〕《夕堂永日緒論·外編》，頁11593。

語雖卓立，正似遠山遙映耳。陋人自為文既爾，又且以解聖賢文
字。如〈哀公問政〉章，扭定「文武之政」四字，通章縈繞，更不
恤下文云何；〈誠意〉章，以「毋自欺也」，「也」字應上「者」字，
一語說煞，後復支離。皆當門一山，遮斷遙天遠景。豈知古人立
言，迤邐說去，要歸正在結煞處哉！〔註54〕

批評「開門見山」作法破壞了文氣的順暢，不曉得古人寫作是要「迤邐說
去，要歸正在結煞處」，就像沿途賞玩風景，不應把文末的旨趣於開篇道盡。
此外，又如批評薛應旂「每於起冒下急出本文」的作法，形容此舉「如喉間
骨鯁，吞吐皆難」〔註55〕，也是從全篇文氣來考慮的。

（四）反對「以古文為時文」

復次，《夕堂永日緒論》花了相當大的篇幅，批評以歸有光與《八大家文
鈔》為代表的古文派，主要論點有三，以下稍作說明：

1. 反對以八大家文法凌駕經義

船山對於嘉靖年間模仿八大家《文鈔》「以古文為時文」的作法，深表反
感，例如他說：

及《文鈔》盛行，周萊峰、王荊石始一以蘇、曾為衣被，成片抄襲，
有文字而無□義；至陳（棟）、傅（夏器）而極矣。〔註56〕

意止此而以虛浮學蘇、曾，是折腰之蛇。〔註57〕

批評模仿蘇氏父子及曾鞏作文者，只在字面上徒具形式，於義理則闕如。類
似的批評又例如：

賈生〈治安策〉偶用繳回語，……蘇、曾效之，便成厭物。經義
有云「其一則云云」有云「其云云者此其一」；耳不瞶、目不盲，

〔註54〕《夕堂永日緒論・外編》，頁11606～7。
〔註55〕《夕堂永日緒論・外編》，頁11607～8。薛應旂（1500～1574），字仲常，號
　　　　方山，直隸武進人，嘉靖十四年（1535）進士。
〔註56〕《夕堂永日緒論・外編》，頁11594～5。周思兼，字叔夜，號萊峯，直隸華
　　　　亭人，嘉靖二十六年（1547）進士；王錫爵（1534～1614），字元馭，號荊
　　　　石，南直蘇州太倉人，嘉靖四十一年（1562）進士；陳棟（1526～1572），
　　　　字隆之。江西南昌人，嘉靖四十四年（1565）進士，隆慶五年（1571）出任
　　　　會試主考官；傅夏器（1509～1594），字廷璜，南安豐州錦田村人，嘉靖二
　　　　十九年（1550）進士。
〔註57〕《夕堂永日緒論・外編》，頁11602。

止兩三段文字，何用唱籌歷數？凡此類，皆《文鈔》引之入荊棘
也。〔註58〕

有皎然《詩式》而後無詩，有《八大家文鈔》而後無文；立此法者
自謂善誘童蒙，不知引童蒙入荊棘，正在於此！〔註59〕

批評其文法之機械呆板，古文派雖曰對童蒙作文有法可循，船山則以為是
「引童蒙入荊棘」，以其只見文法，未見經義。

2. 從「體非排偶」否定時文與古文之關聯

因為反對古文派，船山甚至以經義「體用排偶」的規定，強調古文與
經義為體「不相涉」，例如說：「司馬班氏史筆也，韓歐序記雜文也，皆與
經義不相涉。經義豎兩義以引伸經文，發其立言之旨，豈容以史與序記法
攙入！」〔註60〕欲刻意排除唐宋古文於經義之影響，雖然此說並未符合此
文體係由王安石創設而來之一般見解。

既反對模仿唐宋古文以作時文，船山也批評「以韓文對經語」，認為這是
本末倒置，「不知好惡」，例如：

對偶語出於詩賦，然西漢、盛唐皆以意為主，靈活不滯。……以韓
文對經語，其心目中止知有一韓退之，謂可與尼山竝駕，陋措大不
知好惡，乃至於此。〔註61〕

從這個觀點再來看《夕堂永日緒論》的序文，船山之從「樂德樂語」講起，所
以會說：「樂語孤傳為詩，詩抑不足以盡樂德之形容，又旁出而為經義。經
義……固樂語之流也，二者一以心之元聲為至。」〔註62〕主要正在避開古文
淵源說的脈絡。

3. 對於歸有光之批評：缺乏體認

以此，船山對於古文派陣營主要代表之歸有光，批評尤力：

以「外腴中枯」評歸熙甫，自信為允。其擺脫輕美，躓屬而行，
亦自費盡心力；乃徒務閒架，而於題理全無體認，則固不能為有

〔註58〕《夕堂永日緒論‧外編》，頁 11593。
〔註59〕《夕堂永日緒論‧外編》，頁 11593。
〔註60〕《夕堂永日緒論‧外編》，頁 11593～4。毛奇齡、錢大昕也有類似說法（《制
　　　　藝叢話》，頁 15）。
〔註61〕《夕堂永日緒論‧外編》，頁 11592。
〔註62〕《夕堂永日緒論‧內編》，頁 11563。

　　無也。且其接縫處，矯虔無自然之度，固當在許石城、張小越之

　　下。〔註63〕

說歸有光費盡心力，只是「徒務閒架，而於題理全無體認」，即就其文體形式而言，也「矯虔無自然之度」。

　　至於經義為文該如何「體認」呢？船山說：

　　欲除俗陋，必多讀古人文字，以沐浴而膏潤之。然讀古人文字，以

　　心入古文中，則得其精髓；若以古文填入心中，而亟求吐出，則所

　　謂道聽而塗說者耳。〔註64〕

強調不能「以古文填入心中」，而是要「以心入古文中，則得其精髓」，所以船山批評古文派時，乃特別強調心之作用。

（五）表彰「心之元聲」

　　船山既強調心之作用，因此他對於經義文「代聖立言」之作法，自有其一套特別論點，以下分兩點說明：

1. 反對張揚個性

　　八大家之稱「家」，足見其筆端個性氣質之勃發，對於古文派在「行文氣格」上的強調，船山尤其反對，認為這是「侮」聖人之言，例如說：

　　陳大行際泰略能脫去經生蹊徑，而多原本蘇氏父子縱橫之習以害

　　道，其於聖人之言，侮之也多矣。〔註65〕

　　學蘇明允，倡狂譎躁，如健訟人強辭奪理。學曾子固，如聽村老判

　　事，止此沒要緊話，扳今掉古，牽曳不休，令人不耐。學王介甫，

　　如拙子弟效官腔，轉折煩難，而精神不屬。八家中，唯歐陽永叔無

　　此三病，而無能學之者。要之，更有向上一路在。〔註66〕

　　以酸寒囂競之心說孔、孟行藏，言之無怍，且矜快筆，世教焉得而

　　不陵夷哉？……而作經義者，非取魯、衛、齊、梁之君臣痛罵以洩

　　其忿，則悲歌流涕若無以自容，其醜甚矣。……經義害道，莫此為

〔註63〕《夕堂永日緒論・外編》，頁11603～4。許穀，字仲貽，號石城，上元人，嘉靖十四年（1535）進士；張元，字小越，亦嘉靖十四年（1535）進士。

〔註64〕《夕堂永日緒論・外編》，頁11598。

〔註65〕《船山經義》，收錄於《船山遺書全集》，第19冊，頁10911。陳際泰（1567～1641），字大士，號方城，江西臨川人，崇禎七年（1634）進士。

〔註66〕《夕堂永日緒論・外編》，頁11605。

甚，反不如詩賦之儵然於春花秋月閒也。〔註67〕

即是從心性方面，批評韓愈的「悖悖然怒，潸潸然泣」、批評蘇洵「倡狂譎躁」，說曾鞏如「村老判事」、王安石如「拙子弟效官腔」等等，認為八大家「不知道」、「何嘗夢見所傳何事」，反而不如詩賦之功。〔註68〕

2. 引心氣以入理

船山批評經義，因此往往涉及心性之論，《夕堂永日緒論》中相關評語極多，例如：

> 文凡三變，而其依傍以立戶牖，己心不屬，則一而已矣。〔註69〕

> 逆惡頑夫語，覆載不容，而為之引伸，心先喪矣。〔註70〕

對於經義史或相關作法之評語，皆以「心」字為其關鍵用語。船山認為經義文之可貴，尤在於啟發心靈、引心氣入理，例如：

> 經義雖無音律，而比次成章，才以舒，情以導，亦所謂言之不足而長言之，則固樂語之流也；二者一以心之元聲為至。〔註71〕

> 心靈不發，但矜遒勁，或務曲折、或誇饒美，不但入理不真，且接縫處古調今腔兩相黏合，自爾不相浹洽。縱令搏成，必多敗筆。〔註72〕

> 科場文字之寒劣，無足深責者。名利熱中，神不清，氣不冒，莫能引心氣以入理而快出之，固也。況法制嚴酷，幾如罪人之待鞫乎？〔註73〕

這樣子說經義，所蘊涵於行文之間者，自然是淘洗於經典裡的修養之功，所

〔註67〕《夕堂永日緒論·外編》，頁11599～600。
〔註68〕於此可見船山經義史之分期，自古文派（第三期）發展至俚調（第四期）作風，其間本有相延續之脈絡。代言主要是從「語氣」上見，此後又不免雜染了當代用語，例如船山批評：「良知之說充塞天下，人以讀書窮理為戒。故隆慶戊辰會試，〈知之為知之，不知為不知〉文，以不用《集注》，由此而求之，一轉取士，教不先而率不謹，人士皆束書不觀。無可見長，則以撮弄字句為巧，嬌吟寒吃，恥笑俱忘。……乃至市井之談，俗醫星相之語，如『精神』、『命脈』『遭際』『探討』『總之』『大抵』『不過』，是何汙目聒耳之穢詞，皆入聖賢口中，而不知其可恥。」（《夕堂永日緒論·外編》，頁11597～8）
〔註69〕《夕堂永日緒論·外編》，頁11595。
〔註70〕《夕堂永日緒論·外編》，頁11611。
〔註71〕《夕堂永日緒論·外編》，頁11563。
〔註72〕《夕堂永日緒論·外編》，頁11603。
〔註73〕《夕堂永日緒論·外編》，頁11613。

以船山又常說到性情的「靜躁貞淫」，欲以「靜光達微言」，例如：

> 文章本靜業，故曰「仁者之言藹如也」，學術、風俗皆於此判別。
> 著力急者心氣粗，則一發不禁，其落筆必重，皆囂陵競亂之徵也。
> 俗稱歐、蘇等為「大家」，試取歐陽公文與蘇明允並觀，其靜躁、
> 雅俗、貞淫，昭然可見。心粗筆重，則必以縱橫、名法兩家之言為
> 宗主，而心術壞、世教陵夷矣。明允其明驗也。啟、禎諸公欲挽萬
> 曆俗靡之習，而競躁之心勝，其落筆皆如椎擊，刻畫愈極，得理愈
> 淺；雖有才人，無可勝澄清之任。〔註74〕

> 憶昔與黃岡熊渭公（寔）、李雲田（以默）作一種文字，不犯一時下
> 圓熟語，復不生入古人字句，取精煉液，以靜光達微言。所業未竟，
> 而天傾文喪，生死契闊，念及只為哽塞。〔註75〕

可以看出船山論經義，對於義理內容的要求是先於文章形式的。

　　至於從理學脈絡而言，船山關於《大學》「正心誠意」之說，自有一套
「正心先於誠意」的特別論點。他將心分為兩層次來論析，一個是「心之靈
明」、一個是「心之存主」。從而將朱子「意者，心之所發也」之「心」歸類
於無定之靈明，與他所謂作為存主之心，加以區隔。在船山之觀念，《大學》
經文所謂「意誠而后心正」，若依其為學次第之先後，所指的實際是「靈明
之心」。船山則以「正（存主之）心」置於「誠意」之先，標舉「正心」以
統御萬意，恰恰變更了《大學》經傳的為學次第。

　　船山曾經將《中庸》、《大學》合而論之，以經解經，主張《大學》之「正
心」，即是《中庸》所言「存養」：

> 《中庸》之言存養者，即《大學》之正心也；其言省察者，即《大
> 學》之誠意也。《大學》云：「欲正其心者，先誠其意」，是學者明明
> 德之功，以正心為主，而誠意為正心加慎之事。則必欲正其心而後
> 以誠意為務；若心之未正，則更不足與言誠意，此存養之功所以得
> 居省察之先。〔註76〕

於此可見船山將「正心」理解為存養之功、將「誠意」理解為遇事之省察，

〔註74〕《夕堂永日緒論・外編》，頁11604～5。
〔註75〕《夕堂永日緒論・外編》，頁11613～4。
〔註76〕王夫之，《讀四書大全說》（台北：中國船山學會，1972年11月），卷3，頁
　　　　34，論中庸卅三章。

因此才會說：「存養之功所以得居省察之先」，所以推導出「以正心為主」、「必欲正其心而後以誠意為務」的論點。明乎此，從船山評論經義之強調心術，自可以見出他學問體系中有一貫之脈絡。

（六）對於經義詮釋之觀點

經義文書寫到了明末，據《欽定四書文》的說法是：「啟禎諸家，則窮思畢精，務為奇特，包絡載籍，刻雕物情，凡胸中所欲言者，皆借題以發之。就其善者，可興可觀，光氣自不可泯。」〔註77〕船山對於經義文詮釋上有何意見？對於時人「窮思畢精，務為奇特」的作風，又有什麼批評呢？

即使整體文風已經走向百花齊放，船山對於經義文體的詮釋，首先還是強調應該「守經遵註」，他說：

> 程子與學者說《詩經》，止添數字，就本文吟詠再三，而精義自見。作經義者能爾，洵為最上一乘文字。自非與聖經賢傳融液脗合，如自胷中流出者不能。〔註78〕

> 鉤略點綴，以達微言，上也；其次則疏通條達，使立言之旨曉然易見，俾學者有所從入；又其次則摸索幽隱、啟人思致，或旁輯古今、用徵定理。三者之外，無經義矣。〔註79〕

寫作經義不能只是簡單地寫出自己的心得體會而已，更應該要提昇自我的層次，必須「與聖經賢傳融液脗合，如自胷中流出者」，才算得上是「最上一乘文字」。因此，最精彩的經義文，理論上是應該「止添數字」、「鉤略點綴，以達微言」，才能夠完整地、不失真地表達出聖經賢傳的義理。

至於「疏通條達，使立言之旨曉然易見」，則是為求清楚說理的第二個層次，說得曉然易見，誠然有助於理解，卻未必能夠如前者保留了深刻的義蘊。至於第三層次，才是「摸索幽隱、啟人思致，或旁輯古今、用徵定理」，扣合到了當代「窮思畢精，包絡載籍」的作風〔註80〕。就這個層面而言，船山當然肯定讀書之功，卻也一方面批評未經消化的用功，例如：

〔註77〕〈進四書文選表‧凡例〉，《方望溪選集》，「集外文」卷二（台北：河洛圖書出版社，1976年3月），頁286。

〔註78〕《夕堂永日緒論‧外編》，頁11589。

〔註79〕《夕堂永日緒論‧外編》，頁11591～2。

〔註80〕論文中已提及，船山對於明人經義史分期，所著重之作品與作家實屬於第五期啟禎諸家，由此可知前二層次的經義詮釋，大抵是理論上的看法。

> 不博極古今四部書，則雖有思致，為俗輭活套所淹殺，止可求售於
> 俗吏，而牽帶泥水、不堪把取。〔註81〕

> 先輩於所未知，約略說過，卻無背戾，惟不欲誇博敏。大士以博敏
> 自雄，故亂道。以此推之，大士於史，凡地理、職官、兵刑、賦役
> 等志，俱不蒙其眄睞。若但取列傳艸艸看過，於可喜可恨事，或為
> 擊節，或為按劍，則一部《風洲綱鑒》足矣，何必九十日工夫繙此
> 充棟冊子邪？……此之謂不知恥。〔註82〕

他認為經義文在書寫上的訓練，應該要「博極古今四部書」，也就是需要融化
經、史、子、集等等文獻知識，才能對於經句作出有見地的詮釋。但也提醒像
陳際泰「以博敏自雄，故亂道」的例子，認為不經消化的炫學於文，對於「道
（義理）」亦會造成淆亂。道聽塗說，聖經賢傳則淪為工具，船山直謂可恥。

　　至於如何讀書？船山主張不可輕信訓詁，仍應以章句為先，應該先把握
聖人為何有此立言：

> 看《章句集註》，須理會先儒云何而作此語，非可一抹竄入訓詁中，
> 瞑煙繚繞，正使雲山莫辨。〔註83〕

換言之，也就是要先建立「問題意識」，掌握了章句的邏輯，再看訓詁時才有
方向感，才能避免文理不通地胡亂引用。在這個前提下，於前人註解未周之
處，經義文自應於說理時別有發明：

> 經義固必以《章句集注》為準，但不可背戾以浸淫於異端。若《註》
> 所未備，補為發明，正先儒所樂得者。……詎可以非註所有而謂為
> 異說乎？困死俗陋講章中者，自不足以語此。〔註84〕

從這邊我們可以看到，船山既持「守經遵註」的大原則，卻也同意經義有適
時新詮的必要性與創造性。

四、結語：理學家的經義文評論

　　船山遍註經籍，論述宏深，他對於經義文體也頗為注重，現存重要的相
關著作至少有二：分別是寫就於 1683 年的《船山經義》、及寫就於 1690 年的

〔註81〕《夕堂永日緒論·外編》，頁 11603。
〔註82〕《夕堂永日緒論·外編》，頁 11609。
〔註83〕《夕堂永日緒論·外編》，頁 11608。
〔註84〕《夕堂永日緒論·外編》，頁 11599。

《夕堂永日緒論》。前者收錄了其自作經義文，後者則為他對於寫詩及經義的相關評語，足證船山於晚年時，仍留心於經義文體。

船山的《夕堂永日緒論》，對於明代經義史研究上是非常重要的文獻：一方面，船山建構了不同的選評標準，足以作為官方文獻之參照系譜；再者，船山此書令人深思八股文與宋明理學的內在糾結。論文中分為六個章節來談《夕堂永日緒論》之經義觀點：

（一）跨文類以論經義：船山不僅於思想內容與各家辯衡，在文學形式上亦雜糅了各式文類，這算是晚明論經義文的一大特色。

（二）經義史之分期觀：船山將明代經義史分為五期，與古文派所持的分期有別，由於他反對「以古文為時文」，因此主張明人經義之極盛當在啟禎時期。

（三）對於作法之評論與系譜考究：《夕堂永日緒論》對於經義作法上有具體仔細的評論，大致可約為六點來看：1. 主張以經文為優先，不強就己規格；2. 主張經義書寫應當對於時代有所回應；3. 認為「代聖立言」應從正面上體會；4. 對於字法的各種觀點，包括：（1）用字之必要性，（2）反對不經思維行文、也反對堆砌用典，（3）反對撮弄字面，（4）反對以字眼勾串，（5）反對唐宋派之填砌虛字，（6）反對秦漢派之模仿奇字，（7）反對同義重出之代字法，（8）重視虛實字之靈活運用，（9）反對疊字之析用等等；5. 在句法主張不刻意求工；6. 在章法上求自然。

（四）反對「以古文為時文」：《夕堂永日緒論》花了相當大的篇幅，批評以歸有光與《八大家文鈔》為代表的古文派，主要論點有三：1. 反對以八大家文法凌駕經義；2. 從經義「體非排偶」否定時文與古文之關聯；3. 批評古文派代表歸有光之書寫缺乏「體認」。

（五）表彰「心之元聲」：船山轉而強調心之作用，有兩個特點：1. 他反對模仿八大家寫作之張揚個性；2. 強調經義書寫當引心氣以入理，對於義理內容的要求先於文章形式，從船山評論經義之強調心術，可以見其學問體系有一貫脈絡。

（六）對於經義詮釋之觀點：船山認為經句詮釋應該要提昇自我，經義文應當巧妙如實地表達出聖賢義理。至於書寫上的訓練，則應該「博極古今四部書」，才能作出有見地的詮釋。對於經文的閱讀理解，船山認為當先建立「問題意識」，於前人註解未周之處，於義理上自能有所發明。

李贄時文觀點研究：
以《說書》及「童心說」為中心

提　要

　　李贄是明代萬曆年間特殊的思想家與代表人物，他對於經義文（八股文）不但有別緻的觀點，也有專門著作。前者，例如他以「童心說」標榜當代經義文足以為「天下之至文」；至於後者，他曾編寫了《說書》兩卷，標榜為「一生學問所寄也」。透過此題的研究，本論文指出其經義思想內容上，主要係受陽明心學理念所影響，又兼涉了儒釋義理之交融。至於其書寫形式上，仍與一般時文股對格局無別，只是帶進了更多「借題發揮」的作法。相較於以復古為主流的明末經義，李贄的經義觀點別樹一幟，且因其「異端」被迫汩沒於歷史之下，如何考掘出他對於經義的看法與書寫，對於明代時文史具有重要的意義。

關鍵詞：李贄、八股文、童心說

一、充滿爭議的思想家

　　李贄（1527～1602），字宏甫，號卓吾，福建省泉州晉江人，別號溫陵居士，嘉靖三十一年（1552）應舉，後歷任河南共城教諭、南京國子監博士、北京禮部司務、南京刑部員外郎、雲南姚安府知府等職。就李贄生平來看，大致上可以分為三個階段：嘉靖三十一年（1552）他 26 歲以前的青少年時期，主要是在家鄉準備應考，這是第一階段；此後到萬曆八年（1580），即

從他 26 歲到 54 歲，他為了家庭生計需奔走於仕宦之途，這是第二階段；萬曆九年（1581）他自雲南姚安府知府任滿後，及至萬曆三十年（1602）他以刻書「流行海內、惑亂人心」入獄而死，此間則以流寓講學為主，這是第三階段。

李贄師承泰州王襞（王東崖，王艮次子，1511～1587），對王畿（王龍谿，1498～1583）及羅汝芳（羅近谿，1515～1588）等王門學者推崇備至，其思想淵源於陽明心學，與當時官方學術主流相忤，論學偏激孤絕，以異端自居，是晚明毀譽兩極的思想家。沈瓚〔註1〕在《近事叢殘》中曾提及李贄當時之影響力：「好為驚世駭俗之論、務反宋儒道學之說。……儒釋從之者幾千萬人。其學以解脫直截為宗，少年高曠豪舉之士，多樂慕之。後學如狂，不但儒教潰防，即釋宗繩檢，亦多所清棄。」《明書》將李贄編次於〈異教傳〉中，至於顧炎武《日知錄》也批評：「自古以來，小人之無忌憚，而敢於叛聖人者，莫甚於李贄。」〔註2〕後來以紀昀為代表的四庫館臣對李贄的評語更見撻伐，例如《四庫全書總目提要》說：「贄非聖無法，敢為異論。雖以妖言逮治，懼而自剄，而焦竑等盛相推重，顧榮眾聽，遂使鄉塾陋儒，翕然尊信，至今為人心風俗之害。故其人可誅，其書可毀，而仍存其目，以明正其名教之罪人，誣民之邪說。」〔註3〕

然則，對於過去加在李贄身上「非聖無法」之批評，晚近學界作了進一步的研究與修正〔註4〕，又重新肯定李贄的儒學本質。值得觀察的是：被正統道學嚴加批判的李贄學術，當日卻受推崇者視為「孔孟心傳」〔註5〕、「聖賢學問」〔註6〕，甚至推尊為聖人〔註7〕，從這裡，我們可以看見晚明理學

〔註1〕〔明〕沈瓚，字孝通，號定庵，沈璟之弟，萬曆十四年進士，生卒年不詳。著述有《定庵尚書大義》、《節演世範數言》、《近事叢殘》、《靜暉堂集》等。
〔註2〕〔明〕顧炎武，《日知錄集釋》（長沙：嶽麓書社，1994），頁 668。
〔註3〕《四庫全書目錄提要》，評《李溫陵集》。
〔註4〕例如袁光儀對此現象曾有梳理，其說請參考〈「為下下人說法」的儒學——李贄對陽明心學之繼承、擴展及其疑難〉，《臺北大學中文學報》，第 3 期，2007年 9 月，頁 131～133。
〔註5〕此說見於〔明〕馬誠所：〈與當道書〉，收入〔明〕潘曾紘編，《李溫陵外紀》，卷 4，（臺北：偉文圖書，1977 年），頁 265。
〔註6〕說見〔明〕沈鐵：〈李卓吾傳〉，收入何喬遠，《閩書》，卷 152，〈畜德志〉上，收入張建業：《李贄評傳》，（福州：福建人民，1992 年），〈附錄二有關李贄傳記資料〉，頁 280。
〔註7〕說見〔明〕沈德符，〈二大教主〉，《萬曆野獲篇·四》，臺北：偉文圖書，1976

之分化與衝突。

二、李贄的八股作品與意見

文體的形式（意符）與內容（意旨），往往是一體之兩面，辭章與義理必得合併來看方能得其全豹。例如：方苞在《欽定四書文》對於明代經義文史大致分為四期析論：

> 明人制義，體凡屢變。
>
> 自洪永至化治，百餘年中，皆恪遵傳註，體會語氣，謹守繩墨，尺寸不踰。
>
> 至正嘉作者，始能以古文為時文，融液經史，使題之義蘊隱顯曲暢，為明文之極盛。
>
> 隆萬間兼講機法，務為靈變，雖巧密有加，而氣體苶然矣。
>
> 至啟禎諸家，則窮思畢精，務為奇特，包絡載籍，刻雕物情，凡胸中所欲言者，皆借題以發之。就其善者，可興可觀，光氣自不可泯。
>
> 凡此數種，各有所長、亦各有其蔽。〔註8〕

方氏在文體史分期界定上，分別強調了四期特色，然而對於隆慶、萬曆（1567～1620）年間，只說明了文體的「靈變巧密」，卻未如前期（正嘉）講到暢發了經史融液之「義蘊」、未如後期（啟禎）講到作者「胸中所欲言者」。事實上，此期經義文自然也帶有義理上的發明與轉變〔註9〕。

如前所述，李贄在萬曆年間既然具有「使鄉塾陋儒，翕然尊信」的號召

年，卷27，頁1821。

〔註8〕〔清〕方苞，〈進四書文選表·凡例〉，《方望溪全集》，「集外文」卷二（台北：河洛圖書出版社，1976年3月），頁286。

〔註9〕例如黃洪憲，黃氏於慶曆間被視為「制義正宗」，俞長城提及：「慶曆間，浙中有二黃，嘉禾黃葵陽（洪憲）、武林貞父（汝亨），並堪為制義正宗。」（《制藝叢話》，頁85）然王夫之已指出：「良知之說充塞天下，人以讀書窮理為戒，故隆慶戊辰會試〈知之為知之，不知為不知〉文，以不用《集註》。由此而求之一轉取士，教不先而率不謹，人士皆束書不觀。無可見長，則以撮弄字句為巧，嬌吟蹇吃，恥笑俱忘。……乃至市井之談俗醫、星相之語，如精神命脈、遭際探討，總之大抵不過是何污目聒耳之穢詞，皆入聖賢口中，而不知其可恥。此嘉靖乙丑以前，雖不雅馴者亦不至是。湯賓尹以淫娟小人，益鼓其焰，而燎原之火，卒不可撲。實則田一儁、黃洪憲，倡之於早也。」（《夕堂永日緒論·外編》，《船山遺書全集》，第20冊，〔明〕王夫之，中國船山學會印行，1972年11月重編，頁11597～11598）認為隆慶戊辰以後高倡良知之說，拋棄《集註》束書不觀、「以撮弄字句為巧」、高談闊論之歪風，實由黃氏倡之於早。

力與影響，他對於經義文體的觀點、或是作品，於當時自然具有重要的代表性。以下且分為兩個部份，分別來討論他對經義文之觀點、與其經義文之書寫。

（一）李贄的經義文觀點

民國以後學界往往誤以為義理與辭章是兩回事，然而令人印象深刻的，萬曆間以「異端思想」風靡一時的李贄，對於經義文卻是相當重視。他在自傳〈卓吾論略〉曾特別提及自己求學歷程中，對於理解經題別有會心：

> 長七歲，隨父白齋公讀書歌詩，習禮文。年十二，試〈老農老圃論〉，
> 居士曰：「吾時已知樊遲之問，在荷蕢丈人間。然而上大人丘乙己
> 不忍也，故曰『小人哉，樊須也。』則可知矣。」論成，遂為同學
> 所稱。眾謂「白齋公有子矣」。居士曰：「吾時雖幼，早已知如此臆
> 說未足為吾大人有子賀，且彼賀意亦太鄙淺，不合於理。此謂吾利
> 口能言，至長大或能作文詞，博奪人間富若貴，以救賤貧耳，不知
> 吾大人不為也。……稍長，復憒憒，讀傳注不省，不能契朱夫子深
> 心。因自怪，欲棄置不事，而閑甚，無以消歲日。乃歎曰：「此直
> 戲耳。但剽竊得濫目足矣，主司豈一一能通孔聖精蘊者耶？」因取
> 時文尖新可愛玩者，日誦數篇，臨場得五百。題旨下，但作繕寫謄
> 錄生，即高中矣。〔註10〕

李贄雖然十二歲時即對於經題別有會心，卻能反省「臆說鄙淺，不合於理」，後來則覺得自己「讀傳注不省，不能契朱夫子深心」、「欲棄置不事」，說明自己對於程朱傳註的質疑。決定不再認真以對，只把考試當成模擬遊戲，「取時文尖新可愛玩者，日誦數篇，臨場得五百」，就這麼考中了舉人。值得留意的是，十八年後，李贄在教導學生汪本鈳應試時，卻並未像〈卓吾論略〉中如此遊戲以對，他曾經寫了一信予汪生有所教誨：

> 《說書》一冊、《時文古義》二冊，中間可取者，以其不著色相而
> 題旨躍如，所謂水中鹽味，可取不可得，是為千古絕唱，當與古
> 文遠垂不朽者也。然亦不多幾首爾。願熟讀之！墨卷無好者，故

〔註10〕〈卓吾論略〉，《焚書注》，卷3，張建業：《李贄全集注》（北京：社會科學文獻出版社，2010年5月），第1冊，頁233～235。此文寫作於萬曆6年（1578年）。

不往。〔註11〕

信中所提《說書》，是李贄自己所寫的經義文集，稍後我們會再詳述；至於《時文古義》則不可考究，李贄的教法，看來與一般應試者多積極準備考古題目及狀元範文不同，他認為「墨卷無好者」，並不鼓勵汪氏去熟背。反之，李贄強調一種「不著色相而題旨躍如」、「當與古文遠垂不朽者」的風格。於此，我們又可以看到他對於經義取捨上，其實是反對機械化的書寫格式，要求能夠生動彰顯經文題旨的寫作。

因此，李贄曾多次強調明人經義之創造性或代表性，亦猶唐代之近體詩。例如其代作之〈時文後序〉：

> 時文者，今時取士之文也，非古也。然以今視古，古固非今；由後觀今，今復為古。故曰文章與時高下。高下者，權衡之謂也。權衡定乎一時，精光流於後世，曷可苟也！夫千古同倫，則千古同文，所不同者一時之制耳。
>
> 故五言興，則四言為古；唐律興，則五言又為古。今之近體既以唐為古，則知萬世而下當復以我為唐無疑也，而況取士之文乎？
>
> 彼謂時文可以取士，不可以行遠，非但不知文，亦且不知時矣。夫文不可以行遠而可以取士，未之有也。國家名臣輩出，道德功業，文章氣節，於今爛然，非時文之選歟？故棘闈三日之言，即為其人終身定論。苟行之不遠，必言之無文，不可選也。然則大中丞李公所選時文，要以期於行遠耳矣。吾願諸士留意觀之。〔註12〕

特別主張「文章與時高下」，標榜經義文體之重要。此外，李贄又有進一步的說法，例如其著名之〈童心說〉曰：

> 天下之至文，未有不出於童心焉者也。苟童心常存，則道理不行，聞見不立，無時不文，無人不文，無一樣創制體格而非文者。
>
> 詩何必古選？文何必先秦？降而為六朝，變而為近体，又變而為傳奇，變而為院本，為雜劇，為《西廂曲》，為《水滸傳》，為今之舉子業，皆古今至文，不可得而時勢先後論也。故吾因是有感於童心

〔註11〕〈與汪鼎甫〉，《續焚書注》，《李贄全集注》，第3冊，頁137。此篇寫作於萬曆24年（1596年）。

〔註12〕〈時文後序〉，《李贄全集注》，第1冊，頁324。張建業於註釋中認為，李贄此篇可能有意與「後七子」領袖王世貞之秦漢文復古主張唱反調。

者之自文也，更說什麼《六經》，更說什麼《語》、《孟》乎？〔註13〕
更明白說文章之創制體格「不可得而時勢先後論」，故而「舉子業」足以為
「天下之至文」，乃以「童心」取代「道理聞見」之僵化。

再者，方苞論及明人經義時，曾經提及啟禎時期之作品「窮思畢精，務
為奇特，包絡載籍，刻雕物情，凡胸中所欲言者，皆借題以發之。」〔註14〕
然而我們發現李贄對於經義中借題發揮，早已如此主張：

> 凡人作文，皆從外邊攻進裡去，我為文章，只就裡面攻打出來，
> 就他城池、食他糧草，統率他兵馬，直衝橫撞，攪得他粉碎，故
> 不費一毫氣力而自然有餘也。凡事皆然，寧獨為文章哉！只自各
> 人自有各人之事，各人題目不同，各人只就題目裡滾出去，無不
> 妙者。〔註15〕

> 文非感時發已，或出自家經畫康濟，千古難易者，皆是無病呻吟，
> 不能工。……借他人題目，發自己心事，故不求工自工耳。〔註16〕

凡此，皆可得見李贄對於經義文之別緻觀點。

（二）李贄的經義文書寫

除了前揭李贄對於經義文體之觀點以外，另不妨看看他的具體書寫。李
贄後輩，公安派代表人物袁宗道（1560～1600）曾經特別記誦他的〈不得於
言，勿求於心，不可〉曰：

> 李卓吾先生有四書義數十首，予最愛其〈不得於言，勿求於心，不
> 可〉篇，後二股云：「心無時而不動，故言之動，即心之動，初不待
> 求之而後動也。既不待求而動矣，而又何惡於求耶！心無時而或動，
> 故言雖動而心不動，而又豈求之所能動也。既非求之所能動矣，而
> 又何害於求耶！」看他徹的人，出語自別。〔註17〕

〔註13〕〈童心說〉，《李贄全集注》，第 1 冊，頁 276。此篇約寫於萬曆二十年（1592
年）。當時不只李贄說舉子業稱得上是「古今至文」，唐宋派的代表人物茅坤
（1512～1601，嘉靖十七年進士）早有「妄謂舉子業今文也，然苟得其至，
即謂之古文，亦可也。」（〈復王進士書〉，《茅鹿門先生文集》，杭州：浙江古
籍出版社，1993 年，頁 321）的說法。

〔註14〕〈進四書文選表·凡例〉，《方望溪全集》，「集外文」卷二，頁 286。蘇翔鳳選
啟禎文，於《甲癸集》亦有類似說法（詳《制藝叢話》，頁 35～39）。

〔註15〕〈與友人論文〉，《續焚書注》，《李贄全集注》，第 3 冊，頁 21。

〔註16〕〈覆焦漪園〉，《續焚書注》，《李贄全集注》，第 3 冊，頁 138。

〔註17〕〔明〕袁宗道著，錢伯城標點：《白蘇齋類集》（上海：上海古籍出版社，1989

袁宗道所謂「看他徹的人，出語自別」，是什麼意思呢？主要就在提醒李贄於義理上的闡發。題目「不得於言，勿求於心，不可」，此一章句出於《孟子·公孫丑上》，據朱子《集註》的說法：「謂不得於言而不求諸心，則既失於外，而遂遺其內，其不可也必矣。」〔註18〕朱子是將「知言」解釋為「窮理」，其解釋「集義」則說：「集義，猶言積善，蓋欲事事皆合於義也。」〔註19〕積聚事事物物的分殊之理，「集義」乃成為一種知識活動。

然王陽明對此章句之詮釋，完全不同於朱《註》，陽明說：「心之本體原自不動。心之本體即是性，性即是理。性元不動，理元不動。集義是復其心之本體。」〔註20〕又「夫必有事焉，只是集義。集義只是致良知。……告子助長，亦是他以義為外，不知就自心上集義，在必有事焉上用功，是以如此。若時時刻刻就自心上集義，則良知之體，洞然明白。自然是是非非，纖毫莫遁。」〔註21〕

對於前述理學爭議稍有理解之後，回頭來看，李贄此篇經義之前股曰：「言之動，即心之動，初不待求之而後動也」，實在是違背了朱註的說法，回到了陽明以心為本體之說法；至於後股所謂「言雖動而心不動」，則回歸於陽明「心之本體原自不動」的根本主張。

除此篇以經義闡述性理之外，我們從李贄與焦竑的通信中，也可以看到他以經義書寫，作為知己者交換讀經心得或見識之所寄，例如：

> 有〈出門如見大賓〉篇（《說書》），附往請教。尚有〈精一〉題、〈聖賢所以盡其性〉題，未寫出，容後錄奉。大抵聖言最切實、最有用，不是空頭語。若如說者注解，則安用聖言為邪？……近有〈不患人之不己知患不知人〉（《說書》）一篇。
>
> 世間人誰不說我能知人？
> 然夫子獨以為「患」，
> 而帝堯獨以為「難」，
> 則世間自說能知人者，皆妄也。

　　　　年），卷19，〈讀孟子〉，頁271。
〔註18〕《孟子集註》，收入《朱子全書》，第6冊，卷3，頁282～283。
〔註19〕《孟子集註》，頁282～283。
〔註20〕陳榮捷：《王陽明傳習錄詳註集評》（臺北：臺灣學生書局，1983年），卷上，〈陸澄錄〉，第81條，頁107。
〔註21〕陳榮捷：《王陽明傳習錄詳註集評》，卷中，〈答聶蔚二〉，第187條，頁268。

於問學上親切，則能知人，能知人則能自知。是知人為自知之要
務。

故曰：「我知言」，又曰：「不知言，無以知人」也。

於用世上親切不虛，則自能知人；能知人由於能自知，是自知為知
人之要務。

故曰：「知人能哲，能官人」，「堯舜之知而不徧物，急先務也」。

先務者，親賢之謂也。親賢者，知覺之謂也。

自古明君賢相，孰不欲得賢而親之？而卒所親者皆不賢，則以不知
其人之為不賢而妄以為賢而親之也。

故又曰：「不知其人，可乎」。

知人則不失人，不失人則天下安矣，

此堯之所「難」，

夫子大聖人之所深「患」者，

而世人乃易視之。嗚呼！亦何其猖狂不思之甚也！

況乎以一時之喜怒，以一人之愛憎，而欲視天下高蹈遠引之士，混
俗和光之徒，皮毛臭穢之夫，如周、丘其人者哉？

故得位非「難」，立位最「難」。若但取一概順己之侶，尊己之輩，
則天下之士不來矣。今誦詩讀書者有矣，果知人論世否也？

平日視孟軻若不足心服〔註22〕，及至臨時，恐未如彼「尚論」切實
可用也。

極知世之學者，以我此言為妄誕逆耳，然逆耳不受，將未免復蹈同
心商證故轍矣，則亦安用此大官以誑朝廷，欺天下士為哉？

毒藥利病，刮骨刺血，非大勇如關雲長者，不能受也；不可以自負
孔子、孟軻者，而顧不如關義勇武安王者也？

只此一書耳，終身之交在此，半路絕交亦在此，莫以「狀元」恐嚇
人也。世間「友朋」如我者絕無矣。

蘇長公何如人？故其文章自然驚天動地。世人不知，只以文章稱之，

〔註22〕論者曾指出李贄有「相非《孟子》之意」，〈明燈道古錄提要〉，見蕭天石主編，
《中國子學名著集成》，第1冊，（臺北：中國子學名著集成編印基金會，1978
年），頁322～325。

不知文章直彼餘事耳。世未有其人不能卓立而能文章垂不朽者。

弟於全刻抄出作四冊，俱世人所未嘗取者。世人所取者、世人所知耳，亦長公俯就世人而作者也；至其真洪鐘大呂，大扣大鳴、小叩小應，俱繫彼精神髓骨所在。

弟今盡數錄出，閒時一披閱，平生心事宛然如見，如對長公披襟面語，朝夕共游也。憾不得再寫一部，呈去請教耳。倘印出，令學生子置在案頭，初場二場三場畢具矣。〔註23〕

李贽此信頗值留意，試析論如下數條：

其一，他與焦竑通信，可以藉經義之發想（未成文者，如信中所謂「〈精一〉題、〈聖賢所以盡其性〉題，未寫出，容後錄奉」）、或已寫定者（如信

〔註23〕 〈覆焦弱侯〉，《李贽全集注》，第1冊，頁110～112。引文中的「說書」，皆加以書名號，係採用張建業《李贽全集注》的標點。此篇於審查過程中，蒙某位評審委員賜教，引用顧夢麟於《四書說約》的意見：「大抵集註之妙，只主說書，不主行文。即以『說書』行文者，誤解也。」故而此位委員認為〈覆焦弱侯〉書信中，作者以為的〈不患人之不己知患不知人也〉『經義』，其實是『說書』。……《說書》之文非時文也，義理的闡發上，有助於寫作『經義』，但在形式上是不與『經義』相同的。」愚以為，如果要確認「說書」究竟是不拘形式的註解、或是有一定體例的經義文章？無法單純只就字面來判別，事實上拙作引文中至少有三處例證，可以論證李贽《說書》，並非是「不拘形式的註解」，而為具有八股文文體形式的文章：例如《焚書・自序》說：「獨《說書》四十四篇，……可使讀者一過目便知入聖之非難、出世之非假也，信如傳注，則是欲入而閉之門，非以誘人，實以絕人矣，烏乎可？其為說，原於看朋友作時文，故《說書》亦佑時文，然不佑者故多也。」從語意上而言，李氏正在強調這些篇章不與「傳注」同，如果與傳注的作法同，則會有「非以誘人，實以絕人」的反效果。引文後面說這些篇章，原本從「看朋友作時文」來，所以強調「亦佑時文」，有利於八股文寫作應舉的「實效」，卻也強調有超越於考試順利以上的「義理價值」。（筆者曾經以方苞為例，析論八股文家對於此一文體既主功利、又講超越的兩面性特徵，請參考〈方苞時文觀及《欽定四書文》之「正文體」〉，《中國文學研究》，第25期，台北：國立台灣大學中國文學系，2008年1月，頁179～214）此其一也。又例如顧大韶〈溫陵集序〉提及「《中庸》、《道古》旨趣無奇，自此以還，益寥寥矣。……《說書》數十篇，放于體而弱于辭，放于體而戾今，弱于辭而乖古，雖云理勝，未睹成章。」可見其評述《說書》時，並不像評李贽註解《中庸》一般說其義理如何，反而是強調其「體」、「辭」等形式層面，可證顧氏是以文章來論這數十「篇」的文章。此其二也。最後，本文刻意把李氏〈不患人之不己知患不知人〉的文章內容錄出，得以確見其八股文體之股比形式，可不必焦著於「說書」在李贽作為名詞，與顧氏作為動詞使用之「說書」，是否為同一回事。此其三。

中所提之〈出門如見大賓〉、〈不患人之不己知患不知人〉二篇），來討論章句之義理；

其二，〈不患人之不己知患不知人〉此篇之推論，李贄竟導向了「得位非難，立位最難」的結語，從「知人」進一步說在位者（得位者）應接納忠言逆耳之異見，其實這章句原來並無得不得位之義理；

其三，此篇經義並無一般格式之收束，或者可說，李贄之謄錄此文，應該別有言外之深義存焉。所以文末會說：「亦安用此大官以誑朝廷，欺天下士為哉」、「只此一書耳，終身之交在此，半路絕交亦在此，莫以狀元恐嚇人也。」李贄其實是借著詮釋此篇經義，對狀元好友焦竑說了重話〔註24〕；

其四，題目雖出於《論語》章句，行文間卻引伸至《孟子》之「知言」，可見此期有「以經註經」〔註25〕之作法；然更甚者，此篇文末竟援引了關羽與孔、孟相提並論〔註26〕，頗失義例；

其五，就形式而論，文章上半部，由「自知」、「知人」兩柱立說：上聯先從「問學」與「知人」論證，說「知人為自知之要務」；下聯復曰「用世」，反過來說「能知人由於能自知」，而高談「知覺」。換言之，上聯近於朱子的「窮理」概念，下聯則收攝於陽明的「良知」。

其六，此文從題面「不患人之不己知患不知人也」，揭出「患」字為題眼，進而於首段與中段反覆闡論知人之「患」與「難」，最後巧妙地轉換為「立位最難」的概念。

其七，文章下半部，繼之申論如何知人？如何去「妄」？李贄主張「得

〔註24〕李贄自隆慶四年（1570）即與焦竑相識，二人商討學問，分離時亦常保持通信。焦氏《老子翼》收有李贄注釋十三條，李贄《焚書》、《藏書》、《坡仙集》等手稿都先請焦氏過目，《續藏書》中部份史料亦由焦氏提供，焦氏曾為李贄《藏書》、《續藏書》、《焚書》、《續焚書》作序，並於著作中多次提到李贄，駁斥人們對他的種種誣蔑。

〔註25〕明人經義此作法出現於正德、嘉靖年間，例如方苞曾評瞿景淳〈道也者二節〉曰：「以經註經，後有作者莫之或易。」（《欽定四書文》，《文淵閣四庫全書》，第1451冊，臺北：臺灣商務，1979年，頁133）

〔註26〕李贄於《焚書》中曾對關公「反覆致意」，請參考李英嬌《李贄《初潭集》研究》（嘉義：南華大學文學研究所碩士論文，2003年6月，頁122～123。）這大概也就是王夫之所批評的「良知之說充塞天下，人以讀書窮理為戒。……乃至市井之談，俗醫星相之語，……皆入聖賢口中，而不知其可恥。」（《船山經義》，《船山遺書全集》，第19冊，頁11597～11598）批評經義詮釋上走向了俗世化。

位者」必須克制喜怒愛憎，要像關公一樣有「大勇」接納看似「妄誕逆耳」的忠告，篇末並重申「世間友朋如我者絕無矣」。這種涉及私誼（世間友朋如我者）的寓題寫作，也就是前文提及的「借他人題目，發自己心事」，與經義文體長久以來「代聖立言」的規約，當然有很大的差別。

其八，信中李贄特別標舉蘇軾之文章，希望印出「全刻」，能說明其「精神髓骨所在」，認為有助於學生應舉之用〔註27〕。

三、關於《說書》

前述〈不得於言，勿求於心，不可〉、〈不患人之不己知患不知人〉兩篇經義，過去應該都收錄於李贄《說書》之中，可惜的是，此書早已亡佚，不復得見其餘篇章。

然而，不論作者或當日曾閱過這些經義文的好友，對於這部書皆有很高的期許與評價。例如李贄自以為《說書》「不著色相而題旨躍如，所謂水中鹽味，可取不可得，是為千古絕唱。」〔註28〕並以此書作為學生汪本鈳應試之用；至於袁中道則說李氏「以時義詮聖賢深旨，為《說書》」〔註29〕，強調李贄係以經義形式詮解孔門性理奧義。此外，袁宏道亦提及李贄自述：「《說書》，予一生學問所寄也。」〔註30〕特別標榜其以畢生學問寫作這些經義文。

〔註27〕王夫之曾提及明人經義於蘇、曾二氏古文之襲取：「承嘉靖末蘇、曾氾濫之餘，當萬曆初俚調咿嚘之始，顧涇陽先生獨以博大弘通之才，曁大義、析微言，屹然嶽立。有制藝以來，無可四敵。奪王、唐大家之名，以推轂先生，雖閱百世，不能易吾言也。唯楊貞復宦稿借經義講學，其意良善，乃又為姚江之學所賺，非徒見地詖淫，文氣亦迫促衰弱，深可惜也。」（《船山經義》，《船山遺書全集》，第19冊，頁11595）至於楊起元（楊貞復，1547～1599）藉經義講「姚江之學」，其背景與李贄相似，亦受王龍谿與羅近谿之影響，如俞長城認為：「以禪入儒，自王龍谿諸公始也；以禪入制義，自楊貞復始也。貞復受業羅近谿，輯有《近溪會語》一書，故其文率多二氏之言，艾東鄉每以為訾。」（《制藝叢話》，頁72）李贄〈覆焦弱侯〉此信，文末亦提及龍谿與近谿二先生。關於李贄之標榜蘇軾，袁光儀認為其「代表了陽明心學涵融洛蜀之精神，亦即在道學與文人之間尋求溝通與調合」（詳〈從李贄對蘇軾學術之評價考察其思想之建樹——以《九正易因》對《東坡易傳》之徵引討論為核心〉，《成大中文學報》，第43期，2013年12月，頁47～86）

〔註28〕〈與汪鼎甫〉，《續焚書注》，《李贄全集注》，第3冊，頁137。

〔註29〕〔明〕袁中道，〈李溫陵傳〉，《珂雪齋近集》，卷三，1982年11月，上海：上海書店重印本。

〔註30〕〔明〕·袁宏道，〈枕中十書序〉，《枕中十書》，《袁宏道集箋校》，附錄一，輯佚。

（一）《說書》應有之面貌

　　除了在他人文集留下部份記載之外，我們也可以從李贄現存的文集裡，找到與《說書》這些作品相關的一些說明，例如寫作於萬曆十六年（1588）的〈答焦漪園〉提及：

　　承諭，《李氏藏書》，謹抄錄一通，專人呈覽。年來有書三種，惟此一種係千百年是非，人更八百，簡帙亦繁，計不止二千頁矣。更有一種，專與朋輩往來談佛乘者，名曰《李氏焚書》，大抵多因緣語、忿激語，不比尋常套語。恐覽者或生怪撼，故名曰《焚書》，言其當焚而棄之也。見在者百有餘紙，陸續則不可知，今姑未暇錄上。又一種則因學士等不明題中大旨，乘便寫數句貽之，積久成帙，名曰：《李氏說書》，中間亦甚可觀。如得數年未死，將《語》、《孟》逐節發明，亦快人也。……〔註31〕

可見萬曆十六年時，此書僅寫就了《大學》與《中庸》等經題範圍。到了萬曆十八年（1590），李贄在《焚書‧自序》則說：

　　自有書四種：

　　一曰《藏書》，上下數千年是非，非易肉眼視也，故欲藏之，言當藏於山中以待後世子雲也。

　　一曰《焚書》，則答知己書問，所言頗切近世學者膏肓，既中其痼疾，則必欲殺我矣，故欲焚之，言當焚而棄之，不可留也。

　　《焚書》之後又有別錄，名為《老苦》，雖同是《焚書》，而另為卷目，則欲焚者焚此矣。

　　獨《說書》四十四篇，真為可喜，發聖言之精蘊、闡日用之平常，可使讀者一過目便知入聖之無難、出世之非假也。信如傳注，則是欲入而閉之門，非以誘人，實以絕人矣，烏乎可？其為說，原於看朋友作時文，故《說書》亦佑時文，然不佑者故多也。

　　今既刻《說書》，故再《焚書》亦刻，再《藏書》中一二論著亦刻，焚者不復焚、藏者不復藏矣。……然余年六十四矣，倘一入人之心，則知我者或庶幾乎！予幸其庶幾也，故刻之。〔註32〕

可知此時《說書》已經完稿正待付梓，計收錄了 44 篇作品。這些作品之「為

〔註31〕〈答焦漪園〉，《焚書注（一）》，《李贄全集注》，第 1 冊，頁 17～18。
〔註32〕《焚書‧自序》，《焚書注（一）》，《李贄全集注》，第 1 冊，頁 1。

說」，起因於「看朋友作時文」、「亦佑時文」，雖與教導經義文書寫有關，李贄卻也提醒「然不佑者故多」，暗示此書有超越取士標準之外的寄託。李贄又說這些作品「發聖言之精蘊、闡日用之平常，可使讀者一過目便知入聖之無難、出世之非假也」，是想從「日用平常」中闡述聖言之精微，至於「入聖無難，出世非假」之說，則可以推斷義理上具有儒釋合一之特色。

同年（1590），李贄在刊刻此書之〈自序〉中，特別強調這些稿件「有關於聖學，有關於治平之大道」：

> 李卓吾曰：余雖自是，而惡自表暴，又不肯借人以為重。既惡表暴，則宜惡刻書，而卒自犯者何？則以此書有關於聖學，有關於治平之大道，不敢以惡表暴而遂已也。既自刻矣，自表暴矣，而終不肯借重於人，倘有罪我者，其又若之何？此又余自是之病終不可得而破也。寧使天下以我為惡，而終不肯借人之力以為重。雖然，倘有大賢君子欲講修、齊、治、平之學者，則余之《說書》，其可一日不呈於目乎？是為〈自刻《說書》序〉。〔註33〕

序文中再三說「不肯借人以為重」，只好「自表暴」，難以確定其具體指涉，大抵當日不便倩人背書，「寧使天下以我為惡，而終不肯借人之力以為重」。

此外，值得注意的最後一則記載，則是萬曆二十八年（1600）寫給學生汪本鈳的〈與汪鼎甫〉：

> ……發去《焚書》二本，付陳子刻。恐場事畢，有好漢要看我《說書》以作聖賢者，未可知也。要無人刻，便是無人要為聖賢，不刻亦罷，不要強刻。若《焚書》自是人人同好，速刻之！但須十分對過，不差落乃好，慎勿草草！〔註34〕

據李贄說法，閱讀《說書》竟是於「場事畢」，「好漢」發憤「作聖賢」之為用。至於說「要無人刻，便是無人要為聖賢，不刻亦罷，不要強刻。」似乎《說書》於當時亦未必「人人同好」。

（二）《道古錄》不是《說書》

關於《說書》，在李贄過世十餘年後，有另一則值得我們注意的文獻，即顧大韶（1576～？）之〈溫陵集序〉：

〔註33〕〈自刻《說書》序〉，《續焚書注》，《李贄全集注》，第3冊，頁187。
〔註34〕〈與汪鼎甫〉，《續焚書注》，《李贄全集注》，第3冊，頁140～141。

宏父之歿，十有餘年，事既久而論定，澤未斬而風流，其人其書可
得而言矣。……《藏書》百卷，止憑應德左編，恣加刪述，顛倒非
是，縱橫去留，以出宋人之否則有餘，以析眾言之淆則未足。《世
說》、《初潭》義例踳雜，《中庸》、《道古》旨趣無奇，自此以還，
益寥寥矣。

若夫氣挾風霜、志光日月，攄聖賢之腎腸、寒偽學之心膽，其在《焚
書》乎？子靜、伯安未審優劣，求之近世，絕罕其儔，雖吾師之胸
羅三教、目營千載，亦似不及也。

《說書》數十篇，放于體而弱于辭，放于體而戾今，弱于辭而乖古，
雖云理勝，未睹成章。《老》、《莊》二解可謂清通已。采焦氏《易》
不復入集，《孫武參同》寡所發明。《易因》一編率多傅會，甚至俗
說、院本槧傳標評，悉屬贗書，無可寓目。

茲之所撰，盡已削諸。集凡二十卷，本之《焚書》者十六，取之《藏
書》及雜著者十四。宏父李姓，名載贄，福之晉江人，嘉靖中舉于
鄉，仕至姚安太守。〔註35〕

引文中所提及欲刊刻之《溫陵集》，只收錄二十卷，對於李贄著作，倒是作
了嚴格的重新整理，「本之《焚書》者十六，取之《藏書》及雜著者十四」，
可見大部份來自於《焚書》，其次是《藏書》，再次則是雜著。至於《說書》
呢？顧氏批評其為「放于體而弱于辭」，所謂「放于體而戾今」，應是說其行
文體例未符當前應舉規定；「弱于辭而乖古」，則是批評李贄文章雖違逆於傳
統，卻又不足以匹敵前輩作者。「雖云理勝，未睹成章」，因此，雖然《說書》
有些理學上的深意，卻稱不上是完整的作品。「茲之所撰，盡已削諸」，可知
在此時，《說書》並未被編者顧大韶收錄於《溫陵集》中，此其一也。且就
此段引文來看，《道古》與《中庸》兩書內容相近（皆稱「旨趣無奇」），與
「《說書》數十篇，放于體而弱于辭」之評語有別，《道古》與《說書》當為
二書，此其二也。

　　與前揭引文約略同時，李贄過世十六年後，其弟子汪本鈳（字鼎甫）於
萬曆四十六年（1618），在〈續刻李氏書序〉中曾提及：「因搜未刻《焚書》

〔註35〕本篇序文已不見存於目前流傳的《李溫陵集》，本文係據顧大韶之《顧仲恭文
　　　　集》補。

及《說書》，與兄伯倫相研校讎。《焚書》多因緣語，忿激語，不比尋常套語，先生已自發明矣。《說書》先生自敘刻於龍湖者什二，未刻者什八。先以二種付之剞劂，餘俟次第刻之。」〔註36〕提及刊刻《說書》之「未刻於龍湖者」一事，據當時焦竑在〈續焚書序〉、張鼐在〈讀卓吾老子書述〉中，都提到汪氏刻印《說書》。〔註37〕然而，現存《李氏說書》是否即是李卓吾刻於龍湖之《說書》四十四篇，或是汪本鈳後來收錄所刻之《說書》，卻相當可疑。〔註38〕

至於《四庫全書總目》〈李溫陵集提要〉所載，更見舛誤：

　　《李溫陵集》二十卷，江蘇周厚堉家藏本，（明）李贄撰。贄有《九

〔註36〕《續焚書》，〈續刻李氏書序〉，頁5。
〔註37〕《續焚書》，頁1～3。
〔註38〕現存於中研院傅斯年圖書館的《李氏說書》，為明王敬宇刊本，卷端題有：「李氏說書大學，泉州卓吾李載贄編輯，莆田龍江林兆恩閱著」。崔文印與林海權曾指出現行《說書》主要係由林兆恩（1517～1598）之《四書正義》竄改而成，部分則摘自《焚書》、《藏書》及抄自王陽明之《傳習錄》。（崔文印：〈今傳本《李氏說書》真偽考〉，《中國哲學》第1輯，北京：三聯書店，1979年8月，頁309～315。林海權：《李贄年譜考略》，福州：福建人民出版社，1992年，頁228～229。）日本學者楠本正繼、岡田武彥與佐藤鍊太郎等人也都認係偽書。（楠本正繼：《宋明時代儒學思想の研究》，千葉：廣池學園出版部，1964年，頁501～504。岡田武彥著，吳光等人譯：《王陽明與明末儒學》，上海：上海古籍出版社，2000年，頁216～220，附錄論《李氏說書》。更完整的研究為佐藤鍊太郎：〈『李氏說書』考——林兆恩『四書正義纂』との比較〉，《日本中國學會報》，第47集，1995年，頁149～163。）根據這些文獻比對，可證現存《說書》並非李卓吾原著，請參考鄧克銘，〈李卓吾四書評解之特色：以「無物」、「無己」為中心〉，《文與哲》，第13期，（高雄：國立中山大學中國文學系，2008年12月），頁94～95。另據牛鴻恩考證：「《李氏說書》今已不存，全貌無從窺探，但《李氏全書》中收有王宇永（字啟甫）注的《說書》部分，在《下孟》中有六篇文字見於李贄的《焚書》、藏書》。其文字全同者有：〈中也養不中二句〉章，同於《焚書》卷二〈與友人書〉；〈若夫豪傑之士〉章，同於《焚書》卷一〈與焦弱侯〉；〈以佚道使民雖勞不怨，以生道殺民雖死不怨殺者〉章，同於《焚書》卷三〈兵食論〉（此文乃《藏書》卷四三《張載傳》的傳論）。有的文字則有所出入：如〈人之所以異於禽獸四章〉中的〈又問人倫物理〉一章，與《焚書》卷一〈答鄧石陽〉；〈人之患在好為人師〉章，與《焚書》卷一〈答劉憲長〉；〈大人不失赤子之心〉章，與《焚書》卷三〈童心說〉，或大同小異，或同中有略。……其中多有卓然之見、獨立之思。」（〈自刻《說書》序〉，《續焚書注》，《李贄全集注》，第3冊，頁187）可知現行《說書》之部份稿件，其實摘錄自《藏書》及《焚書》，並非李贄「以時義詮聖賢深旨」之原貌。

正易因》，已著錄。是集一卷至十三卷為答書、雜述，即《焚書》也；十四卷至十七卷為讀史，即摘錄《藏書》史論也；十八、十九，二卷為《道原錄》，即《說書》也；第二十卷則以所為之詩終焉。前有自序，蓋因刻《說書》而併摘《焚書》、《藏書》合為此集也。〔註39〕

此云「二十卷」，同前顧大韶於序文所言，然〈提要〉竟以「《道原錄》，即《說書》也」，實在為誤解，據前引顧氏〈溫陵集序〉來看，《道古》與《說書》根本是兩部在型式與內容皆不同的著作，〈提要〉所謂《道原錄》，應該是《道古錄》之誤。

又據李贄於萬曆二十四年（1596）所寫的〈道古錄引〉：「天寒夜永，語話遂長。或時予問而晉川答，或時晉川問而予應。……晉川之子用相、用健者二人，有時在坐與聞之，而心喜，然亦不過十之一二矣。退而咸錄其所聞之最親切者，其不甚親切者又不錄，則又不過百之一二矣。然時日既多，積久亦成帙。予取而復視之，不覺俯几嘆曰：『是錄也，乃吾二人明燈道古之實錄也，宜題其由，曰：《明燈道古錄》。』遠之不足以繼周、邵，近之不足以繼陳、王。然此四先生者，精爽可畏，亦必喜而讀之曰：『是明燈道古之錄也，是猶在門庭之內也，真不謬為吾家的統子孫也。』」〔註40〕案：周、邵，即周敦頤、邵雍；陳、王，即陳獻章與王守仁。此書係以講授《大學》、《中庸》為主（卷下後五章始及《論語》、《孟子》），分為上、下兩卷，凡四十二章。這與《說書》「以時義詮聖賢深旨」之作法，自然是不一樣的〔註41〕。

四、李贄論著於明代經義史上之意義

至於李贄論著於明代經義史上之意義，要有三點，曰：兼攝儒釋義理、

〔註39〕〈李溫陵集提要〉，《四庫全書總目》，卷178，集部31，別集類，存目5。

〔註40〕〈道古錄引〉，《李贄全集注》，第14冊，頁227。

〔註41〕大陸學者黃強〈論李贄的八股文觀及其實踐〉（發表於《揚州教育學院學報》，第22卷第4期，2004年12月）、張思齊〈李贄《說書》與明代八股文〉（發表於《西華大學學報》，第28卷第4期，2009年8月），二篇皆誤以《道古錄》為《說書》，因此黃強要說「場下之文」，以與標準時文格式作出區別；張思齊則指出「這些文章的篇幅，長短不一，未必盡能分成嚴格意義上的八股。它們中的大多數，只是文章的主體部分，個別的甚至僅僅是文章的論點部分，至於文章的套子部分，則往往省略了」，然後說傾聽這些「八股文的他者之聲」。二篇持論都有問題，主要正是因為文本之錯置。

經史相為表裡、以童心取代道理聞見。以下且分別論之。

（一）兼攝儒釋義理

我們今日雖然無法看見《說書》之全貌，然而根據李贄於《焚書・自序》所述，這些經義文確然應具有「儒釋合一」之特色：

> 獨《說書》四十四篇，真為可喜，發聖言之精蘊、闡日用之平常，
> 可使讀者一過目便知入聖之無難、出世之非假也。〔註42〕

所謂「入聖之無難、出世之非假」，兼攝儒釋，即可窺見一斑。

前文提及，《說書》大致寫作於萬曆十六年至十八年（1588～1590），萬曆二十九年（1601），李贄曾經自道畢生為學曲折：

> 余自幼讀聖教，不知聖教，尊孔子，不知孔夫子何自可尊，所謂矮
> 子觀場，隨人說研，和聲而已。是余五十以前真一犬也，因前犬吠
> 形，亦隨而吠之，若問以吠聲之故，正好啞然自笑也已。
>
> 五十以後，大衰欲死，因得友朋勸誨，翻閱貝經，幸於生死之原
> 窺見斑點，乃復研窮《學》、《庸》要旨，知其宗貫，……嗚呼！
> 余今日知吾夫子矣，不吠聲矣；向作矮子，至老遂為長人矣。雖
> 余志氣可取，然師友之功安可誣耶！既自謂知聖，故亦欲與釋子
> 輩共之，蓋推向者友朋之心以及釋子，使知其萬古一道，無二無
> 別。〔註43〕

可知李贄對於儒門聖教的理解，是要到 50 歲「得友朋勸誨，翻閱貝經」，才真正有所領悟，乃進一步研窮《大學》、《中庸》。於是他之論學，也希望「與釋子輩共之」，使其知「萬古一道，無二無別」。而萬曆十六年寫作《說書》，當時李贄的年齡約為 62 歲。

（二）經史相為表裡

根據《明史》的記載，萬曆十五年（1587）時，禮部對於當日經義文之雜涉百家，曾經提出了憂心：

> 萬曆十五年禮部言：唐文初尚靡麗，而士趨浮薄；宋文初尚鉤棘，
> 而人習險譎。國初舉業有用《六經》語者，其後引《左傳》、《國語》
> 矣，又引《史記》、《漢書》矣，《史記》窮而用六子，六子窮而用百

〔註42〕《焚書・自序》，《焚書注（一）》，《李贄全集注》，第 1 冊，頁 1。
〔註43〕〈聖教小引〉，《續焚書注》，《李贄全集注》，第 3 冊，頁 196～197。

家，甚至佛經、道藏摘而用之，流弊安窮？〔註44〕

吾人可知這個時期之經義文，除了雜涉佛道思想外，其行文亦可見「以史證經」的作風。〔註45〕

李贄也曾經為文主張「經史相為表裡」說：

> 經、史一物也，史而不經，則為穢史矣，何以垂戒鑒乎？經而不史，
> 則為說白話矣，何以彰事實乎？故《春秋》一經，春秋一時之史也。
> 《詩經》、《書經》，二帝三王以來之史也。而《易經》則又示人以經
> 之所自出、史之所從來，為道屢遷，變易匪常，不可以一定執也。
> 故謂「《六經》皆史」，可也。〔註46〕

把經典看作是史料，與李贄把文體放在時代中來看待，進而主張「舉子業」可以是「天下之至文」，在觀點上是一致的。

（三）以童心取代道理聞見

我們在前面介紹過李贄〈童心說〉如何標榜各個時代的不同文體，換個角度來看，其說法稱得上是鼓勵人們拋棄傳統與形式之束縛、重新找回對於知覺感受之真切，也鼓勵因時而創新。例如李贄說：

> 夫童心者，真心也。若以童心為不可，是以真心為不可也。夫童心
> 者，絕假純真，最初一念之本心也。若夫失卻童心，便失卻真心；

〔註44〕〈選舉志〉一，《明史》，卷69，頁114。

〔註45〕王夫之反對如此作法，他的意見是：「司馬班氏史筆也，韓歐序記雜文也，皆與經義不相涉。經義暨兩義以引伸經文，發其立言之旨，豈容以史與序記法攙入！」（《夕堂永日緒論·外編》，《船山遺書全集》，第20冊，頁11593～11594）

〔註46〕〈經史相為表裡〉，《焚書注》（二），《李贄全集注》，第2冊，頁199。明王世貞對此有較詳論述，他在《藝苑卮言》中提出：「天地間無非史而已。……《六經》，史之言理者也。」並具體區分《六經》各文體，有的是「史之正文」，有的是「史之變文」，有的是「史之用」，有的是「史之實」，有的是「史之華」。歷史上主張「《六經》皆史」者，大有人在。隋王通曾說：「昔聖人述史三焉。其述《書》也，帝王之制備矣，故索然而皆獲，其述《詩》也，興衰之由顯，故究焉而皆得，其述《春秋》也，邪正之跡明，故考焉而皆當。此三者，同出於史，而不可雜也，故聖人分焉。」（《中說》〈王道篇〉）以後又有宋陳傅良、元郝經、明宋濂、王守仁諸家，王世貞以後，又有李贄此說，清袁枚《隨園隨筆》也提出「《六經》自有史耳」。清代章學誠在《文史通義·內篇·易教上》亦提出：「《六經》皆史也。」他認為《六經》乃夏、商、周典章政教的歷史記錄，並非聖人為垂教立言而作。他提出「《六經》皆史」、「《六經》皆器」等命題，反對「離器言道」。近人龔自珍、章炳麟等亦倡此說，參見龔自珍《古史鈎沉論二》、章炳麟《國故論衡·原經》。

失卻真心，便失卻真人。人而非真，全不復有初矣。童子者，人之初也；童心者，心之初也。夫心之初，曷可失也？然童心胡然而遽失也？

蓋方其始也，有聞見從耳目而入，而以為主于其內，而童心失。其長也，有道理從聞見而入，而以為主于其內，而童心失。其久也，道理聞見日以益多，則所知所覺日以益廣，于是焉又知美名之可好也，而務欲以揚之，而童心失。知不美之名之可醜也，而務欲以掩之，而童心失。

夫道理聞見，皆自多讀書識義理而來也。古之聖人，曷嘗不讀書哉。然縱不讀書，童心固自在也；縱多讀書，亦以護此童心而使之勿失焉耳，非若學者反以多讀書識義理而反障之也。夫學者既以多讀書識義理障其童心矣，聖人又何用多著書立言以障學人為耶？童心既障，於是發而為言語，則言語不由衷；見而為政事，則政事無根柢；著而為文辭，則文辭不能達；非內含於章美也，非篤實生輝光也，欲求一句有德之言，卒不可得，所以者何？以童心既障，而以從外入者聞見道理為之心也。

夫既以聞見道理為心矣，則所言者，皆聞見道理之言，非童心自出之言也。言雖工，於我何與！豈非以假人言假言，而事假事、文假文乎？蓋其人既假，則無所不假矣。由是而以假言與假人言，則假人喜；以假事與假人道，則假人喜；以假文與假人談，則假人喜；無所不假，則無所不喜，滿場是假，矮人何辯也？然則雖有天下之至文，其湮滅於假人而不盡見於後世者，又豈少哉！⋯⋯

然則《六經》、《語》、《孟》，乃道學之口實，假人之淵藪也，斷斷乎其不可以語於童心之言明矣。嗚呼！吾又安得真正大聖人童心未曾失者，而與之一言文哉？〔註47〕

這段引文以「聞見道理之言」與「童心自出之言」對立，借來映襯「外加價

〔註47〕〈童心說〉，《焚書注》（一），《李贄全集注》，第1冊，頁276～277。據許建平考證「童心」一詞，係來自於《孟子》「大人不失赤子之心」，認為李贄〈童心說〉寫於萬曆二十年三、四月間。（《李贄思想演變史》，北京：人民出版社，2005年2月，頁274～275）

值之虛假」與「本心內發之純真」，是知此論與其心學主張仍有相近之處。
〔註48〕

五、結　語

綜合前面所述，本論文對於李贄時文觀點及其《說書》，篇末可以做個簡單的結語。

首先，李贄思想係淵源於陽明心學，儘管其論學偏激孤絕，頗以異端自居，然李氏在當代的影響力不容小覷：「儒釋從之者幾千萬人。……後學如狂，不但儒教潰防，即釋宗繩檢，亦多所清棄。」在萬曆年間，李贄算是理學宗派下具有代表性的重要人物。

其次，李贄對於經義文體的看法：一、他對於程朱傳註有所質疑；二、他反對機械化的書寫格式；三、他多次強調文體與時代的關係，認為經義文亦足以為「天下之至文」；四、主張於經義中「借他人題目，發自己心事」。

復次，關於李贄的經義文作品：一、李贄常以經義文書寫，作為與知己者交換讀經心得或思考之所寄；二、在這些作品裡，李贄特別強調陽明心學「心之本體原自不動」之核心理念；三、其作品中有「以經解經」的寫法，甚且援引關雲長以解經，可以見出此期經義文之俚俗性；四、標舉蘇軾文筆有助於經義書寫。

復次，李贄《說書》寫就於萬曆十六至十八年（1588～1590）間，具有「以時義詮聖賢深旨」之特殊形式，此編與應舉的功利之用未必貼合，其更重要的，李贄最終想號召讀者去「作聖賢」。

經過各方考證，現行《說書》主要係由林兆恩（1517～1598）之《四書正義》竄改而成，部分則摘自《焚書》、《藏書》及抄自王陽明之《傳習錄》。至於李贄的《道古錄》與《說書》，原本是兩部不同著作，《四庫全書總目》卻誤以為是一書之異名，造成了學者的混淆。

〔註48〕可以比較王夫之對於陽明心學的批評：「良知之說充塞天下，人以讀書窮理為戒。故隆慶戊辰會試，〈知之為知之，不知為不知〉文，以不用《集注》，由此而求之，一轉取士，教不先而率不謹，人士皆束書不觀。」（《船山經義》，《船山遺書全集》，第19冊，頁11597～11598）束書不觀，正是因為感到隔膜及虛假。王夫之又批評：「自李贄以佞舌惑天下，袁中郎、焦弱侯不揣而推戴之，於是以信筆掃抹為文字，而詆含吐精微、鍛煉高卓者為『嚴薑呷醋』。故萬曆壬辰以後，文之俗陋，亙古未有。」（頁11604）

　　最後，李贄論著於明代經義史上之特色，大致可約為三點：一、兼攝儒釋義理：李氏自述是經由學佛才真正理解了儒學，表現出萬曆年間三教合一之現象；二、經史相為表裡：李氏把《六經》看作是史料，強調時代與著述（兼及內容、形式兩端）之間的發展性；三、以「童心」取代道理聞見：李氏以「聞見道理之言」與「童心自出之言」對立，其論點實與心學主張有所相關。

六、重要參考文獻

（一）專　書

1. 張建業，《李贄全集注》，北京：社會科學文獻出版社，2010 年。

2. 張建業，《李贄評傳》，福州：福建人民，1992 年。

3. 林海權，《李贄年譜考略》，福州：福建人民出版社，1992 年。

4. 許建平，《李贄思想演變史》，北京：人民出版社，2005 年 2 月。

5. 〔隋〕王通著，〔宋〕阮逸注，《中說》，台北：臺灣中華書局（據〔明〕世德堂本校刊），1979 年。

6. 〔宋〕朱熹，《四書章句集註》，台北：學海出版社，1991 年。

7. 〔宋〕朱熹著，朱傑人、嚴佐之、劉永翔合編，《朱子全書》，上海：上海古籍出版社，2010 年。

8. 〔明〕茅坤，《茅鹿門先生文集》，杭州：浙江古籍出版社，1993 年。

9. 〔明〕王世貞著，周明初批注，《藝苑卮言》，南京：鳳凰出版社，2009 年。

10. 〔明〕袁宗道著，錢伯城標點，《白蘇齋類集》，上海：上海古籍出版社，1989 年。

11. 〔明〕潘曾紘編，《李溫陵外紀》，台北：偉文圖書，1977 年。

12. 〔明〕袁宏道著，錢伯城箋校，《袁宏道集箋校》，上海：上海古籍出版社，2008 年。

13. 〔明〕袁中道，《珂雪齋近集》，上海：上海書店重印本，1982 年。

14. 〔明〕沈德符，《萬曆野獲篇》，台北：偉文圖書，1976 年。

15. 〔明〕顧大韶，《顧仲恭文集》，〔清〕宣統元年（1909）國學扶輪社鉛印本。

16. 〔明〕顧炎武，《日知錄集釋》，長沙：嶽麓書社，1994 年。

17. 〔明〕王夫之，《船山遺書全集》，台北：中國船山學會，1972 年。

18. 〔清〕方苞，《方望溪全集》，台北：河洛圖書，1976 年。

19. 〔清〕方苞，《欽定四書文》，《文淵閣四庫全書》，台北：臺灣商務，第 1451 冊，1986 年。

20. 〔清〕張廷玉等，《〔明〕史》，北京：中華書局，1974 年。

21. 〔清〕袁枚著，王英志編：《袁枚全集》，南京：江蘇古籍出版社，1993 年。

22. 〔清〕永瑢、紀昀等，《四庫全書總目提要》，台北，臺灣商務印書館，2001 年。

23. 〔清〕章學誠著，葉瑛校注：《文史通義校注》，北京：中華書局，1994 年。

24. 〔清〕梁章鉅，《制藝叢話》，上海：上海書店，2001 年。

25. 〔清〕龔自珍，《古史鈎沉論》，《龔自珍全集》上海：上海人民出版社，1975 年。

26. （日本）楠本正繼，《宋明時代儒學思想の研究》，千葉：廣池學園出版部，1964 年。

27. 蕭天石主編，《中國子學名著集成》，台北：中國子學名著集成編印基金會，1978 年。

28. 陳榮捷，《王陽明傳習錄詳註集評》，台北：臺灣學生書局，1983 年。

29. （日本）岡田武彥著，吳光等人譯：《王陽明與明末儒學》，上海：上海古籍出版社，2000 年。

30. 章炳麟著，陳平原導讀，《國故論衡》，上海：上海古籍出版社，2003 年。

（二）期刊論文

1. 崔文印，〈今傳本《李氏說書》真偽考〉，《中國哲學》第 1 輯，北京：三聯書店，1979 年 8 月，頁 309～315。

2. （日本）佐藤鍊太郎：〈『李氏說書』考——林兆恩『四書正義纂』との比較〉，《日本中國學會報》，第 47 集，1995 年，頁 149～163。

3. 黃強，〈論李贄的八股文觀及其實踐〉，《揚州教育學院學報》，第 22 卷第 4 期，江蘇：揚州教育學院，2004 年 12 月，頁 1～6。

4. 袁光儀，〈「為下下人說法」的儒學——李贄對陽明心學之繼承、擴展及其疑難〉，《臺北大學中文學報》，第 3 期，2007 年 9 月，頁 129～164。

5. 鄧克銘，〈李卓吾四書評解之特色：以「無物」、「無己」為中心〉，《文與哲》，第 13 期，高雄：國立中山大學中國文學系，2008 年 12 月，頁 91～120。

6. 張思齊，〈李贄《說書》與明代八股文〉，《西華大學學報》，第 28 卷第 4 期，四川：西華大學，2009 年 8 月，頁 16～21。

7. 袁光儀，〈從李贄對蘇軾學術之評價考察其思想之建樹——以《九正易因》對《東坡易傳》之徵引討論為核心〉，《成大中文學報》，第 43 期，2013 年 12 月，頁 47～86。

8. 陳鑫，〈范式角度探析李贄時文觀〉，《六盤水師範學院學報》，第 31 卷第 4 期，貴州：六盤水師範學院，2019 年 8 月，頁 27～32。

（三）學位論文

1. 李英嬌，《李贄《初潭集》研究》，鄭幸雅指導，嘉義：南華大學文學研究所碩士論文，2003 年 6 月。

《袁太史稿》研究

提　要

　　時文集《袁太史稿》收稿四十四篇，為袁枚於登進士（1739）前後幾年間的重要代表作，由於袁氏的盛名，此書於付梓後旋即流傳風行，據說有不少人是因為模倣他的範文而得利科場。《袁太史稿》雖然曾經名噪一時，可惜歷來對於袁枚此作的討論，似乎不成比例。

　　本論文首先介紹其行文風格、典故取材、以及筆法典範方面，希望勾勒出袁枚時文覈奧雄健之主要特色。其次則探究其特殊的經典詮釋態度，說明袁枚「六經皆文」的重文觀點。復次，本論文亦嘗試說明此書於乾嘉期間所遭遇之批評，乃至其影響力幾乎湮滅不聞，重新思考吾人於制藝史上應如何將其定位。

關鍵字：袁枚，袁太史稿，制藝，八股文

一、袁枚與《袁太史稿》

　　袁枚（1716～1797），字子才，號簡齋。錢塘（今浙江杭州）人。其先世世居寧波府慈溪縣，六世祖袁茂英為明萬曆進士，官至布政使。幼年家貧，發憤苦讀，十二歲（1728年）中秀才。乾隆三年（1738年）舉人，乾隆四年（1739年）中進士第二甲第五名，選翰林院庶吉士，年方廿四。大學士史貽直翻閱其文，辭采豐美，論調凌厲，讚為「當世之賈誼」。乾隆十三年辭官，定居江寧（今江蘇南京市），築室小倉山隋氏廢園，改名隨園，世稱隨園先生，晚年自號倉山居士。

　　袁枚以詩名聞當世，存詩四千餘，與趙翼、蔣士銓並稱乾隆三大家。其創作講求性情個性，提倡「性靈說」。一生著作頗豐，今可見者以《小倉山房詩集及補遺》、《小倉山房尺牘》、《袁太史稿》、《小倉山房外集》與《隨園詩話》、《隨園詩話補遺》及《新齊諧》、《續新齊諧》等雜著最具代表。

　　其中《袁太史稿》一卷，收錄了袁枚時文稿四十四篇，袁氏在乾隆四年（1739）登進士，部份稿件應該已刊行於此年〔註1〕，此書完稿當不早於乾隆十年〔註2〕（1745），流傳甚廣。今有乾隆、嘉慶隨園刻本〔註3〕。

　　迄今為止，學界關於袁枚詩論的研究不少，但是仍未見學者深入研究他的經義文作品、以及他對於此一文體的意見。事實上，袁枚的經義文書寫在乾隆年間是很具有代表性的，其經義作品不僅被印製為範本販售（即《袁太史稿》），風行一時，不少人且因倣仿其文風而獲取官名。直到清末，康有為乃認為袁枚的經義文遠勝其詩，說：「袁子才最好的是八股，最劣是詩。」〔註4〕此故，本論文乃嘗試稍微整理此一議題，以為學界參考。

　　首先，不妨臚列時人對這些文稿的說法，以一窺《袁太史稿》四十四篇作品的影響力。例如：

> 初，先生以制舉文震海內，後生小子爭摹做句調以弋科名者，如操卷取也。……時先生正以詩古文詞樹壇坫江南，欲收致四方俊士，與之共商《史》、《漢》文章之正統；而外間科舉之說盛行，徒知有先生之時文而已，不知有古文也。（袁穀芳）〔註5〕

〔註1〕乾隆二十六年進士孫士毅提及：「弱冠讀先生制藝，瓌偉卓詭，不可方物。疑其人岸然絕俗，非可易近。……」（〈寄隨園前輩書〉，《續同人集》，文類卷三，王英志主編，《袁枚全集》，南京：江蘇古籍出版社，第六冊，頁332。孫士毅，字智冶，號補山，1720～1796，可據以推斷此書當刊布於乾隆四年（1739）袁枚初登進士之際。

〔註2〕因書中收有沭陽課士題〈天地之大　所憾〉，袁氏於乾隆八年任沭陽知縣，九年（1744）秋充江南鄉試同考官，年譜且記載此年縣試童子事。（方濬師，《隨園先生年譜》，頁8，《袁枚全集》，附錄一）又秦大士之序文記載其開雕於乾隆乙丑年，即乾隆十年（1745）。

〔註3〕拙文所據以討論之版本，為乾隆五十一年（1786）袁鑒所修訂重刊，收錄於《袁枚全集》，第五冊，當日袁枚還在世。

〔註4〕《萬木草堂口說》，收入姜義華、張榮華編校，《康有為全集》，北京：中國人民大學出版社，2007年，第二集，頁201。

〔註5〕《小倉山房文集·後序》，周本淳標校，《小倉山房詩文集》，卷三十五，上海：上海古籍出版社，頁1939～1940。袁穀芳，字慧相，號實堂，乾隆十七年（1752）舉人。

嘉樂束髮授書，即聞先生盛名。稍長習舉子業，讀先生戊子闈墨，
不禁望洋之嘆。（孫嘉樂）〔註6〕

錫束髮受書，即讀先生制藝而好之。……暨從宦京師，得《小倉山
房文集》、《四六集》、《詩集》以至《詩話》、《尺牘》、《食譜》而讀
之，而再三讀之，乃知為才人，為通儒，為良史，為循吏，為畸人
逸士，一身兼之，而服先生之大。（劉錫五）〔註7〕

可見當時文人對於袁枚盛名的第一印象，主要即來自於其制藝（即時文稿）。
當時學子之所以願意購買袁氏的時文稿閱讀，主要還是為了拿來學習仿作，
以取利於應舉。例如《袁太史稿》的幾篇序言，即有意強調及此：

家兄簡齋先生之制藝風行海內也久矣。唐人讀杜銓之文，以釋褐者，
不下千計，非虛語也。……門下士秦潤泉狀元最先開雕，吾鄉周新
之孝廉繼之，蘇州徐明經又繼之。（袁鑒序）

世塏年十二，出應童子試。見有賣隨園先生時文者，以錢六十購得
之。讀其文，誠快心娛目，而不知其所以工也。稍學其運意用筆，
間見錄于有司，則愈竊竊然喜。（黃世塏序）

吾師簡齋先生，以文名天下。春秋兩闈墨，操觚家私為王充《論衡》。
十年來得其鱗爪者，率芥拾大科先甲以去。（秦大士序）〔註8〕

甚且，袁枚自己也刻意標榜《袁太史稿》流傳如何之廣、應試如何有利，例如
他在著作中所記載的幾則事蹟：

余不喜時文，而生平頗得其力。壬寅游天台，渡錢塘江，到客店，
無舟可僱；遇查廣文耕經有赴任船，用名紙借之，欣然來見，曰：
「向讀先生文登第，讓船所以報也。」余贈詩云：「一隻孝廉船肯讓，
期君還作後來人。」到新昌，邑令蘇公曜，素不相識，遣車遠迎，
供張甚飾。余駭然，詢其故，如查所語。余贈詩云：「羈旅忽逢傾蓋
客，文章曾是受知人。」〔註9〕

〔註6〕〈上隨園先生書〉，《續同人集》，文類卷四，《袁枚全集》，第六冊，頁364。
　　　　孫嘉樂，字令宜，號香岩，乾隆二十六年（1761）進士。
〔註7〕〈上簡齋先生書〉，《續同人集》，文類卷三，《袁枚全集》，第六冊，頁343。
　　　　劉錫五，乾隆四十六年（1781）進士。
〔註8〕袁枚，《袁太史稿》，頁1～3。收入《袁枚全集》，第五冊，1993年。
〔註9〕《隨園詩話》，卷十二，第八十九則，《袁枚全集》，第三冊，頁409。

余過處州，想游仙都峰，以路遠中止。出縣城，到黃碧塘，將止宿矣。望前村瓦屋翠如，隨緩步焉。與主人虞姓者，略通數語，即還寓，將弛衣眠，聞戶外人聲嗷嗷；詢之，則虞氏見余名紙，兄弟六七人來問：「先生可即袁太史耶？」曰：「然。」乃手燭上下照，詫曰：「我輩讀《太史稿》，以為國初人。今年僅花甲，是古人復生矣，豈容遽去？願作地主，陪游仙都。」于是少者解帳，長者捲席，諸奴肩行李，相與舁至其家。〔註10〕

四川臨邛縣李生，年少家貧。偶閒坐，一老叟至，揖而言曰：「小女與君有緣，知君未娶，願偕秦晉之婚。」李曰：「我貧，無以為娶。」叟曰：「郎但許我，娶妻之費，郎勿憂。」生方疑且驚，俄而香車擁一美人至，年十七八，妝奩甚華，几案樿栧之物，無不攜來。叟具花燭，呼婿及女行交拜撤帳之禮，曰：「婚事畢，吾去矣。」

生挽女解衣就牀，女不可，曰：「我家無白衣女婿。須汝得科名，吾才與汝成婚。」生曰：「考期尚遠，卿何能待？」曰：「非也。只須看君所作文章，可以決科，便可成婚，不必俟異日。」李大喜，盡出其平時所作四書文付女。女翻視良久曰：「郎君平日讀袁太史稿乎？」曰：「然。」女曰：「袁太史文雄奇，原利科名，宜讀。然其人天分高，非郎所能學也。」因取筆為改數句曰：「如我所作，像太史乎？」曰：「然。」曰：「汝此後為文，先向我問作意，再落筆，勿草草也。」李從此文思日進，壬午舉於鄉。此女在其家，事姑孝，理家務當，至今猶存，人亦忘其為狐矣。此事臨邛知州楊潮觀為予言。〔註11〕

可以看出他對於自己的時文稿充滿自豪，不但聞名於異鄉客地，乃至於狐道且知其書，有超出凡人之造詣。

二、關於《袁太史稿》所錄評語

前述序言中提及秦潤泉狀元、周新之孝廉等人的開雕，有助於強調此書的功能性。就科舉取士的大環境來看，當時所以成為暢銷的時文選本，多半

〔註10〕《隨園詩話》，卷十二，第九十則，《袁枚全集》，第三冊，頁410。
〔註11〕〈狐讀時文〉，《子不語》（又名《新齊諧》），收入《袁枚全集》，第四冊，第九卷。

具有兩個條件：首先書中必須能夠具見登科作者之文采，其次則是隨文之批點評語〔註12〕，要能夠揭示行文之手法及長處。

就前者而言，《袁太史稿》中收錄了他考取舉人、進士的五篇闈墨，也附錄了主考官的評語。例如：

題　　　目	評　　　語
居敬而行簡（戊午闈墨）	洞悉政體，如讀名臣奏疏。（鄧遜齋房師〔註13〕）
生而知之　次也（己未會墨）	心似玲瓏，筆如牛弩，奇才，奇才！（蔣恒軒房師〔註14〕）
舜好問而　于民（己未會墨）	此是闈中斂才就法之文，恰亦如題而止。（留松裔座師〔註15〕）
人道敏政　在人（戊午鄉墨）	高文典冊用相如。（座師孫合河先生）
規矩方圓　二句（戊午鄉墨）	清思勁筆，有養由基射穿七札之勇。（座師孫合河先生）

這些評論並不純然是溢美之詞，且簡要表現出主考者何以看重該篇作品。這幾篇闈墨，自然代表了當日應舉時文的書寫典範，也可以說是《袁太史稿》此書最重要的壓卷之作。

除了這幾篇壓卷之作外，《袁太史稿》中也收錄了隨園先生課士之範文，例如其〈民可使由　二句〉及〈天地之大　所憾〉二篇，即為乾隆九年（1744）於沭陽縣試時所作，文末有評語曰：

> 精理鑿鑿，能將堯、舜、禹、湯之心，洞見肺腑。（柴耕甫）〔註16〕

> 鐫鑱造化，恰是人人所欲說之言。恐柳子厚不能代作〈天對〉也。

> 天帝見之，當悔生才子矣。（元敬符）〔註17〕

〔註12〕如單德興說：「文學評點的發展，多虧唐宋文評家對於『法』的重視，歷代政府科舉取才的方式，以及明朝明定八股文為考試的文體。因此，評點與文學鑑賞、考試制度、教本出版關係密切，可說是文學、教學、政治、社會、經濟多種目標的結合。」（〈試論小說評點與美學反應理論〉，《中外文學》，第20卷第3期，1991年8月，頁73）

〔註13〕鄧時敏，字遜齋，雍正十一年舉於鄉。乾隆元年成進士，入翰林，遷侍講。

〔註14〕蔣溥，字質甫，號恒軒，江蘇常熟人，大學士蔣廷錫長子。雍正八年二甲第一名進士，官至東閣大學士兼戶部尚書。

〔註15〕留保，康熙五十三年舉人。康熙六十年賜進士，改庶吉士。

〔註16〕《袁太史稿》，頁14～15。

〔註17〕《袁太史稿》，頁51～52。

袁枚既具課士之職權，這就使得其書的應用性更加增強，若能及早閱覽其書，自可事先掌握考官去取之脾胃。

進一步細看，在此類課士之命題與範文中，往往還帶有義理內容的思辨，例如袁枚在信中曾經提及：

> 陸、王「致良知」之說，僕策秀才文中力闢其非。孔子終日不食，終夜不寢，以思無益，不如學也。豈大聖人之良知，反不如陸、王乎？故朱子注「致知格物」為「讀書明理」，此義，絲毫不誤。惜其〈補傳〉一章，畫蛇添足，反招出多少駁詰。如云「在即物而窮其理，則物無盡時，知無致時」，又曰「一旦豁然貫通」。所謂「一旦」者，是在何年何月？蓋已墜入佛氏打七參禪之邪徑。

> 使當日不補此章，即以「物有本末」一節，與「聽訟吾猶人也」一章，為「致知格物」之本傳，則省卻許多枝節。《論語》「博學於文」，格物也；「約之以禮」，致知也；「多學而識之」，物格也；「一以貫之」，知致也。他如《周易》所稱「君子多識前言往行，以畜其得」，子貢所謂「賢者識大，不賢者識小」，《孟子》所謂「博學而詳說之，將以反說約也」，皆可引用以為「格物致知」之解；何勞淺題深做，費許多氣力而為此〈補傳〉乎？鄙意《大學》、《中庸》原屬《戴記》，未必皆曾子、子思之言。宋儒揭而出之，與《論語》并列，亦屬可省。〔註18〕

此段引文可以得見，考官在命題時其實已有預期的詮釋方向，尚且未必「守經遵註」。能符合考官的這份期待，自然獲雋之機會就更大些。

此外，從《袁太史稿》的現存文章中，我們還可以發現一個有趣的現象，就是許多評語都提及了袁枚的「才子」氣，例如：

題　目	評　　語
老者安之　三句	謝靈運云：「才子成佛在人先。」予則云：「才子希聖亦在人先。」讀此文者，當信予言。（李傅天）〔註19〕
夫仁者己　一節	談理道能透甲穿心。目以才人者，淺之為丈夫矣。（周元木）〔註20〕

〔註18〕〈答袁清溪〉，《小倉山房尺牘》，《袁枚全集》，第五冊，卷四，頁83～85。
〔註19〕《袁太史稿》，頁6～8。
〔註20〕《袁太史稿》，頁9～11。

君子篤于　一節	有性情、有史學、有才華、有筆力，遂有此文。方知鴻詞科報罷者，天意欲補與時文一席。（胡稚威）〔註21〕
巍巍乎其　一節	題是龍文百斛，非大力者不能負。作者才情四溢，當廓宇宙以受之。（侯元經）〔註22〕
生而知之　次也	心似玲瓏，筆如牛弩，奇才，奇才！（蔣恒軒房師）〔註23〕
孝者所以事君也	人必有情也而後有才。此篇與〈君子學道則愛人〉文，均以情勝者。（謝偉人）〔註24〕
舜好問而　于民	此是闈中斂才就法之文，恰亦如題而止。（留松裔座師）〔註25〕
天地之大　所憾	鐫鑱造化，恰是人人所欲說之言。恐柳子厚不能代作〈天對〉也。天帝見之，當悔生才子矣。（元敬符）〔註26〕
能盡人之性　二句（其二）	有意顯神通，而雷電風雲，萬靈畢集。其學博、其才大、其氣盛、其年少，方有此文。（柴行之）〔註27〕

　　這些評語之聚焦，一方面固然指出其時文之具有才氣〔註28〕，另一方面，也可能是因為現存版本重刊較晚，袁枚早就以才子形象名世〔註29〕。換個角度來看，現有評語在乾隆五十一年（1786）袁鑒重刊時，袁枚本人應該是親自看過、而且同意的。

　　此外，有兩個情形頗值注意，首先是在這四十四篇作品後，都附有評語，

〔註21〕《袁太史稿》，頁 11～12。
〔註22〕《袁太史稿》，頁 17～19。
〔註23〕《袁太史稿》，頁 37～38。
〔註24〕《袁太史稿》，頁 47～48。
〔註25〕《袁太史稿》，頁 49～51。
〔註26〕《袁太史稿》，頁 51～52。
〔註27〕《袁太史稿》，頁 55～58。
〔註28〕袁枚關於「才」性，有一套自己的觀點，例如他在《續詩品注·尚識》指出：「學如弓弩，才如箭鏃，識以領之，方能中鵠。」而在〈答蘭垞第二書〉中又強調：「善學詩者，當學江海，勿學黃河；然其要總在識。作史者才、學、識缺一不可，而識為尤。其道如射然：弓矢，學也；運弓矢者，才也；有以領之，使至乎當中之鵠，而不病於旁穿側出者，識也。」（《小倉山房文集》，卷十七，《小倉山房詩文集》，頁 1508）所以《袁太史稿》中蔣溥評他「筆如牛弩」、孫合河評他「有養由基射穿七札之勇」、周大樞評他「談理道能透甲穿心」、胡天游評他「有性情、有史學、有才華、有筆力，遂有此文」，皆與袁枚此一才性論點相契。
〔註29〕例如袁穀芳說到：「天下之知君子者，不過曰『才子』而已；其甚知者，不過曰『文人』而已。……」（〈答隨園先生書〉，《續同人集》，文類卷一，《袁枚全集》，頁 263。）梁章鉅也說：「袁簡齋枚雄於詩文，不愧才子之目，而時文尤健，……」（《制藝叢話》，上海：上海書店，2001 年 12 月，卷十一，頁 200～201）

但是其中有兩篇卻是袁枚自記，不假外人之手：

題　　目	評　　語
先之勞之	或云：子張、子路問政，都是問人臣之為政，非問天子諸侯之為政也。作者動言天子，未免錯誤。余云：顏淵問為邦，夫子告以夏時殷輅、周冕，此豈人臣之為政乎？要知泛論政體，無所不包。（自記）〔註30〕
能盡人之性　二句	不脫一「人」字，不用一「物」字，自見精理鑿鑿。此之謂清真雅正。（自記）〔註31〕

　　如此作法實為罕見，可見袁枚有意特別強調其作意（〈能盡人之性　二句〉）、或是解釋既有之質疑（〈先之勞之〉），成為對於別人評點意見的回應。

　　其次，則是這其餘四十二篇評語的作者，多半為袁枚之師友舊識，如前已述及的鄧時敏（遜齋）、蔣溥（恒軒）、留保（松裔）及孫合河，為其應舉時之座師（主考官）、房師（同考官）外，袁樹讀是其堂弟，柴行之是其同鄉好友，張有虔、姚申甫則是其年少時之同學，莊有恭（容可）是與袁枚於乾隆四年同榜登第的狀元，周大樞（元木）、胡天游（稚威）是同於乾隆元年在博學鴻詞科報罷的故舊〔註32〕，侯元經亦為「屢躓場屋」的好友，身後蕭條，還多虧袁枚以百金資之，始歸其葬〔註33〕。趙大鯨（橫山）也是袁枚未獲舉前落魄長安時的長輩，所以他的評語會說：「絕大胸襟、非常識見、超人筆力，三者具，方有此文。然場屋中，不必如此做法。」〔註34〕在嘉許之餘，猶出以規諫。有趣的是，袁枚於此書刊行之時，竟仍保留了趙氏此評。

　　這種以文人集團間師友評點之出版現象，帶有「小眾讀者」的特性，根據現今學界之研究，大致可以追溯至康熙年間〔註35〕。

〔註30〕《袁太史稿》，頁26～27。
〔註31〕《袁太史稿》，頁54～55。
〔註32〕據易宗夔之記載：「胡稚威驚才豔豔，獨冠一時。袁簡齋同應詞科，甚羨慕胡公，嘗曰：『吾于稚威則師之矣，于元木、循初則友之矣，其他某某則事我者也。』胡公、袁公已見前。元木姓周，名大樞，浙江山陰人。工詩，與稚威在江東詩社中最稱傑出，著有《居易堂稿》。循初姓萬，名光泰，乾隆丙辰舉人。」（《新世說》，四川：四川大學出版社，1998年1月，卷五，頁175）
〔註33〕徐珂，《清稗類鈔・知遇類》，卷三，上海：商務印書館，1917年。
〔註34〕《袁太史稿》，頁29～30
〔註35〕據楊玉成研究，這種在文人集團中流傳累積的評點刊行活動，作者、編者、評點者相互熟識，帶有「小眾讀者」的特性，在康熙年間形成一股新風氣，請參見楊氏〈小眾讀者：康熙時期的文學傳播與文學批評〉（《中國文哲研究

三、行文風格與特色

　　《袁太史稿》收錄之文末評語，除了前述強調個人才氣以外，還特別突顯出以下幾種風格與特色，頗值注意。

（一）秦漢手筆，豪傑之文

　　乾隆四年，袁枚二十四歲初登進士，大學士史貽直（1682～1763）翻閱其策論，曾稱許其辭采豐美，論調凌厲，讚為「當世之賈誼」。史氏將袁枚的行文格調，與漢代的賈誼相提並論，並非偶發，我們在《袁太史稿》評語中，也可以發現類似的說法，例如蔡炳侯評他的〈百姓足君　二句〉說：

　　　此賈長沙奏疏也，不可作時文讀。〔註36〕

也是同樣稱許其時文辭采豐美、論調凌厲，猶賈誼之奏策。於此，或許可舉另一個例子以茲比照，如方苞（1668～1749）《欽定四書文》於評論清初時文名家熊伯龍（1617～1669）時，即曾同樣提及賈誼：

　　　……此文又於題解之外，另翻出一層道理，立格似奇而義更深醇，
　　　文氣清剛快削，更得賈、鼂筆意。〔註37〕

案，方苞《欽定四書文》於乾隆元年奉命編纂，乾隆四年頒行天下，為官方所認可的時文範本，也昭示官方認可的行文風格〔註38〕。熊伯龍不知是否有心倣傚賈誼，然此段評論至少可以確認，乾隆初年之經義作品，即出現了以漢人筆意為行文格調的風尚。

　　除了擬之為賈誼外，在《袁太史稿》其他作品中，還有幾篇類似的評語，臚列如下：

　　　班班駁駁，得之于蒼崖石壁之上，疑為秦、漢人所作。（柴欽之）
　　　〔註39〕

　　　高文典冊用相如。（孫合河）〔註40〕

　　　集刊》，第十九期，2001年9月，頁55～108）。
〔註36〕《袁太史稿》，頁23～24。
〔註37〕〈桃應問曰一章〉，《欽定四書文》，《文淵閣四庫全書》，第1451冊，台北：台灣商務，1979年，頁947～8。
〔註38〕《欽定四書文》具有官方「正文體」的編纂宗旨，相對壓抑某些流派之作品。可參考拙作〈方苞時文觀及《欽定四書文》之「正文體」，載於臺灣大學中國文學系，《中國文學研究》，第25期，2008年1月，頁179～214。
〔註39〕〈能盡人之性　二句（其三）〉，《袁太史稿》，頁58～59。
〔註40〕〈人道敏政　在人〉，《袁太史稿》，頁52～54。

沉博絕麗，時文中之子雲、相如。（孫右階）〔註41〕
說他的文章「疑為秦、漢人所作」，或說其「沉博絕麗」，猶如漢代的揚雄及
司馬相如。在這當中，孫合河所評的〈人道敏政　在人〉一篇，還是袁枚於
乾隆三年（1738）應舉獲雋之鄉墨，可以見得當日正式應考時文中，也嘉許
此類秦漢手筆，而袁枚於年輕時即已嫻熟此道。

　　除此外，我們從當時人對他學問、詩文的綜合評述，頗可窺見相關的說
法，例如他的門生秦大士（1715～1777）曾說：

　　吾師簡齋先生，以文名天下。春秋兩闈墨，操觚家私為王充《論衡》。
　　〔註42〕

即擬之於王充；又如蔣士銓（1725～1784）說：

　　公文海涵地負，岳峙淵渟，為四五百年來第一作手。

　　大抵以《史》、《漢》為根柢，而沉浸于歐、柳之文。其風趣雋妙，
　　又兼《南北史》、《晉書》之神。〔註43〕

則稱袁枚行文「海涵地負，岳峙淵渟」，「大抵以《史》、《漢》為根柢」。又如
沈石麟說袁枚是「豪傑之文」，擬之於賈誼、司馬遷：

　　天下有文人之文、有豪傑之文。

　　紆餘細潔，規行矩步，文人之文也。若夫豪傑之文，雲蒸龍變，隨
　　感即發，奚暇較深淺、商工拙于其間耶？

　　漢、唐、宋以來，能為豪傑之文者，代不數人。西漢時，賈誼、司
　　馬遷其尤者也，相如、子雲漸趨雕琢，樸茂之意少矣。……

　　當其意之所到，放筆孤行，凌紙怪發，如天馬騰空，如黃河奔湧，
　　如龍蛇虎豹變現而出沒，如雷霆風雨交離而并至，豈非所謂豪傑之
　　文，不屑屑于淺深工拙之較商者耶！〔註44〕

皆推重袁枚文章中，具有秦漢人之格局。

　　限於篇幅，於此不妨略舉其時文稿〈能盡人之性　二句（其三）〉當中的
一小段，作為例證，試以說明為何其行文具有秦漢人手筆：

〔註41〕〈春省耕而　二句〉，《袁太史稿》，頁61～62。
〔註42〕袁枚，《袁太史稿》，《袁枚全集》，第五冊，1993年，頁1～3。
〔註43〕〈答隨園先生書〉，《續同人集》，文類卷二，《袁枚全集》，頁293。
〔註44〕袁枚，〈小倉山房文集序〉，《續同人集》，文類卷三，《袁枚全集》，頁317～
　　　　318。

問戛擊〔註45〕者誰？人性剝，土亦化土；

物性傾，天亦補天。

問浮積者誰？物性尤通神鬼，海飛河僵，靈憑焉欺童律；

物性好攻魂魄，男雄女虺〔註46〕，夢入之餐腦影。

甚者為賄為拇，九關〔註47〕危；

或嬰或風，十日〔註48〕亂。

離離密密，燕燕涎涎，長與世無極也。

時則有周旋五行，苞植萬根〔註49〕，寢方約繩〔註50〕，厥名至誠。

以為彼性卒不死，

吾能卒不窮。

勺者禮檢，盈者智隆，取陰弼陽，薗制其氣〔註51〕。在皇極不在陰
符〔註52〕。

厥施惟熙〔註53〕，厥藏惟純。合春喬夏，并喬其象，在明堂不在瑤
光〔註54〕。

馳德如雨，則黃埃〔註55〕玄牝〔註56〕，端其本于遁水、遁土、遁
金。

視道如尺，則大塵輝炫，定其產于正東、正西、正北。

心為物粗，心息蠱亦息。

君為物母，君才雌亦才。

多其器所以藏身也，制其術所以役精也，暴其形所以憚奸也，休其
道所以安生也，設其官所以玉成也。

〔註45〕典出《尚書·益稷》，當為戛「擊」。
〔註46〕當為男「熊」，典出《詩經·小雅·斯干》。
〔註47〕典出《楚辭·招魂》。
〔註48〕典出《山海經·海外東經》。
〔註49〕典出陸賈《新語·道基第一》。
〔註50〕典出《淮南子·覽冥訓》。
〔註51〕典出揚雄《太玄經·養》。
〔註52〕朱子說：「伊川程子曰：『《陰符經》何時書？非商末即周末。』」（《陰符經考異序》）
〔註53〕典出後周衛元嵩《元包經·太陰第一·坤》。
〔註54〕典出《淮南子·本經訓》。
〔註55〕典出《淮南子·地形訓》。
〔註56〕典出《老子·六章》。

關雎以義鳴其雄，鹿鳴以仁求其群，刑威則雷藏其熱〔註57〕，樂和
則山收其聲。鼓舞萬物盡矣哉！〔註58〕

以其取典之豐贍、行文之古奧，無怪柴欽之會評此篇為「班班駁駁，得之于
蒼崖石壁之上，疑為秦、漢人所作」〔註59〕。

袁枚此類時文作品之精彩，博學是很重要的層面，與明代中葉以前的時
文不同，此期時文稿所涵括的知識內容，早已不只是「融經史而鑄偉詞」
〔註60〕，沒有學問是下不了筆的。〔註61〕

（二）以申韓之筆，談洙泗之理

就明代以來的經義文書寫史來看，「融經鑄史」的古文寫法，已經蔚為風
氣，只是各家的作法不同，例如方苞評歸有光（1507～1571）時文「以韓、歐

〔註57〕典出揚雄〈解嘲〉。

〔註58〕〈能盡人之性　二句（其三）〉，《袁太史稿》，頁58～59。

〔註59〕袁枚此篇風格與作法，可以追溯至明末。例如顧咸正（1591～1647，崇禎
六年舉人，十三年會試中副榜，除延安府推官。）曾經提及晚明的制藝班
駁怪異：「昔之文盛未極也，而甚難；今之文盛極矣，而反易，何以故？夫
射不難稽天而難貫蝨，御不難馳陸而難蟻封。昔之作者，微心靜氣，參對
聖賢，以尋絲毫血脈之所在，而又外束於功令，不敢以奇想駭句入而跳諸
格。當是時，雖有絕才、絕學、絕識，冥然無所用之，故其為道也難；今
之作者，內傾膈臆，外窮法象，無端無涯，不首不尾，可子、可史、可論
策、可詩賦、可語錄、可禪、可玄、可小說，人各因其性之所近，而縱談
其所自得，膽決而氣悍，足蹈而手舞，內無傳注束縛之患，而外無功令桎
梏之憂，故其為道也似難而實易。且昔之讀書者，自六經而外，多讀《左
傳》、《國策》、《史記》、《漢書》、漢唐宋諸大家及《通鑑綱目》、《性理》諸
書，累年莫能究，而其用之於文也，乃澹澹然無用古之跡，故用力多而見
功遲；今之讀書者，只讀《陰符》、《考工記》、《山海經》、《越絕書》、《春
秋繁露》、《關尹子》、《鶡冠子》、《太玄經》、《易林》等書，卷帙不多，而
用之於文也，無不班班駁駁，奇奇怪怪，故用力少而見功速。此今昔為文
難易之故也。」（《制藝叢話》，頁23）

〔註60〕這主要是方苞對於明代經義的典範觀點，如其評論黃淳耀〈得百里之地而君
之皆不為也〉曰：「非研經究史，則議論無根據」（《欽定四書文》，頁498），
也用以稱美其兄方舟的時文〈貨悖而入者　二句〉（《欽定四書文》，《文淵閣
四庫全書》，第1451冊，台北：台灣商務，1979年，頁606）。

〔註61〕因此袁枚曾特別筆記此段，強調試藝與學問之深度：「試藝之人，擇其高者取
之，……王旦知貢舉，出『當仁不讓於師』題。有舉子解『師』為眾，旦惡
其詭眾，恕而黜之。不知此解本漢儒賈逵之言，非杜撰也。以旦之賢，而不
能博學，又不能虛心，豈不可笑！」（《牘外餘言》，卷一，第四十四則，《袁
枚全集》，第五冊，頁14）如何取材於漢代文獻與註解，也是此期時文重要
的特徵。

之氣，達程、朱之理」〔註62〕、王汝驤則評黃淳耀時文為「得《左》、《馬》之筆，發孔、孟之理」〔註63〕，此中就有典範價值之別。

到了乾隆時期，當時評論袁枚之時文，乃有擬之於先秦之申不害、韓非者，此為明代中葉以前所未見。《袁太史稿》的相關評語有二則：

> 以申韓之筆談洙泗之理，自然穿金透石，絕地通天。〔註64〕（錢琦）

> 金戈鐵馬，萬里橫行，八股中之韓非。〔註65〕（許靜巖）

案，錢琦（1704～？）為乾隆二年進士，其所謂「以申韓之筆，談洙泗之理」，大概是明末清初以來的新說法。這裡的兩則引文，進一步說「穿金透石」、「金戈鐵馬，萬里橫行」，大概在當時人的意見，「申韓之筆」也有說理強悍、毫不含糊的指涉〔註66〕。

約略同時發表的《欽定四書文》中，方苞也有類似評語，如其評唐順之〈可以言而不言二句〉說到：

> 此荊川居吏部時筆，縱橫奇宕，大類韓非子。（原評）

> 抉摘話者隱曲，纖毫無遁，指事類情，盡其變態而止，管荀推究事
> 理之文亦如是，但氣象較寬平耳。〔註67〕

方苞所錄「申韓之筆」，也有行文「縱橫奇宕」、「指事類情，盡其變態而止」之指涉。

案，著重於文學筆法來看待申、韓，至少可以推衍自明末，例如明萬曆進士焦竑（1540～1620）曾評論唐代劉知幾《史通》曰：「余觀知幾指摘前人，極其精當，可謂史家申、韓矣。然亦多輕肆譏評，傷于苛刻。」〔註68〕焦氏此段文字，即是以申、韓代表一種精明廉銳的筆法。

明末以來，對於「申韓之筆」的強調，與子部之學逐漸受到重視有關。

〔註62〕《欽定四書文》，頁88。

〔註63〕《制藝叢話》，頁109。

〔註64〕評〈惟仁者能 一節〉，《袁太史稿》，頁2～4。

〔註65〕評〈敏則有功〉，《袁太史稿》，頁42～44。

〔註66〕袁枚自己也曾經論及申、韓，但卻是與「形名之學」合觀，著重於其子部概念與條理：「申、韓形名之學，其法在審合形名，故曰：『不知其名，復修其形』，今稱為刑罰之刑，誤矣。」（《隨園隨筆‧辨訛》，《袁枚全集》，第五冊，卷十七，頁286）

〔註67〕《欽定四書文》，頁197。

〔註68〕焦竑著，李劍雄點校，《焦氏筆乘》，上海：上海古籍出版社，1986年4月，卷三，頁96。

如顧炎武說:「子書自孟、荀之外,如老、莊、管、商、申、韓,皆自成一家言。至《呂氏春秋》、《淮南子》,則不能自成,故取諸子之言匯而為書,此子書之一變也。」〔註69〕可見其看重子書,兼及申、韓。清代考據學興起後,除既有經傳外,在方法上尤重視旁證,認為先秦子書與六經時代相當,所以子部具有可以與經文相互比照的優點〔註70〕,且留意其字音及筆法〔註71〕。

(三) 不露斧鑿,隨手拈來

《袁太史稿》儘管多以雄奇廉銳為主要風格,但有部份作品則是舉重若輕、不露斧鑿,相關評語如下:

> 深入顯出理,題如此做法,是章大力、非羅文子。〔註72〕

> 題如漆室巨幽,三千年不見白日矣。乃隨手拈來,具見妙蘊。始知聖賢性理,本是家常,反被腐儒說暗耳。〔註73〕

> 眼前語,隨手拈來,天驚石破。〔註74〕

> 鐫鑱造化,恰是人人所欲說之言。〔註75〕

〔註69〕《日知錄》,《顧炎武全集》,上海:上海古籍出版社,2011年12月,第十九冊,頁741。

〔註70〕例如閻若璩(1636~1704)《古文尚書疏證》即引用了大量先秦子書材料,據劉起釪統計,先秦子書引《書》情形:《墨子》達47次、《孟子》38次、《荀子》22次、《韓非子》7次、《管子》6次、《莊子》3次、《尸子》1次,《呂氏春秋》14次。閻氏利用這些子書所保留的《尚書》字句,論證《古文尚書》之偽。(《尚書學史》,北京:中華書局,1989年,頁52)

〔註71〕誠如清末俞樾(1821~1907)所言:「聖人之道,具在六經,而周秦諸子之書,亦各有所得。雖以申、韓之刻薄,莊、列之怪誕,要各本其心之所獨得者而著之書,非如後人剝竊陳言,一倡百和者也。且其書往往可以考證經義,不必稱引其文,而古言古義居然可見。」(《諸子平議·序目》,收入《春在堂全書》,南京:鳳凰出版社,2010年1月,第二冊,頁1)

〔註72〕邵右房評〈好仁者無以尚之〉,《袁太史稿》,頁4~5。康有為也說袁枚時文:「其理出章大力,其議論出章云李。」(《萬木草堂口說》,《康有為全集》,第二冊)章大力,即章世純(1575~1644),方苞《欽定四書文》說章氏「本眼前人人所知見之理,一經指出,遂為不朽之文;其筆之廉銳,皆由浸潤於周秦古書得之。」(《欽定四書文》,頁333)、「啟未發之覆,達難顯之情,他人即能了然於心、布於紙墨,亦不能如此晶明堅確也。」(《欽定四書文》,頁361~362)羅文子,即羅萬藻(?~1647),方苞說他的作品「極清淡、極平正」(《欽定四書文》,頁399)、「文貴峻潔,然不能流轉變化,則氣脈不長,作者文多直致無迴曲。」(《欽定四書文》,頁338~339)

〔註73〕鄧元長評〈夫子之道 已矣〉,《袁太史稿》,頁5~6。

〔註74〕姚申甫評〈蕩蕩乎民無 能名焉〉,《袁太史稿》,頁15~17。

〔註75〕元敬符評〈天地之大 所憾〉,《袁太史稿》,頁51~52。

此類作品之特色，不在「沉博絕麗」、「穿金透石」，而出於眼前看似「隨手拈來」之妙蘊精理。〔註76〕

除此外，還有一篇與此相類的作品，頗值注意。吾人如綜覽《袁太史稿》，此書在編輯上有一個特別的設計，編者（或者可說是袁枚的意思）刻意收錄了三首同題作品〈能盡人之性　二句〉，其評語為：

（其一）不脫一「人」字，不用一「物」字，自見精理鑿鑿。此之謂清真雅正〔註77〕。（自記）

（其二）有意顯神通，而雷電風雲，萬靈畢集。其學博、其才大、其氣盛、其年少，方有此文。（柴行之）

（其三）班班駁駁，得之于蒼崖石壁之上，疑為秦、漢人所作。（柴欽之）

值得注意的是，這三首之評語風格極不相同，且第一首是袁枚自道其作意。我們曾經在前面稍微引錄了此題第三首的一小段文章，可以看出其文風之古奧醲麗；事實上，此題之第二首作品不僅篇幅極長，遣辭用字上比較起第三首也顯得飛揚跋扈、氣力萬鈞。

因此，三首作品所以需要同時收錄於此書，就是有意要彰顯袁枚的才氣，不僅能發揮題意，甚至能寫出各種不同的格調。而第一首，袁枚所說「自見精理鑿鑿，此之謂清真雅正」，表明他於此篇刻意收斂氣力與浮豔，以平易典雅的方法闡明義理〔註78〕。

（四）情文周至，洞見肺腑

八股文本是依題而作，題面不同，或者喻之以理、或者動之以情，自然

〔註76〕據方苞的看法，則古文家早有此種觀點，且形諸於明中葉以來之經義文書寫。如其評唐順之（1507～1560）時文曰：「止將題所應有義意一一搜抉而出之，未嘗務為高奇，而人自不能比並，古文老境也。」（《欽定四書文》，頁192）又評吳韓起（1600～1660）曰：「意極淺近，拈出遂成妙緒，可見名理自在人耳目間，正不必鉤深致遠，始足矜奇也。」（《欽定四書文》，頁365）

〔註77〕此處特別標明「清真雅正」，殆有意藉此文為例說明國家取士標準。乾隆曾說：「釐正文體，務以清真雅正為宗」、「制藝以清真雅正為主，……方足以式多士而正文體。」（《皇朝文獻通考》，卷52，頁23、25，乾隆四十四、四十五年上諭）

〔註78〕方苞也標舉過此類作法：「就白文看得血脉貫通，率胸懷說去，極平極淺，自然通透灑落；今人只為滿腹貯許多講章，白文反自糊塗，臨文雖用盡猛將酷吏氣力，終於題目痛癢無關。」（《欽定四書文》，頁558～559）

有別。除了前述說理文章之外，《袁太史稿》中還有一類作品，主要是以抒情為長的。相關評語例如：

> 精理鑿鑿，能將堯、舜、禹、湯之心，洞見肺腑。〔註79〕

> 格局縝密，情文周摯。〔註80〕

> 此文深情厚氣，當與次山〈舂陵〉并讀。乃見真讀書人，心術未有不吻合三代者。〔註81〕

> 人必有情也而後有才。此篇與〈君子學道則愛人〉文，均以情勝者。〔註82〕

可以窺見袁枚也有此類「深情厚氣」之作。其中〈君子學道則愛人〉一篇，更被拿來與元結（723～772）著名的〈舂陵行〉相提並論，說明官員如何苦民所苦、感同身受。姑舉袁枚此篇末四段以為例說明：

> 國家教民之官，得能吏百，不若得良吏一。以愛之所及者大耳。

> 君子自學道以來，一卷之書，終日用之不能盡；
>
> 　　　　一策之善，終身懷之不能忘。

> 名山俯仰，所為後樂先憂矣。

> 豈一旦臨民，而昧其素志乎？

> 蓋至愛結于心，而後知向者之移我情也。

> 朝廷惆愊之臣，日計不足，月計有餘，以愛之所被者深耳。

> 君子自學道以來，橋門璧水，觸目而生方寸之春；
>
> 　　　　則古稱先，舉足而抱如傷之志。

> 風雨徬徨，所為吉凶同患矣。

> 豈一旦服官，而取懷勿予乎？

> 蓋至愛形于色，而後嘆通經之果足用也。【後比】

> 其在學古入官之君子，斯時見道不見人焉。

> 然而望情者其志未迓，
>
> 　　　抱情者其神先往；

〔註79〕柴耕甫評〈民可使由　二句〉，《袁太史稿》，頁14～15。

〔註80〕張有虔評〈詩云雨我　教之〉，《袁太史稿》，頁64。

〔註81〕張少儀評〈君子學道則愛人〉，《袁太史稿》，頁38～39。次山〈舂陵〉，即元結〈舂陵行〉也，杜甫讀此詩後，深受感動，另作〈同元使君舂陵行〉一首。

〔註82〕謝偉人〈孝者所以事君也〉，《袁太史稿》，頁47～48。

或哭或歌，半皆為他人父、為他人母也。

和氣于精神〔註83〕，文章觀其丰度；早大遠乎刑名法術之家。

其在仕優則學之君子，斯時見人不見道焉。

然而揚風扢雅，隨歲月以日深；

　　苛政深文，其宦情而日淡。

在朝在野，依然讀書十年、養氣十年也。

兵刑化為羽籥，和會播于聲詩；又豈僅為文采風流之目！〔註84〕

【束比】

可以發現行文間深情有致，出以詠歎悠揚之氣韻，省卻了其他論理題作中豐贍典故的引用展露。

四、對於經書的詮釋觀點

前面我們介紹了《袁太史稿》的行文風格與特色，接著試說明袁枚對於經書的詮釋觀點。以下分為三點說明：

（一）試藝不必有主意

明清經義文所測試的義理內容，其實是學子對於經文及朱註的理解，明中葉以前的經義文，據方苞的分析是「皆恪遵傳註，體會語氣，謹守繩墨，尺寸不踰」〔註85〕。到了乾隆時期，袁枚對於時文的詮釋觀點則顯得開放許多，他說：

> 虞伯生言：「聖經高遠，非一人之見可盡。試藝之人，擇其高者取之，不必先有主意。若主意先定，則求賢之心狹，而人才不出。」又曰：「國家設科目，使諸經傳、注，各有所主者。所以一道德、同風俗耳，原非錮人耳目，專取村學究也。」此言最識政體。王旦知貢舉，出「當仁不讓於師」題。有舉子解「師」為眾，旦惡其詭眾，怒而黜之。不知此解本漢儒賈逵之言，非杜撰也。以旦之賢，而不能博學，又不能虛心，豈不可笑！〔註86〕

〔註83〕此句當為六字句，應有闕字誤。
〔註84〕《袁太史稿》，頁38～39。
〔註85〕《進四書文選表・凡例》，《方望溪全集》，「集外文」卷二（台北：河洛圖書出版社，1976年3月），頁286。
〔註86〕《牘外餘言》，《袁枚全集》，第五冊，卷一，第四十四則，頁14。

他的觀點是，經典的真正義理，「非一人之見可盡」，因此試藝之人「不必先有主意」，應該「擇其高者取之」，以避免「錮人耳目，專取村學究」。並以王旦不識賈達之言而誤黜舉子事為例，提醒考官臨卷務必虛心。

　　案，袁枚雖以才氣名世，但確實是博學多聞而好深究，前述於閱卷中見本領的事例，又如：

> 隱僻之典，作詩文者不可用，而看詩文者，不可不知。

> 有人誦明季楊維斗先生詩曰：「吾宮蘿蔔火，咳唾地榆生。」不知所用何書？余按《北史》魏昭成皇帝所唾處，地皆生榆。「蘿蔔火」不知所出，後二十年閱《洞微志》，齊州有人病狂，夢見紅裳女子，引入宮中歌曰：「五靈樓閣曉玲瓏，天府由來是此中；惆悵悶懷言不盡，一九蘿蔔火吾宮。」旁一道士云：「君犯大麥毒也，少女心神，小姑脾神，如蘿蔔制麵毒，故曰火吾宮，火者毀也。」狂者醒而食蘿蔔，病遂愈。

> 夏醴谷先生督學楚中，歲試題「象日以殺舜為事」。有一生文云：「象不徒殺之以水，而并殺之以火也，不徒殺之以火，而又殺之以酒也。」幕中閱文者大笑，欲批抹而置之劣等，夏公不可，曰：「恐有出處，且看作何對法！」其對比云：「舜不得於母，而遂不得於父也，舜雖不得於弟，而幸而有得於妹也。」通篇文亦奇警，夏公改置一等，欲召而問之，而其人亦已遠出矣。

> 余按舜妹媒首，與舜相得，載《帝王世紀》。祖君彥〈檄煬帝〉云：「蘭陵公主逼幸告終，不圖媒首之賢，反蒙齊襄之恥。」是此典六朝人已用之，惟以酒殺舜，不知何出。又十餘年，讀馬驌《繹史》，方知象飲舜以藥酒，見劉向《列女傳》。」〔註87〕

另一則記載，則是藉反例以說明袁枚如何重視此類隱僻典故，如光緒舉人徐珂（1869～1928）曾載及此則軼聞：

> 康、雍、乾間，翰苑諸人，恃文傲物。袁子才雖雍容風雅，亦卒不能免此。一日，有客不告姓名，力請見，袁令閽人三拒之。已而大疑，因語閽者曰：「客如明日至，可詰其故，并請其書之於紙。」閽者諾。明日，果又至。閽者詰之，不答，曰：「非汝輩所知也。」奉

〔註87〕《隨園詩話》，《袁枚全集》，第三冊，卷十一，頁361。

以筆，請書示。客從容袖出一冊，授僕曰：「盡於是矣，希達汝主，予三日後來取。」袁急視之，不覺悚然。蓋冊上分詢百二十事，盡僻典，十之八九皆生平所未寓目者。徘徊堦下，苦思良久，僅得二十條。乃奔告座師尹文端，君亦不能增一字。因折柬盡招詞林諸子，會於督署，萃眾人所得，尚僅五十條。分檢《圖書集成》，得百條。餘二十條，無覓處矣。屆期，客至，索卷閱之，笑曰：「衰衰諸公技亦止此耳！」索筆按條補之，須臾而就。字法蒼勁秀古，不類時家。袁大駭，以呈文端。文端歎賞。因向閽人究客之情狀，閽具對，並曰：「聆其言，乃操山左語者。」遂遍訪山左同僚，始悉為孔林遺脈，《圖書集成》寓目七遍矣。一時翰苑鋒稜，為之大斂。〔註88〕

即同樣旨在強調博學及謙遜，以免貽笑大方。所以，此時解經不再是只看經文及程朱註解即可，還要多所博覽。

為此，曾有人對於袁枚解經未遵傳註不滿，指責他違背了先儒的經說傳統。袁枚的回覆是：

書來，怪僕背宋儒解《論語》，若欲關其口而奪之氣者。僕頗不謂然。

孔子之道大而博，當時不違如愚者，顏氏子而已。有若、宰我，智足以知聖人，終有得失。趨庭如子思，私淑如孟軻，博雅如馬、鄭，俱有得失。豈有千載後奉一宋儒，而遽謂孔子之道盡是哉？《易》曰：「仁者見之謂之仁，知者見之謂之知。」《孟子》曰：「夫道若大路然。豈難知哉！」苟其得，雖滄浪之童子，歌之而心通；苟其失，雖亞聖之顏回，瞻之而在後。宋儒雖賢，終在顏、曾以下；僕雖不肖，或較童子有餘。安見宋儒盡是，而僕盡非也？

西漢傳經，各有師承，各自講解，以相授受，最為近古。東漢好名，何休、鄭玄、趙岐之流始為箋註，門戶償興，然猶在名物象數間耳，未有空談心性而不許後人參一議者也。……

自時文興，制科立，《大全》頒，遵之者貴、悖之者賤，然後束縛天下之耳目聰明，使如僧誦經、伶度曲而後止。此非宋儒過，尊宋儒者之過也。今天下有二病焉，庸庸者習常隸舊，猶且不暇，何能別有發明？其長才秀民，又多苟且涉獵，而不肯冒不韙以深造。凡此

〔註88〕〈孔某讀圖書集成七遍〉，《清稗類鈔》。

> 者，皆非尊宋儒也，尊功令也。功令之與宋儒，則亦有分矣。
>
> 僕幼時墨守宋學，聞講義略有異同，輒掩耳而走。及長，讀書漸多，
> 入理漸深，方悔為古人所囿。足下亦宜早自省，毋硜抱宋儒作狹見
> 謏聞之迂士，并毋若僕聞道太晚，致索解人不得。〔註89〕

他所主張的解經態度是寧可「冒不韙以深造」，也不要「習常隸舊」，並感慨
自己直到年歲稍長，「讀書漸多，入理漸深，方悔為古人所囿」。

除了陳述個人的讀書經驗外，袁枚有時甚且抬出乾隆皇帝的相關說詞，
以為自己辯護：

> 集中議論文字，有偶異先儒獨抒己見者。拘士頗以為驚。
>
> 恭讀皇上御批〈顏魯公祠堂記〉云：「今之學者，一字一句與程、朱
> 不相似，則引繩批根曰此異端也。及考其行，乃與流俗無異。」
>
> 又曰：「今上智之士，譬咳偶異于聖人，即擯之不得為吾徒，而中才
> 以下反可以口說得之，則學問之道將淪胥以亡，較不講學之時，晦
> 冥尤甚。」
>
> 大哉王言，洵萬古讀書之準則也。〔註90〕

我們從另一方面來看，袁枚等人對於經傳詮釋上之開新或悖離，顯然也與君
權是否能夠容忍、支持，不能無關。

（二）探究章句之發語立場

面對經典的不同詮釋，往往來自於讀者對章句的不同閱讀角度，袁枚時
文常跳脫既有角度來解釋章句。例如，袁枚特別回應了時人對他〈先之勞之〉
一篇的批評意見：

> 或云：子張、子路問政，都是問人臣之為政，非問天子諸侯之為政
> 也。作者動言天子，未免錯誤。余云：顏淵問為邦，夫子告以夏時
> 殷輅、周冕，此豈人臣之為政乎？要知泛論政體，無所不包。（自
> 記）〔註91〕

這則爭議，即在於主詞的釐定。時文原有「代古人語氣為之」〔註92〕的特殊

〔註89〕〈答尹似村書〉，《小倉山房文集》，《小倉山房詩文集》，卷十九，頁 1559～
1561。

〔註90〕《小倉山房文集·凡例》，《小倉山房詩文集》，頁 1153。

〔註91〕《袁太史稿》，頁 26～27。

〔註92〕〈選舉志〉二，《明史》，《景印文淵閣四庫全書》，第 298 冊，卷 70，頁 115。

規定，只是多半考生會以孔子門生、或是人臣的角度來寫作，袁枚則不然，是從「天子諸侯之為政」角度解題。

這一類對於《四書》章句的閱讀角度，也往往見於袁枚與友人的書札中，詳加斟酌討論：

> 見示《四書注解》，皆有卓見可傳無疑。解「惟求則非邦也與」二節，以為即夫子之言類及之，以曉曾點，非點再問而夫子再答也。此恰是何晏舊注，非先生之創解。僕有數條意不滿于朱子，而非古注所有者，敬質之于先生。
>
> 「父母惟其疾之憂」，此「其」字指父母而言，非指人子也。人能常以父母之疾為憂，則無疾時之保護、有疾時之侍奉，不言孝而孝，可知此即「一則以喜，一則以懼」之本旨也。若將「其」事指人子身上說，則轉彎太多，而意義反晦。
>
> 《論語》中兩稱「何有于我哉」，皆夫子自任之詞，非自謙之詞。夫子平日以學不厭、誨不倦自居，必不忽然推避。蓋言我生平不過默而識之，學不厭、誨不倦之人耳。此外「何有加於我哉」、「出則事公卿」一章，亦即此意，若再作謙詞推開講，則是聖人生平，出不事公卿，入不事父母，喪事不勉，且為酒困矣！雖下愚不至于此，而謂聖人甘心居之乎？……〔註93〕

這些對於章句文法的不同解釋，或為自家新詮、或暗合於舊注，實為「意不滿于朱子，而非古注所有者」，袁枚等人卻自信「皆有卓見可傳無疑」。

（三）六經皆文

袁枚之看待經書章句，如前所述，往往不拘程朱傳注，而回到經文脈絡中重新加以理解詮釋。因此，他更加看重經典的「文」，而非凌駕於此上的「道」。從章句的閱讀與詮解，袁枚不僅質疑程朱傳注，甚且也用文學眼光來評析《四書》文本的可靠性。例如他與友人在信中討論：

> 來札云：《中庸》填砌拖沓，敷衍成文，手筆去《論語》、《大學》甚遠，尚不如《孟子》。是漢儒所撰，非子思作也，其隙罅有無心而發露者。孔、孟皆山東人，故論事就眼前指點。孔子曰「曾為泰山，不如林放」，曰「泰山其頹」；孟子曰「登泰山而小天下，挾泰山以

〔註93〕〈答袁清溪〉，《小倉山房尺牘》，《袁枚全集》，第五冊，卷四，頁83。

超北海」。就所居之地，指所有之山，人之情也。

漢都長安，華山在焉。《中庸》引山稱華嶽而不重，明明是長安之人，引長安之山，此偽托子思之明驗，已無心而發露矣。真可謂讀書得間，發二千年古人所未有。僕因之有《論語》之疑焉。

陸象山先生曰：「關《易》、《詩》、《書》，聖人手定者，方知編《論語》者，頗有語病。」初聞此言，似乎太妄，然平心玩之，亦似有理。大抵《論語》記言，不出一人之手，又其人非親及門牆者，故不無所見異詞、所傳聞異詞之累。即如論管仲，忽而褒、忽而貶；學不厭，誨不倦，忽而自認，忽而不居；皆不可解。

其敘事筆法，下《論》不如上《論》之朴老，如「道千乘之國」、「弟子入則孝」兩章，直起直落，不作虛冒架子。至下《論》，則論仁而曰「能行五者于天下」、論政而曰「尊五美屏四惡」，都先作一虛冒，如廋詞隱語，教人猜度。倘子張不問，則不知「五者」為何行，「五美四惡」為何事矣！其他如九思、三戒、三損、三益、三愆、三畏，都是先加虛冒，開《周禮》九貢、九賦之門。「子見南子」一節，子路何以不悦？夫子何至立誓？至今解說不明。足下亦曾議論及之耶？〔註94〕

此所謂「《中庸》填砌拖沓，敷衍成文」、「下《論》不如上《論》之朴老」，談的都是「敘事筆法」，可見袁枚是以文章視經典，從字句與作法來推測不同作者（是山東人？長安人？非親及門牆者？）。

因此，袁枚乃強調《六經》的文學性、貶抑專言義理之說經者，認為古之說經者當入〈文苑傳〉，而自己不僅是文家，更是當代之說經者：

文章始于《六經》，而范史以說經者入〈儒林〉，不入〈文苑〉，似強為區分。然後世史家俱仍之而不變，則亦有所不得已也。

大抵文人恃其逸氣，不喜說經。而其說經者，又曰：「吾以明道云爾，文則吾何屑焉？」自是而文與道離矣。不知《六經》以道傳，實以文傳。〔註95〕

到了晚年，袁枚甚且標榜自己一生以「文士」自豪，而不願為「理學家」：

〔註94〕〈答葉書山庶子〉，《小倉山房尺牘》，卷八，《袁枚全集》，第五冊，頁163。
〔註95〕〈虞東先生文集序〉，《小倉山房文集》，卷十，《小倉山房詩文集》，頁1380。

枚今年八十一矣，夕死有餘，朝聞不足，家數已成。

試稱於眾曰「袁某文士」，行路之人或不以為非，倘稱於眾曰「袁某理學」，行路之人必掩口而笑。

夫君子之所以比德於玉者，以其瑕瑜不相掩故也。如必欲匿其瑕、皇其瑜，則玉之真者少矣！良醫之所以不治疥癬者，以其無傷大體故也；如必攻治之，恐轉為心腹之憂矣！孔門四科，因才教育，不必盡歸德行，此聖道之所以為大也。〔註96〕

五、制藝史如何定位袁枚作品

由於清末豔羨現代化、加上五四運動以來對於傳統學術及八股文化的批判，中文學界到目前為止，對於八股時文的相關研究，仍須克服很多反對的聲浪；面對袁枚的時文稿，自然是更乏閱讀與研究。

在相關的制藝史書寫中，對於袁枚作品引發較大興趣的，主要是兩本著作。其一是康有為（1858～1927）的《萬木草堂口說》，認為袁枚的文章遠勝其詩，說：「袁子才最好的是八股，最劣是詩。」康有為對袁枚起講的說理非常欣賞，說這些時文稿起講「可全讀」，並臚列了一些他認為很好的起講。例如說〈好仁者無以尚之〉文「開講運子書甚深」；〈老者安之 三句〉文「開講精絕，理造極、筆造極，以後亦精」；〈居敬而行簡〉「全篇好，開講筆法最多用雙筆且長，末對醞釀，用雙筆佳」；〈夫仁者己欲立而立人〉文，「開講盤折說理精警，楞迦妙諦，又用雙筆，絕唱」；〈民可使由之〉文「起講警，用雙筆，有精理」；〈才難〉文「小講稍散，以下好」〔註97〕。唯對於袁枚時文開講之標舉，其他評論家說的不多，僅見於康氏此書。

其次則是大陸學者孔慶茂（1964～）的《八股文史》，他將袁枚放在該書第九章「考據學家的八股文」項下談，認為袁枚是「作為考據學派反動」〔註98〕的代表人物之一。儘管袁枚文集中確實反對考據學派之種種主張，但是在其年少時所寫的八股文作品、以及相關的評點意見中，實未必有此明確的訴求；如果要說袁枚以八股文作品，反對考據學派之主流學風，如此推論未必能夠成立，這也不會是袁枚時文的主要特色。

〔註96〕〈答朱石君尚書〉，《小倉山房尺牘》，卷九，《袁枚全集》，頁181。
〔註97〕引文皆見《萬木草堂口說》，《康有為全集》，第二集，頁201～203。
〔註98〕孔慶茂，《八股文史》，南京：鳳凰出版社，2008年12月，頁376～381。

　　儘管袁枚年少即以時文名世，但是如果我們深入寫作八股的清朝語境，我們會聽見許多對他文風的批評聲音。例如梁章鉅（1775～1849）曾說：

　　袁簡齋枚雄於詩文，不愧才子之目，而時文尤健，乃談舉業者往往訾之，余以為此夏蟲井蛙之見耳。

　　余最愛誦其〈寬則得眾〉一節文，云：……義蘊不必淵深，而是何意態雄且傑，豈尋行數墨者所能夢到？姑錄此二比，以見一斑。又林暢園師告余曰：袁子才〈巍巍乎其有成功〉二句文有云：「元氣厚，則山河鑿焉而不傷；智勇深，則日星察焉而莫遁。」蓋自有制義以來，未見有能作此語者。〔註99〕

此段引文主要是稱美袁枚氣魄雄傑、非同凡響，但是卻指也出當日「談舉業者往往訾之」。只是，《制藝叢話》並未明白交待這些批評的意見為何。以這個問題出發，筆者試圖拼湊相關的制藝批評文獻，以推測梁氏所隱晦意見之大致內容。

　　首先，《欽定四書文》雖未收錄袁枚的時文，但作為重要的官方選本，方苞的觀點應該可以代表乾隆初期對於制藝寫作的甄試標準，我們不妨看看方苞對於明代制藝史的相關論述：

　　方望溪曰：明人制義，體凡屢變。自洪永至化治，百餘年中，皆恪遵傳註，體會語氣，謹守繩墨，尺寸不踰。

　　至正嘉作者，始能以古文為時文，融液經史，使題之義蘊隱顯曲暢，為明文之極盛。

　　隆萬間兼講機法，務為靈變，雖巧密有加，而氣體荼然矣。

　　至啟禎諸家，則窮思畢精，務為奇特，包絡載籍，刻雕物情，凡胸中所欲言者，皆借題以發之。就其善者，可興可觀，光氣自不可泯。

　　凡此數種，各有所長、亦各有其蔽。

　　故化治以前，擇其簡要親切，稍有精彩者；其直寫傳註，寥寥數語，及對比改換字面，而義意無別者，不與焉。

　　正嘉，則專取氣息醇古，實有發揮者，其規模雖具，精義無存，及剽襲先儒語錄，膚殼平衍者，不與焉。

―――――――――――――――

〔註99〕梁章鉅，《制藝叢話》，卷11，頁200～201。

> 隆萬為明文之衰,必氣質端重、間架渾成,巧不傷雅,乃無流弊;
> 其專事凌駕,輕剽促隘,雖有機趣,而按之無實理真氣者,不與焉。
>
> 至啟禎名家之傑特者,其思力所造、塗徑所開,或為前輩所不能
> 到;其餘雜家,則倔棄規矩以為新奇,剽剟經子以為古奧,雕琢
> 字句以為工雅。書卷雖富、辭氣雖豐,而聖經賢傳本義轉為所蔽
> 蝕矣。〔註100〕

在方苞意見,明代時文的極致,當為正德、嘉靖年間(1506~1566)之作品,
因為此期作品「始能以古文為時文,融液經史」;而到了隆慶以降、乃至崇禎
亡國為止(1567~1644),時文作品的格調發生了巨大變化,或「務為靈變,
雖巧密有加,而氣體苶然」、或「倔棄規矩以為新奇,剽剟經子以為古奧,雕
琢字句以為工雅。書卷雖富、辭氣雖豐,而聖經賢傳本義轉為所蔽蝕矣」。因
此方苞對於明代制藝史的評價標準,主要還是以古文家立場重視正嘉之風格、
而貶抑隆萬、啟禎,以為後不如前。

　　文體標準本來是一個動態的轉變過程,其初始未免質勝於文,至其後來,
或許又言過其實、文溢於情。關於明末時文作品之怪誕,又可參考顧咸正(1591
~1647)的說法:

> 今之作者,內傾膈臆,外窮法象,無端無涯,不首不尾,可子、可
> 史、可論策、可詩賦、可語錄、可禪、可玄、可小說,人各因其性
> 之所近,而縱談其所自得,膽決而氣悍,足蹈而手舞,內無傳注束
> 縛之患,而外無功令桎梏之憂,故其為道也似難而實易。……今之
> 讀書者,只讀《陰符》、《考工記》、《山海經》、《越絕書》、《春秋繁
> 露》、《關尹子》、《鶡冠子》、《太玄經》、《易林》等書,卷帙不多,
> 而用之於文也,無不斑斑駁駁,奇奇怪怪,故用力少而見功速。此
> 今昔為文難易之故也。〔註101〕

可見明末時文的主要特徵即為「可子、可史、可論策、可詩賦、可語錄、可
禪、可玄、可小說」,為了引起考官青睞,或刻意於文章中炫耀博學,乃至其
廣泛引用「《陰符》、《考工記》、《山海經》、《越絕書》、《春秋繁露》、《關尹子》、
《鶡冠子》、《太玄經》、《易林》等書」,行文格調轉趨「斑斑駁駁,奇奇怪怪」,
而引人詬病。然而,顧氏此處所針砭之弊病,卻也符合袁枚時文的特徵。我

〔註100〕《制藝叢話》,頁19。
〔註101〕《制藝叢話》,頁23

們從袁枚的時文稿中，正好可以窺見明末以降的時文書寫典型。

　　康有為曾經指出袁枚時文：「其理出章大力，其議論出章雲李。」〔註102〕前面已經說過，袁枚論理時有接近章世純「本眼前人人所知見之理」的作法；至於章雲李〔註103〕，據林暢園〔註104〕說，正為乾隆間所盛行之時文典範：

> 德清章雲李（金牧）之文，驚才豔豔，而不為時輩所推，乃抱其文
> 稿入空山，對叢塚骷髏誦之，既不能應，則痛哭曰：「已矣乎！吾文
> 微但人不知，即鬼也不識也。」後俞長城選入《百二十名家》，而雲
> 李之名始顯。至乾隆間而盛行，操觚家無有不讀其文者。〔註105〕

康有為曾進一步指出章金牧與袁枚時文的關係：「章雲李開尤西堂、袁子才一派，奇怪瑰偉，曲折奧深。」〔註106〕並指出章氏、袁氏與清初尤王派〔註107〕風格之相近。值得吾人注意的是，清初以來，章雲李─尤王派─袁枚這一脈時文作風，並未見容於以方苞古文派為主流的官方選本中，《欽定四書文》於此派作品即全無收錄。可以參考梁章鉅的說明：

> 乾隆甲戌科會試，首題為「唐棣之華至未之思也」，場中士子有用
> 「腸一日而九迴」句者，上以言孔、孟言不應襲用《漢書》語。先
> 是，派方苞選錄《四書文》頒行，至是令再頒禮部、順天府各於外
> 簾存貯，俾試官知衡文正軌，並嚴重磨勘，著以下科為始，磨勘諸
> 卷俱於卷面填寫銜名。〔註108〕

　　嘉慶中葉文體詭異，士子往往捃撦僻書字句以炫新奇，而不顧理

〔註102〕《萬木草堂口說》，《康有為全集》，第二冊。

〔註103〕即章金牧，字雲李，號萊山，生卒年不詳，約清聖祖康熙十年（1671）前後
　　　　在世。博聞強識，工詩文。順治時拔貢。官柏鄉縣知縣，居官廉平。金牧著
　　　　有《萊山堂集》八卷，《遺稿》五卷，其時文縱橫博麗，勃勃有奇氣，在當
　　　　時其名甚噪。詩格在盧仝、李賀之間。

〔註104〕林茂春，字崇達，號暢園。清乾隆丁酉（1777）拔貢，廷試第一，官教諭，
　　　　弟子梁章鉅自作《文選旁證》所述師說為多。茂春與知名士立程限攻經史，
　　　　為讀書社，社友最著者如龔景瀚、林喬蔭，其弟林澍蕃、林其宴、陳登龍，
　　　　皆以文章經濟名於時。茂春官終漳州府學教授，樸拙不交當路，為詩肆力韓、
　　　　蘇，專學其七言古體體，存稿頗多。

〔註105〕《制藝叢話》，頁123。

〔註106〕《南海師承記‧講文學》，見《康有為全集》第二集，頁514。

〔註107〕尤王派是以尤侗（1618～1704）、王廣心（1610～1691）為主要代表的時文
　　　　門派，其最大特點是以才學為文，運才思於駢儷藻飾之中。

〔註108〕《制義叢話》，頁30。

法。甲戌闈後，辛筠谷侍郎從益為磨勘官，遂疏稱各省鄉試取中之
闈墨，……於題義殊為廓落，……雖出古書，……文體亦屬支
離，……題義俱為漫溢，……至於編造詞句，……若此之類不勝枚
舉。……又近來士子爭效尤侗、王廣心之文，謂之尤、王體。查尤、
王文體最為浮靡，其運用故實往往換字縮腳，幾於唐人鷗闈虹戶之
澀體，費人猜想，究其義，實為膚淺，是以欽定本朝《四書文》概
不收錄。今乃復取而誦習摹倣之，科名既掇，效尤滋多，遂成風尚。
現屆會試之期，天下人才萃於京師，應請預飭典試、分校各官，嚴
裁偽體，務歸清真雅正。其穿貫經史書卷紛綸者，固宜取中，亦必
求其文從字順，於題義實有發明，庶真才出而文體正、士習端矣。
奏入，上是之。〔註109〕

可知乾隆於甲戌科（十九年），已屢次強調「言孔、孟言不應襲用《漢書》
語」之「衡文正軌」；可惜效果有限，尤王派到了嘉慶中葉後又蔚成風尚，
乃被批評其「文體詭異」、「不顧理法」，為官方再次明令禁絕〔註110〕。袁枚
早年所寫之時文風格既切近於此系，其或遭受「以古文為時文」者之相關批
評，是極有可能的。

六、結　語

綜合以上各節所論，現存時文集《袁太史稿》，為袁枚於應舉（1739）前
後幾年間的重要代表作，除了收錄其獲雋的闈墨外，還包括了他課試所寫之
範文。由於袁枚的盛名，此集於出版後流傳風行，據說也有不少人是因為模
倣他的範文而得利科場。然而此書卻也不乏批評反對的聲音。

〔註109〕《制藝叢話》，頁 450～451。
〔註110〕梁章鉅對於尤王體之評價頗值玩味，看似明貶暗褒，既不違反於官方標準，
卻又暗中為尤王體平反：「龔海峯先生授徒里中，時風氣方以塗澤為功，競
尚尤、王派。先生雅不欲從游者為之，遂有私議先生固不屑學此體，亦實不
能為此文。先生乃拈『子行三軍則誰與　吾不與也』題，弄筆成一首，麗藻
不減尤、王，而淋漓頓挫則過之，從游者始翕然信才人之筆無所不可也。」
（《制藝叢話》，頁 318～319）「尤、王派之興，莫盛於嘉慶初年。年少聰穎
之徒，費數月之功，即能得其形似，場屋中亦易以悅目，幾成捷徑。其實則
但以字面塗澤，豈真有經籍之光哉？惟余友許蔭坪德樹以精心果力為之，不
愧劉舍人所謂『樹骨訓典之區，選言宏富之路』者。蓋字字從經義中出，非
可以一蹴幾也。……合此三篇觀之，雖使西堂、農山復生，當讓一頭地，何
況餘子。然則尤、王派顧易言哉？」（《制藝叢話》，頁 365～368）

　　由於此書再版編訂甚晚，每篇之後的評語，不僅可以讀出身邊師友對他這些時文的理解，亦不乏袁枚自己對於時人批評的回應。

　　就格調筆法而言，此集大致可以代表乾隆朝制藝文重要風尚之一，與方苞以古文派為主的官方觀點，可茲相互參照比較。大體而言，袁枚的時文書寫刻意取材自秦漢典籍，或模仿申、韓筆法，以雄奇廉銳為其主要文風，與古文派之標榜韓、歐為典範，大有逕庭。

　　從《袁太史稿》這些選文、以及相關文集的討論中，我們發現袁枚解題會特別考量章句中之發語立場何在，實為一種以文學觀點來解讀經書章句的作法。袁枚試圖從「作者」的觀點來臧否既有經典之書寫筆法；這樣的解經態度，也稱為「六經皆文」之主張，標榜道以文傳。此外，他又反對義理有絕對性，認為「試藝不必有主意」，重視讀書之功，強調博學與謙遜。

　　《袁太史稿》雖然曾經名噪一時，可惜歷來對於袁枚此作的討論，似乎不成比例。唯《制藝叢話》嘗指出當時「談舉業者往往訾之」。深究其因，或許是因為乾隆年間，方苞《欽定四書文》既以「清真雅正」為朝廷主流典範，乃相對壓抑了章雲李—尤王派—袁枚這一系時文作風，使得《袁太史稿》的影響隨之湮滅不彰。因而，《袁太史稿》在文體史研究上，也就缺乏足夠的理解與重視。

金聖歎《小題才子書》評語初探

提　要

　　金聖歎（1608～1661），或稱金采、金人瑞、唱經先生。學界過去關注金氏對於戲曲小說評點者，所在多有，惟不見進一步討論金氏的「八股評點」有何具體內容。今傳清光緒十五年（1889 年）掃葉山房石印本《小題才子書》，早經亡佚，近年始為學界所發現，金聖歎收錄了 169 篇八股文名作（其中有目無文 6 篇，實共 163 篇），逐篇皆有評點。金聖歎於八股文壇雖非主流領袖，不過他對於《六才子書》的跨文類評點，實可具見八股文於其他辭章評點的重要影響。

　　因此，本論文分析《小題才子書》相關評點意見，嘗試作以下幾方面的考察：一、確認其編輯動機與選篇內容；二、收錄時文篇章包括了哪些文家？嘗試說明金氏隱伏的選文標準？三、就文體型式而言，金氏如何以評點具體構築、實際操演其文法觀點？四、就文類交涉影響而言，金氏時文評點如何取材於古文、詩賦、小說及戲曲等文類？五、就義理面而言，檢覈金氏評點意見是否受到當日流行之佛道思想影響？

一、前　言

　　金聖歎，名采，字若采，後改名人瑞，聖歎是其法名，堂號唱經堂。蘇州府長洲縣（今江蘇蘇州）人。生於明神宗萬曆三十六年（1608），卒於清順治十八年（1661），得年五十五歲。金氏評點的才子書是流行甚廣的著作，尤以所批《水滸》、《西廂》，三百多年來風行不衰，影響深遠。

　　學界對於金氏之評點深感興趣，例如孟森（1868～1938）於 1917 年首次將金氏評點作法與八股評點聯繫起來，胡適（1891～1962）在 1920 年《水滸

傳考證》中認為金聖歎有「八股選家氣」。然而長久以來，關注金氏對於戲曲小說評點者，所在多有，惟不見學界進一步討論金氏的「八股評點」有何具體內容。〔註1〕

其根本原因大致有二，首先是五四運動以來，學界主流對於戲曲、小說等文類的看重，對於八股文體尤其嗤之以鼻。〔註2〕此外，則是因為金聖歎編訂八股選集之未見。《小題才子書》所以經久亡軼，事實上與清末以來人們對於八股文的鄙夷厭棄是有關的。

今傳清光緒十五年（1889年）掃葉山房石印本《小題才子書》，早經亡佚，所幸1990年大陸學者梅慶吉先生為編輯《金聖歎研究資料匯編》時，

〔註1〕說戲曲小說評點有「八股選家氣」，這個現象也可以倒過來思考，有學者因此認為八股文體之發明係受到戲曲小說的影響。例如焦循說：「詩既變為詞曲，遂以傳奇小說譜而演之，是為樂府雜劇。又一變而為八股，舍小說而用經書，屏幽怪而談理道，變曲牌而為排比，此文亦可備眾體：史才、詩筆、議論。其破題、開講，即引子也：提比、中比、後比，即曲之套數也；夾入領題、出題段落，即賓白也。……余謂八股文口氣代其人論說，實本於曲劇。」（《易餘籥錄》，卷十七）類似的看法，又如劉師培：「明人襲宋元八比之體，用以取士，律以曲劇，雖有有韻、無韻之分，然實曲劇之變體也。……而描摹口角、以逼肖為能，尤與曲劇相符。乃習之既久，遂詡為代聖賢立言。」《論文雜記》第十八（北京：人民文學出版社，1984年5月）頁132，主張「八比出於曲劇」，劉氏也從科舉制度上著眼，認為「元人以曲劇為進身之媒，猶之唐人以傳奇小說為科舉之媒也」。此外舉出八股代言係受到平話小說影響，又如黃侃：「後世八股文，實平話血脈所繫，錢大昕有云，八股制舉乃平話之變體也。旨哉言乎。八股名雖為文，……如題為某古人之言，則規必設身某古人，作某古人之言，完全客觀語，實則某古人之主觀語也。」，見〈唐宋間作平話者〉《中國文學概談》，《黃侃量守廬文選鈔》，《蘄春黃氏文存》（湖北：武漢大學出版社，1993年3月），頁69～70。是皆從代言之類似曲劇演出、小說角色之投射以為說。戲曲小說既與八股文代言書寫有相似之處，於是明末乃出現如尤侗〈怎當他臨去秋波那一轉〉的遊戲作品，此類融戲曲題材於八股體式的戲筆大量出現，蔚為風行，同時亦出現許多具有小說趣味的八股文。涂經詒因此認為：「八股文的出現，可能是由於文學形式本身進化而起，而非專制政府規定的、或刻意努力的結果。換言之，八股文的興起，可能與一般人的時尚、愛好有關，而政府只在它的演化過程和自然結果之間，扮演了產婆的角色而已。」見涂經詒著，鄭邦鎮譯，〈從文學觀點論八股文〉，《中外文學》第12卷第12期（1984年12月），頁175。

〔註2〕五四運動代表人物如胡適、魯迅都曾以「八股選家氣」批評金氏，前者見〈水滸傳考證〉，1920年發表，《中國章回小說考證》（合肥：安徽教育出版社，1999年9月），頁3～6；後者見〈談金聖歎〉，1933年發表，見《南腔北調集》中《古小說散論》十，收入《魯迅小說史論文集——中國小說史略及其它》（臺北：里仁書局，1992年9月），頁495～496。

無意間於黑龍江圖書館發現了金氏此書；又由於近二十年來兩岸對於科舉學與八股文體的重啟關心，此一選集乃於 2008 年收錄在新近編訂的《金聖歎全集》〔註3〕中。此書收錄了 169 篇八股文名作（其中有目無文 6 篇，實共 163 篇），逐次加以評點。

　　本論文欲根據此編，進一步分析其評點意見、討論金氏對於此文體的心得。此題之整理，相信對於明末艱深複雜的八股文書寫、以及對於金聖歎的文學研究，都能夠提供一些具有意義的研究成果。

二、書名與疑義解說

　　金氏此書之整理，係以清光緒十五年掃葉山房石印本為底本，共收錄 169 篇八股文名作（其中有目無文 6 篇，實共 163 篇），逐次加以評點。根據其書前序文所記「順治丁酉三月二十四日大易學人聖嘆書于嘐關舟中」，當年係為公元 1657 年，距他 1661 年逝世僅有四年，可以視為金氏晚年的文學意見〔註4〕。

　　至於此書之定名與收文，實存有疑義。根據陸林輯校所錄光緒石印本，書影版心作「小題才子書」，但目錄處卻作「歷科小題文」，扉頁又作「小題才子文」〔註5〕；而徐增（1612～？）〈天下才子必讀書序〉〔註6〕則記載有《制義才子書》，不知是否為同一本？今案：掃葉山房石印本所收金聖歎自序，嘗提及編纂始末：

　　　　先是余有世間《六才子書》之刻，去年高秋無事，自督諸子弟甥姪，

〔註3〕 金聖歎，《小題才子書》，陸林輯校整理，收編於《金聖歎全集》，第六冊（南京市：鳳凰出版社，2008 年 12 月），以下稱「陸林本」。另有簡體字單行本，《小題才子書》，周錫山編校（瀋陽：萬卷出版公司，2009 年 5 月），以下稱「周錫山本」。梅慶吉發現此書之說明，可參詳周錫山本，頁 7；周錫山認為此書之序容或有誤，但書中的時文評批肯定為金批無誤（其考證資料見周錫山本，頁 370，主要是以山左臧括齋評釋：《原版明文小題傳薪》所錄金氏批評兩則，據以與梅慶吉所發現之文本批語對勘）。

〔註4〕 審查委員曾建議無需特別載明金氏晚年文學意見，然指出選集之出版與編選者的年齡仍有一定的意義，例如比金氏略晚十年左右的王船山（1619～1692），即同樣在其晚年編纂了時文教材：65 歲時出版了《船山經義》，72 歲時又有《夕堂永日緒論》內外編等評點札記。這說明了經義文之受重視，對於晚明清初而言，並不只是在文人未登第前才如此的。

〔註5〕 見陸林本，頁 545。

〔註6〕 輯自〔清〕徐增《九誥堂集》，收入《清代詩文集彙編》（上海：上海古籍出版社，2009 年 9 月），第 41 冊。

讀書學士堂中。……因不得已，搜括宿腸，尋余舊日所暗誦者，凡得文百五十首，茫茫蒼蒼，手自書寫。中間多有大人先生金鉤玉勒之作，而輒亦有所增省句字者。此則無奈笥中久失原本，今茲全據記憶，自然不無亡失；而又臨書之時，與會偶至，亦多將錯就錯之心。是殆所謂小處糊突，大處不敢糊突者也。人共傳鈔，各習一本，仍其名曰《才子書》。〔註7〕

可知金聖歎原是為了教導子弟甥姪練習八股文應試，始有此編之輯。然據引文所見，金氏只說仍名《才子書》，卻未明言「小題」，其所載收錄篇數150也與今本169篇相左。

至於現存書影所見，祁文藻於光緒十五年（1889年）所寫的序言，則逕稱此編為《大小題才子文》：

《大小題才子文》，原係金聖歎先生評選，後經李申耆先生劇于江陰之暨陽書院內。「大題」原缺兩篇，李以別本雖有此文，而無金評，寧從缺如，其慎也如此。蓋此文由金先生改過，故筆更飛動，如生龍活虎，不可捉摸。雖學之終身，有不能竟其用者。迨庚申劫後，片板無存，文亦鮮有存者。文藻僅有「小題」一編，遍尋「大題」不得。戊子歲，繞由蕩口鎮華若溪拔貢處，借得「大題」文。爰浼朱淮廬世兄為之鋟板，因記其緣起于末。時光緒十有五年春月，元和祁文藻識于青浦副學署。〔註8〕

可見此本應是祁文藻於光緒戊子年（1888年），另外找來華世芳（1854～1905）所存之金選大題文，〔註9〕與李兆洛（1769～1841）原有刊本匯為一編。所以此書選批文章當不僅為原有之小題文，篇數也因此與金氏自序不同。〔註10〕

至於陸林《金聖歎年譜簡編》對於《小題才子書》此編的說法，尚有值得斟酌之處：

該書扉頁署作「小題才子文」，版心題為「小題才子書」。按照聖歎

〔註7〕見陸林本，頁541。

〔註8〕見陸林本，頁539。

〔註9〕〈唱經堂遺書目錄〉「外書」中收有《程墨才子》、《小題才子》二種（詳《金聖歎全集》，附錄頁91），《程墨才子》應該就是這邊的《大題才子書》。

〔註10〕據周錫山說：「《小題才子書》全書共323頁，前引周亮工的眉批說：『聖歎尚有《歷科程墨才子書》，已刻五百頁，今竟無續成之者。』可見他當時看到的並非完本，但頁碼則已經多於此本。」（周錫山本，頁8）

《六才子書》的取名慣例，當以版心之名為是。明清科舉考試以《五經》（《易》、《書》、《詩》、《春秋》、《禮記》）文命題曰「大題」，以《四書》（《論語》、《孟子》、《大學》、《中庸》）文命題曰「小題」。先考小題文，後考大題文。聖歎曾評選《大題才子書》，道光年間尚存世。

此序落款為「順治丁酉三月二十四日大易學人聖歎書于嘹關舟中」，可知寫於順治十四年。徐增〈天下才子必讀書序〉云該書「歷三年」，是指其邊評邊刻、歷時三載。與聖歎自序始于「去年高秋」之說，在時間上有出入。或是包括今已不見的《大題才子書》，抑未可知。〔註11〕

陸氏云《大題才子書》「道光年間尚存世」，主要是因為道光二十三年（1843年）《養一齋文集》刻本中，收錄了李兆洛的〈金選大題文序〉，因此猜測此書可能兼攝了大、小題之選本。

值得特別說明的是：前述引文中，陸林對於八股文所謂大題、小題之以《五經》、《四書》為區分，實為誤解。所謂小題，據戴名世（1653～1713）的看法：

且夫制舉業者，其體亦分為二：曰大題，曰小題。小題者，場屋命題之所不及，而郡縣有司及督學使者之所以試童子者也。〔註12〕

可見大題、小題之辨並不在於經書內容，而在於其所施用之場合。〔註13〕小

〔註11〕陸氏《金聖歎年譜簡編》收入陸林本，附錄頁9～90。

〔註12〕〔清〕戴名世撰，王樹民編校：《戴名世集》（北京：中華書局，1986年2月），卷4。

〔註13〕學界於此略有共識，例如龔篤清之說法：「所謂大題，就是八股文文題中句、節、章的形式與文意俱完整的題目，換言之，便是明代人通常稱之為明白正大的平正之題。……明代會試規定只能出大題，各省鄉試基本上出大題，但有時也出小題。清代則大量出小題試士。……八股文的小題是為防止科舉考試中的剿襲、擬題之風而創制的特別殊異之題，始現於正統前後。因其對寫作者還有很強的思維訓練作用，故到嘉靖以後，小題的種類越創越多，使用也越來越普遍。」見龔篤清，《八股文鑒賞·八股文淺說》（長沙：岳麓書社，2006年8月），頁53～55；又如侯美珍說：「八股文常依大、小題而分，大、小題的命名，原出於考題用於鄉、會試或用於小試之別。而題見於鄉、會試者易，見於小試者難，所以小題又漸成為截章斷句、隱僻瑣屑、刁鑽古怪等難題的代稱。……然而，批評小題聲浪雖不曾停歇，小題不但始終未廢止，且在科考中的角色益加重要，主要是因小題在防止士子擬題、剿竊，以及提升考官閱卷速度、鑑別文章高下等方面，有明顯的效果。」見侯美珍：〈明清

題，原是「郡縣有司及督學使者之所以試童子者」，與「場屋命題」有別。這也就是前引金聖歎自序中「自督諸子弟甥姪，讀書學士堂中。每逢三六九日，即依大例，出《四書》題二，觀其揣摩，以驗得失」的原意。

此外，吾人尚可衡諸於李兆洛所寫的〈金選大題文序〉：

> 器有所宜，即製器者亦有其宜。敦牟卮匜、觿玦雜佩之屬，製之者以雕刻工巧、誇餙繁縟、聲音譁喧為宜。至于鐘鼎列于宮廷，圭璧陳于殿陛，則以淳樸發古澤、鏗鏘振天聲，而纖詭瑣麗之製不得預焉。

> 八股猶是矣！小試題多纖仄，時復迫促，則思取尖新，詞矜便捷，宜也。如秋以充賦，春以陳庭，典既優隆，題皆宏達，學者于此見識量焉。必且擴其胸襟，嫻其儀度，和平其聲氣，而後可不負此選也。

> 《金選大題文》，予先未嘗見，有為予言之者，因借觀焉。其評識之式與小題同，而所論議皆能見其大，洞中利病，截然各異。

> 說題事，則求諸聖賢義理所指歸，尋其脈絡，必精必當；說文體，則求諸學者吐屬之雅俗，要于從容，必正必大。殆如士衡《文賦》、彥和《文心》，深識妙詣，暢然筆下。他選或不能知，或知之而不能言，則此真可師法矣。因慫惥同學續刊之。

> 予向序《小題》，謂神智理義非由外鑠，當各以心與氣迎之。夫既能濬心靈、導善氣，則進而求此，固不為難。孟子曰善養浩然之氣，其道由于集義，集義則氣不餒，而充塞天地矣！大小一途也，精粗一道也，其益研窮義理，使神知自生，所謂勿正勿忘勿助者也。此可為諸生道問學之助，非僅歆之以功名而已。道光十六年。（錄自道光二十三年刻本《養一齋文集》）〔註14〕

這段引文中，李氏所說大題文「其評識之式與小題同，而所論議皆能見

科舉八股小題文研究〉，《臺大中文學報》第 25 期（2006 年 12 月），頁 190。然針對不同的使用語境，個別文家的具體指涉仍需要仔細審視。此篇審查委員有認為尚需充份說明，亦有認為無需論及大題者，惟筆者既以為此書可能收錄了大題與小題之篇章，自當稍作解釋，並檢視既有的學界定義是否適用於金作。

〔註14〕見陸林本，頁 156～157。李兆洛的〈小題才子書序〉寫於道光十二年，早於〈金選大題文序〉四年。

其大」，又引《孟子》「集義」說曰「大小一途也，精粗一道也」，足見形式上並無區別，只是論議上更見宏達正大。

此外，如就金聖歎在《小題才子書》當中的評語來考察，也可以看到他本人的相關見解：

> 作小題，與作大題不同。吾嘗戲語子姪：作大題乃是平天下手段，作小題卻要格物。夫平天下固難，然何代無人？若格物之難，真乃千年未見一人者也。作大題如成佛，作小題是行菩薩行。夫成佛固難，然不過陞座說法；若行菩薩行之難，真乃于諸異類各五百身往返游行百千萬遍，猶未得其邊際者也。先生以格物君子行菩薩行，結髮弄翰，便有小題百十餘軸，膾炙海內。吾不能遍選，選此以例其餘也。（評顧虬〈二〉）〔註15〕

金氏認為大、小題確實有所不同，其不同處猶如「平天下手段」與「格物」之別，他主張「格物」難於「平天下」，同樣暗示小題難於大題。

在一些評語中，金聖歎又有所謂「大篇」的說法，似乎僅就文題未必能夠清楚地判定大題、或是小題。例如他說：

> 題是天子受命大來頭，文又排蕩自恣一大篇，望之者無不謂是大家鉅搆矣，豈知只是小小弄筆作戲。知此者，作文真是樂事。（評萬日吉〈受祿于天（二句）〉）〔註16〕

> 題如毬，文如獅子。不知是毬滾獅子，不知是獅子滾毬。只見獅子用出全身氣力，而其實毬不須如此。然則乃是獅子自滾獅子，而毬隨之亦滾矣。有人謂此文是大篇。夫置毬而滾獅子，此又一作小題妙訣，吾未見其能大也。（評吳韓起〈恥之于人（一句）〉）
>
> 〔註17〕

金氏主張大題小作，如果能夠「小小弄筆作戲」、掌握「置毬而滾獅子」的妙訣，「大篇」自當迎刃而解。不過綜觀全書評語來看，金聖歎其實沒有特別提出一套針對「大題」的作法或評語，如果此書確實收錄了部份《金選大題文》的作品，就評語上似乎看不出有什麼具體的分別。

〔註15〕見陸林本，頁646。
〔註16〕見陸林本，頁701。
〔註17〕見陸林本，頁777。引文中的「大篇」，頗有「大題」之嫌。

三、選篇之作者

　　相較於其他文類之「才子書」，時文選集本來就具有特殊的工具性，金聖歎在《小題才子書》自序中，曾經清楚說出輯選此編的緣由：

　　　　自督諸子弟甥姪，讀書學士堂中。每逢三六九日，即依大例，出《四書》題二，觀其揣摩，以驗得失。而二三子都苦才多，每日晨朝磨墨，伸紙搖筆。未幾，余試掣而視之，則已溢出題外。若是乎《四書》白文之決不可以不講，而先輩舊文之決不可以不讀也。……三功曰：德雲北丘在別峰，致心睹之無不逢。詩必此詩非詩翁，由來及第皆心空。追魂取氣遺其踪，舊者為蛻新為龍。高手賊人古所同，必欲自雕真癡蟲。〔註18〕

　　金氏當初之所以選編此書，主要是發現子姪行文往往「溢出題外」，因此他覺得必須從兩方面下手補救：一是講清楚《四書》白文，二是熟讀「先輩舊文」。他在〈自序〉又提及習文有所謂「十福、五功、六不祥」，其中的「第三功」主張「由來及第皆心空」、「高手賊人古所同，必欲自雕真癡蟲」，也就是說書寫時文必須要虛心不帶成見，從前輩傑作中熟習生新。

　　對於《四書》章句條理的講求，原是寫作八股、應試題解的先備基礎，金聖歎對此特別講求：

　　　　所從游師，大善說書，不說道理，直說聖賢意之所之，前章後段，循環連鎖，牽一動百，皆至其所，曰「四福」。〔註19〕

　　　　孰謂作文不要講書耶？吾最敬人講書。（評顧予咸〈夫子不為也〉）
　　　　〔註20〕

可見其注重之「講書」，不在於說道理，實在於藉由「前章後段，循環連鎖」的文理脈絡，說清楚「聖賢意之所之」。

　　至於熟讀「先輩舊文」之功，更屢見於此書之評點文字：

　　　　後學熟讀熟玩，若不得脫胎換骨，截取吾頭去。（評陳際泰〈祿在其中矣〉）〔註21〕

　　　　誠能是，省試解元、禮試會元也，如何不熟讀？（評陳名夏〈雍也

〔註18〕見陸林本，頁541～543。
〔註19〕〈自序〉，見陸林本，頁542。
〔註20〕見陸林本，頁605。
〔註21〕見陸林本，頁570。

可使南面〉〉〔註22〕

有人謂此文短，不知子弟熟讀此文，便一夜能長出一瀉千里之才；
有人謂此文老，不知子弟熟讀此文，便一手能化出重樓複閣之麗。
吾豈謂短且老故選哉？吾為欲子弟憑空增其才麗故選也。（評萬應
隆〈迅雷風烈（一句）〉）〔註23〕

先生此文，筆筆金針也。吟之千遍萬遍，即四部書中萬萬題，都化
作新繡鴛鴦也。（評金聲〈天下之無（一句）〉）〔註24〕

切須潛心熟讀此文千遍，自然作名家去。（評萬曰吉〈仁者如射〉）
〔註25〕

可以看見金聖歎不但自己熟讀這些典範文章，也主張後學必須從熟讀中學習，
認為只有熟習才能「一夜能長出一瀉千里之才」。正因此，對於啟蒙典範之抉
擇，金聖歎是非常重視的，他曾說：

子弟行文艱澀，非真子弟是下材，亦適走卻艱澀一路耳；子弟行文
明快，非盡子弟是上姿，亦適走著明快一路耳。夫艱澀之與明快，
皆各有其一路。全賴父兄師友，教其必出于此、禁其必不出于此。
以是為哺乳之恩，殺身難報耳。

子弟初作文、初讀文，便如人初入胞胎。此處走路一錯，便是終身
定業。何可不多覓先生此等文，琅琅教響讀乎？（評夏長泰〈子孫
保之〉）〔註26〕

其說法令人信服，對於學習者而言，啟蒙時之典範往往型塑了人們對於書寫
的想像，因此不得不謹慎。讀者從這些選篇與評語中，自可窺見金聖歎對於
晚明清初八股文典範的觀點。

其次，如以選篇作者來看，《小題才子書》此書蒐錄了169篇八股文作
品，計收單篇作者107人、兩篇作者21人、三篇作者4人、四篇作者2人，
合計收錄了133位作者。這些作者，主要都是在明天啟、崇禎、及至清順治
期間活動的人物；從評語中得見，部份作者也與金聖歎有私交。

〔註22〕見陸林本，頁587。
〔註23〕見陸林本，頁634。
〔註24〕見陸林本，頁577。
〔註25〕見陸林本，頁731。
〔註26〕見陸林本，頁699。

　　嚴格而論，金聖歎在選文時，並沒有把「作者」放在「題材」之前，例如此書所選批的第一篇作品曰：

> 題是先師二十篇之第一句，文是先正百五十篇之第一篇。某所以特筆冠之者，要後學知小題最貴神理。神理或在題上，則手自寫題，眼須覰上；神理若在題下，則手自寫題，眼須覰下。如此題，神理固在「不亦」字、「乎」字。今先生純寫「不亦」字、「乎」字也。某所以特筆冠此，則以下百五十篇皆準此也。（評羅萬藻〈學而時習之〉）〔註27〕

又最後一篇作品評曰：

> 吾燒灰讀之，猶能辨是先生之筆。蓋吾于先生之文，所謂「琉璃硯匣，鎮日隨身；翡翠筆床，無時離手」者也。吾選文百餘，而殿之以此，凡以明指也。諸文中有從三尺灰堆下尋出者，徒以其善得此意。故皆用芙蓉新粉，重複塗澤之也。（評譚元春〈曾晳嗜羊（全章）〉）〔註28〕

雖然評語特地標舉羅萬藻（？～1647）之神理、又說自己隨時熟習譚元春（1586～1637）文，但是全書中僅收了羅氏兩篇、譚氏更只有此一篇入選。主要還是因為此書編輯上，金聖歎看重「題材」，更甚於作者，此部份容待後論。

　　即使如此，讀者還是可以大致觀察《小題才子書》選錄了哪些文家：單篇作者不論，此書中收錄了四篇作品的文家首先是：陳際泰（1567～1641）與黃淳耀（？～1646）〔註29〕。

　　陳際泰，字大士，臨川人，崇禎七年進士。俞長城說他：「其學無所承藉，一覽數行，手口耳目並用，質甚奇；日搆數十藝，作文盈萬，才甚捷；變通先輩，自為面目，法甚高。」〔註30〕強調其文章之自出面目；而《欽定四書文》更稱美陳氏八股文曰：「講機法者不能如其巧密，矜才氣者不能及

〔註27〕見陸林本，頁557。

〔註28〕見陸林本，頁787。

〔註29〕這大致可以看出實際的影響情形，如果從後來《欽定四書文》之選刊情形觀察，啟禎時期方苞計收錄了42位作家共211篇作品，這當中以陳際泰選了58篇居冠、金聲收31篇居次、黃淳耀20篇復次之，算是官方文獻認為此期表現較佳的作者。金聖歎《小題才子書》中也收錄了金聲一篇作品。

〔註30〕梁章鉅著，陳居淵校點：《制藝叢話》（上海：上海書店，2001年12月），頁116。

其橫恣，制藝到此，可謂獨開生面矣。」〔註31〕對他可謂推崇備至。陳氏之博通，《欽定四書文》中相關記載甚夥，如說他：

> 博洽深通，故信手揮灑，皆無浮淺語。〔註32〕

> 語約義深，非儉於書卷者所能道。〔註33〕

屢言其「博洽深通」之用功。而其所以取資者，如方苞評語所見：

> 議論悉本左氏內外傳文之靈警濬發，要不能憑虛而造也。〔註34〕

> 忽分忽合，倣史遷合傳錯綜之法，而并得其神骨。〔註35〕

> 根柢周秦諸子及宋儒語，質奧精堅，制義中若有此等文數十篇，便
> 可以當著書。〔註36〕

> 薈萃元人《春秋》說以為判斷，筆力峻快雄健，頗類老蘇。〔註37〕

即包括了周秦諸子、《左傳》、《史記》、宋儒語、元人《春秋》說等，足徵其「多蓄天下之義理」，這就難怪他能「信手揮灑，皆無浮淺語」。

黃淳耀，字蘊生，又號陶菴，嘉定人，是崇禎十六年進士。黃氏為文特色，即是他能「以古文之法運掉游行」，使其文章「如雲烟在空，合散無迹」，《欽定四書文》說他：

> 以古文之法運掉游行，如煙烟在空，合散無迹。隆萬高手於全章題、
> 數節題文，不過取其語脈神氣之流貫耳。至啟禎名家，然後於題中
> 義理一一融會，縱筆所如，而題中節奏宛轉相赴，時有前後易置處，
> 亦不得以倒提逆挈目之；一由專於時文中講法律，一由從古文規模
> 中變化也。此訣陳、黃二家尤據勝場。〔註38〕

稱美陳際泰、黃淳耀擅長於「古文規模中變化」，能夠「於題中義理一一融會」，使其縱筆所如皆與「題中節奏宛轉相赴」，理法詞氣，兼而有之。王耘

〔註31〕評〈定公問一言而可以興邦一章〉，《欽定四書文》，《文淵閣四庫全書》，第1451
　　　　冊（臺北：商務，1986年3月），頁404。
〔註32〕評〈獲乎上有道三句〉，《欽定四書文》，頁472。
〔註33〕評〈動容貌斯遠暴慢矣〉，《欽定四書文》，頁379。
〔註34〕評〈如知為君之難也一節〉，《欽定四書文》，頁405。
〔註35〕評〈直哉史魚一章〉，《欽定四書文》，頁416。王夫之曾說「陳大士史而橫」，
　　　　見《夕堂永日緒論·外編》，頁11596，殆亦指此。
〔註36〕評〈體物而不可遺〉，《欽定四書文》，頁456。
〔註37〕評〈晉文公譎而不正一節〉，《欽定四書文》，頁410。
〔註38〕評〈莊暴見孟子曰一章〉，《欽定四書文》，頁485～6。

渠亦標舉黃淳耀制藝:「世之詬病時文者,謂其氣體之非古耳。若得左、馬之筆,發孔、孟之理,豈不所託尤尊,而其傳當更遠乎?愚故謂有明制義,實直接《史》、《漢》以來文章正統,得先生文懸之為鵠,其亦可以無疑也夫。」〔註39〕認為黃淳耀作品直接於「《史》、《漢》以來文章正統」,足以傳世不朽。

至於收錄了三篇文章的作者則有四人,包括:張溥(1602～1641,崇禎四年進士)、呂一經(生卒年不詳,崇禎四年進士)、劉侗(1593～1637,崇禎七年進士)、顧虬(約 1662 年前後在世,順治十五年進士)。

張溥,字天如,號西銘,南直隸太倉人,崇禎二年(1629),他邀集郡中名士講論古學,結成復社。復社是明末最有影響的社團之一。據《明史》記載當時「四方噉名者爭走其門,盡名為復社。溥亦傾身結納,交遊日廣,聲氣通朝右。所品題甲乙,頗能為榮辱。」〔註40〕當時文社不僅講論八股文之作法,對於朝廷甄選人才也有一定的影響力。

張溥推崇前七子、後七子的理論,主張復古,曾編訂《漢魏六朝百三家集》,收錄了漢魏六朝從賈誼(前 200～前 168)至薛道衡(540～609)共 103 位作家文章。張氏曾說:「兩京風雅,光並日月,一字獲留,壽且億萬。……總言其概,椎輪大路,不廢雕幾,月露風雲,無傷氣骨。江左名流,得與漢朝大手同立天地者,未有不先質後文、吐花含實者也。」〔註41〕所重尤在兩漢文章。〔註42〕

呂一經,生平不詳,只知其為崇禎四年進士。如從金聖歎〈昏暮叩人 水火〉評語來看:「作小題全要筆下放得寬,筆下放得寬者,眼中兜得緊也。眼中兜緊了,筆下只憑放寬去。略有縫可入,便與鑽入;略有孔可出,便與跳

〔註39〕《制藝叢話》,頁 109。
〔註40〕〈張溥傳〉,《明史》,列傳第 176,卷 99。
〔註41〕〔明〕張溥,《漢魏六朝百三家集》(明崇禎間太倉張氏原刊本),頁 1。
〔註42〕張溥常融化經文章句以書寫八股文,啟禎時期石樣講求復古的豫章社領袖艾南英(1583～1646,字千子),對於此一作風即不以為然,試參謝國楨(1901～1982)的說法:「艾千子主張由歐、曾以取法成、弘,把文章弄得清清楚楚的,不要用支離的文句和瑣碎的典故,他的主張本來是很不錯的。但張天如他卻主張祖述六經來矯正時弊,……要效法六經的字句。」見謝國楨:《明清之際黨社運動考》(北京:中華書局,1982 年 11 月),頁 131。艾南英於當時與章句純、羅萬藻及陳際泰齊名,世稱「章、羅、陳、艾」,然《小題才子書》中於艾南英文章卻一篇未取,於此可以窺見金氏在八股文復古態度上,更是傾向於張溥此一路數的。反之,《欽定四書文》中則揚艾抑張,方苞選文時僅收了張溥一篇。

出。昭烈帝有云：『勿以善小而不為』，但略有一點波俏，便與盡情做出花枝招轉。我存此文，以教後賢花枝招轉也。」〔註43〕可知其以運筆流利圓轉見長。

劉侗（1593～1636），字同人，號格庵，湖北麻城人。當生員時，禮部以「文奇」奏參，同譚元春、何閎中一起受到降等處分，因此而名聲大振。崇禎七年進士，任吳縣知縣，於赴任途中病逝。他是明末竟陵派具有代表性的人物，主張追求性靈，風格幽深孤峭。〔註44〕《欽定四書文》文中對於劉氏評語有二：「筆勢軒昂，鋒穎甚銳」〔註45〕、「於題縫中發意，小中見大，思議宏闊，仍於題氣不失，故佳。」〔註46〕顧虹，生卒年不詳，字竹隱，後復姓許，蘇州府長洲縣人，順治十五年進士。

以文才知名，為人淵博典雅，作品都在民間廣泛傳誦。金聖歎曾稱美「先生以格物君子行菩薩行，結髮弄翰，便有小題百十餘軸，膾炙海內。吾不能遍選，選此以例其餘也。」〔註47〕可知顧氏少年時期即以小題文名世。

至於《小題才子書》中收錄兩篇文章的作者，計21人，則包括：羅萬藻〔註48〕、王錫〔註49〕、宋德宜〔註50〕、宋德宏〔註51〕、石申〔註52〕、許之漸〔註53〕、何楷〔註54〕、包爾庚〔註55〕、顧予咸〔註56〕、熊伯龍

〔註43〕見陸林本，頁781。

〔註44〕王夫之（1619～1692）曾經提及劉侗文風時有靈雋思致：「唯有一種說事說物單句語，於義無與，亦無所礙，可以靈雋之思致，寫令生活。此當以唐人小文字為影本。劉蛻、孫樵、白居易、段成式集中短篇，潔淨中含靜光遠致，聊擬其筆意以駘宕心靈，亦文人之樂事也。湯義仍、趙儕鶴、王譴菴所得在此，劉同人亦往往近之，餘皆不足比數也。」（《弘堂永日緒論‧外編》，收錄於《船山遺書全集》，第20冊，中國船山學會印行，1972年11月重編），頁11610。

〔註45〕評〈其愚不可及也〉，《欽定四書文》，頁369～70。

〔註46〕評〈然則廢釁鐘與三句〉，《欽定四書文》，頁484。

〔註47〕見陸林本，頁646。

〔註48〕羅萬藻（？～1647），與艾南英、章世純、陳際泰等倡導唐宋文風，結豫章社，世稱「艾、章、羅、陳」。

〔註49〕王錫，生卒年不詳，崇禎十三年進士。

〔註50〕宋德宜（1626～1687），順治十二年進士，後任吏部尚書、文華殿大學士。

〔註51〕宋德宏（1630～1663），字疇三，蘇州人，宋德宜弟。少年游庠與兄有「二宋」之目，順治八年舉人。

〔註52〕石申，生卒年不詳，順治三年進士，順治六年任會試同考官。

〔註53〕許之漸（1613～1700），曾參與復社，順治十二年進士，授戶部主事。

〔註54〕何楷（1594～1645），天啟五年進士。

〔註55〕包爾庚，生卒年不詳，崇禎十年進士。

〔註56〕顧予咸（1613～1669），字小阮，長洲人，顧嗣立之父，有《溫庭筠飛卿集箋

〔註57〕、萬曰吉〔註58〕、萬應隆〔註59〕、鄭之元〔註60〕、鄭鄤〔註61〕、沈世奕〔註62〕、譚元禮〔註63〕、高承埏〔註64〕、黃景昉〔註65〕、陸燦〔註66〕、湯顯祖〔註67〕、孫廷銓。〔註68〕

從這些作者名單看來，《小題才子書》所收篇章，倒未必如其序文所講皆是「先輩舊文」，此外亦不妨參考金聖歎下列評語：

> 先生精于相題，令我念之不置，今在何處？（評陳瑚〈果能此道矣〉）〔註69〕

> 今看先生以妙眼覷著，以妙手赴之，無極不臻，有孔必透。文雖一篇，讀必萬遍；讀得一遍，便底萬篇。不知何時得晤？吾欲傾倒其笥也。（評周令樹〈耕也餒在（二句）〉）〔註70〕

> 余初識先生時，年猶未能十五也，不唯讀書，便已養氣，真仲尼之徒無忝也。此文即是此時所作。（評宋德宜〈吾十有五〉）〔註71〕

> 蘇子由先生年十九時，自言嘗欲一登泰山之高，一觀黃河之大且深，更一觀天子宮闕之壯麗，一拜當時鉅公大人之英聲偉觀，然後畢收之于胸中，而發為文章，自當崢嶸浩汗，變狀百起。今先生年又不迨子由，足迹曾不出于閨戶，而其文章一何崢嶸浩汗、

注》九卷。

〔註57〕熊伯龍（1617～1669），字次侯，號鍾陵，湖廣漢陽人。順治六年中式榜眼，授編修。

〔註58〕萬曰吉，生卒年不詳，崇禎十三年進士。

〔註59〕萬應隆，崇禎十二年舉人，曾參與復社。

〔註60〕鄭之元，生卒年不詳。

〔註61〕鄭鄤（1594～1639），字謙止，號崟陽，常州武進人。少有才名，隨父講學東林，天啟二年進士。

〔註62〕沈世奕，生卒年不詳，順治十二年進士。

〔註63〕譚元禮，生卒年不詳，崇禎四年進士。

〔註64〕高承埏（1603～1648），崇禎十三年進士。

〔註65〕黃景昉（1596～1662），天啟五年進士。

〔註66〕陸燦，生卒年不詳，崇禎七年進士。

〔註67〕湯顯祖（1550～1616），字義仍，號海若，齋名玉茗堂，江西臨川人，萬曆十一年進士。

〔註68〕孫廷銓（1613～1674），崇禎十三年進士。

〔註69〕見陸林本，頁706。

〔註70〕見陸林本，頁664。

〔註71〕見陸林本，頁564。

變狀百起如是也？（評秦松齡〈不圖為樂（一句）〉）〔註72〕

足見此書取材儘管多為當代文章，金聖歎也選篇於熟悉的友朋，甚且不乏引介比起自己年少許多之後生（如宋德宏、秦松齡等），於此大致可以窺見清初八股文選本的流行生新。

四、《小題才子書》之評點意見

（一）看待眾才子書的「一副手眼」

八股文原有所謂「守經遵註」的規定，試題雖出於一經，但發論時卻往往使用了其他經書，而這種「以經證經」、「鎔經液史」的現象，有日趨複雜化的發展。如《明史》記載：

> 萬曆十五年禮部言：……國初舉業有用六經語者，其後引《左傳》、《國語》矣，又引《史記》、《漢書》矣，《史記》窮而用六子，六子窮而用百家，甚至佛經、道藏摘而用之，流弊安窮？……啟禎之間文體益變，以出入經史百氏為高，而恣軼者亦多矣。〔註73〕

可見明人舉業之運用由經籍始，而史籍，乃至子部及佛道典籍者，恣軼難返，乃成為一種日見豐贍的思想載體。明代這種經學詮釋現象的背後，其實隱伏著跨門類的學術統整與思辨。

至於金聖歎論各體文章，同樣是在尋找一種超越其上的共同文法〔註74〕：

> 詩與文，雖是兩樣體，卻是一樣法。一樣法者，起承轉合也。〔註75〕

> 聖歎本有才子書六部，《西廂記》乃是其一，然其實六部書，聖歎只是用一副手眼讀得。〔註76〕

〔註72〕見陸林本，頁602。

〔註73〕〈選舉志〉一，《明史》，卷69，頁114。

〔註74〕例如徐增說金聖歎是在找「六經之文法」：「聖歎先生有六部《才子書》：一、《南華》，二、《離騷》，三、《史記》，四、杜詩，五、《水滸傳》，六、董解元《西廂記》也。……聖歎之評《六才子書》，以其書文法即六經之文法，讀者精于《六才子書》之法，即知六經之法：六經之法明，則聖道可得而知，故評《六才子書》為發軔也。」（〈天下才子必讀書序〉，《金聖歎全集》，附錄，頁143）因為用文學性眼光來看待經書，所以金聖歎評魏光國〈昔者太王（一句）〉會說「自是子輿奇文」（陸林本，頁724）。

〔註75〕〈示顧祖頌、韓寶昶〉，《金聖歎尺牘》（臺北：廣文書局，1989年11月）。

〔註76〕〈讀第六才子書法〉，林乾編：《金聖歎評點才子全集》，四卷之二，第二卷，第九點。（北京：光明日報出版社，1997年8月），頁9。

因此讀者可以在《小題才子書》中，看到金氏施用於其他才子書的共同章法。例如此書評唐階泰〈矢人唯恐（二句）〉，其行間夾批曰：「筆下七曲八折，妙達題之所有。如蛇赴草，手不可搦。」〔註77〕就跟金氏評《水滸傳》說：

> 有草蛇灰線法，如景陽岡勤敘許多「哨棒」字、紫石街連寫若干「簾子」字等是也。驟看之，有如無物；及至細尋，其中便有一條線索，摸之通體俱動。〔註78〕

即是一樣文法。案：金聖歎「草蛇灰線」的說法，與明人張溥《新刻張太史手授初學文式》「中比當知起承轉合之法。幾句起、幾句承、幾句轉、幾句合，此章法也，毫不可紊。舊多立柱，今則不然。然不舊不俗，柱亦何傷？但遣詞各亦聯絡照應，須如灰中線路、草裡蛇蹤，默默相應可也。」〔註79〕的說法極相似，凡此可見金聖歎所受張溥影響。

同樣的情形，又如金聖歎評王元曦〈王曰叟〉行間夾批：「四比便如頰上三毫，神韻真稱大似。然豈知其只小戲用親卿、愛卿語耶？」〔註80〕正與其評《水滸傳》稱「大處寫不盡，卻向細處描點出來，所謂『頰上三毫』，只是意思所在也。」〔註81〕評杜詩說「先生恨不得為裴頠，使頰上添毛，乃其干戈漂泊，佳事難逢。」〔註82〕採用了一致的評點用語。

除此外，從《小題才子書》的評語可見，金聖歎也常使用小說或戲曲的閱讀經驗，藉以「融液」八股名作，例如：

> 如虬髯一見太原真人，舉眼眼花，摩腹腹痛時。（評金聲〈天下之無

〔註77〕見陸林本，頁730。

〔註78〕〈讀第五才子書法〉，金聖歎批、施耐庵著，《水滸傳》（一）（臺北：文源書局，1970年3月），頁102。金氏評宋德宜〈吾十有五〉曰：「善用兵者爭上游，善弈棋者爭先著。如此題『十五』字，雖是下文『三十』等字之務頭，抽之摸之，則能令通章節節之上半句，無不應手而動，然終何如『吾』字之能令節節下半句，皆應手而動耶？」（頁564）有相似說法。

〔註79〕〔明〕張溥：《新刻張太史手授初學文式》，美國哈佛大學燕京圖書館藏本，轉引自張小鋼：〈金聖歎的文學批評與科舉〉，《清史研究》第1期（2002年2月），頁90。

〔註80〕見陸林本，頁711。

〔註81〕〔清〕金聖歎撰，陸林編校：《貫華堂第五才子書水滸傳》，《金聖歎全集》（參）（南京：鳳凰出版社，2008年12月），卷七十三，第六十八回，頁1220～1221。

〔註82〕〔清〕金聖歎，〈丹青引贈曹將軍霸〉，《杜詩解》，《金聖歎全集》（貳），卷三，頁728。

道也久矣〉行間夾批）〔註83〕

筆態如太原公子，神氣揚揚，全與常異，最宜學之。（評何楷〈不為
酒困〉行間夾批）〔註84〕

一氣直入，哭笑俱集。嘗怪杜麗娘是世間第一癡女子，豈料先師早
已是世間第二癡先生耶？一路睡重夢深，哭笑俱集，此句妙筆。（評
王錫〈吾其為東周乎〉行間夾批）〔註85〕

凡此可以窺見清初非常奇特的八股文評點現象，這也是金氏評點時文的特
色。

（二）貼近創作的評點

評點貼近於文本分析，金聖歎之評點八股文，特別強調創作層面，他曾
屢次提及自己對於名篇的擬作：

吾昨擬作一篇，有先生之華，無先生之淨；自不心降，又復擬作
一篇，有先生之簡，無先生之到。……今日不少明月為胸、青蓮
作目之人，若于某言猶不心降，則試操筆擬之。（評李繼貞〈莫知
其苗（一句）〉）〔註86〕

看他作前幅時，已不擬復有後幅。賴得「懲惡楚始」一段，陡然跌
起，遂更落下又行耳。不信，試掩此一段，更自擬轉筆，便知果無
路也。（評鄭之元〈楚之檮杌〉）〔註87〕

是皆其例，可知他對於文法的談論，主要奠基於創作經驗上。而這些名篇既
然具備了文法，自然能夠據以練習仿作。

《小題才子書》特別標榜「作法」之為用，如其以鴛鴦刺繡為例，說明
學習作文就像掌握金針：「從來云：任看鴛鴦，金針不度。吾今偏欲只度金針，
不看鴛鴦。何則？子弟但得金針入手，便自能繡遍天下鴛鴦去也。」〔註88〕
金聖歎在此書評點中論及作法處，所在多有，例如：

一題到眼，便要看作者如何提筆、如何落筆、如何轉筆、如何住筆。

〔註83〕見陸林本，頁577。
〔註84〕見陸林本，頁623。
〔註85〕見陸林本，頁670。
〔註86〕見陸林本，頁685。
〔註87〕見陸林本，頁746。
〔註88〕評金聲〈天下之無（一句）〉，見陸林本，頁577。

（評何楷〈不為酒困〉）〔註89〕

> 題殊不難，難于有如此筆法耳。或問如此筆法，先生于何處得來？
> 祇是目中曾無一容易題，便左覷右覷，覷出要害，然後下筆，遂
> 成如此筆法也。到得有了如此筆法時，即一部《四書》，總無難題。
> 何故？任憑異樣難題，其中必有要害。」（評蕭松齡〈與其有聚　并
> 至〉）〔註90〕

> 作小題全要筆下放得寬，筆下放得寬者，眼中兜得緊也。眼中兜緊
> 了，筆下只憑放寬去。略有縫可入，便與鑽入；略有孔可出，便與
> 跳出。（評呂一經〈昏暮叩人　水火〉）〔註91〕

除了抽象的作法說明外，金氏且論及一些具體的筆法：

> 吾嘗言，作文要明用筆、用墨二法。墨在題中，筆在題外；用墨由
> 題，用筆由我；用墨要少，用筆要多；用墨在筆尖上一點，用筆在
> 墨之前後左右四面也。如此文，通篇只是用筆；至于墨，只得一個
> 字、兩個字。（評沈以曦〈指其掌〉）〔註92〕

> ……先生此文，吾欲後賢熟讀者，第一要學其惜墨法：題初入手，
> 隨手便可落墨，卻誓不肯落，再換一樣墨，還不肯落，後來落下，
> 便是妙墨也。第二要學其提筆法：以指提筆、以腕提指、以臂提腕、
> 以肩提臂；繞落得一筆，便提起，又落得一筆，又提起；肩不放臂、
> 臂不放腕、腕不放指、指不放筆，恐其拖沓也。第三要學其驚走法：
> 適起一義，此義已成，便疾走若驚，不得再逗留，如賊避趕；如春
> 女偷眼所歡，被旁人見；如誤捉燒銚；如蜂入懷，脫衣擲地是也。
> （評張溥〈伯夷〉）〔註93〕

因此，名篇價值就在於作者掌握到八股文題最恰當的書寫法式。金聖歎又

〔註89〕見陸林本，頁623。

〔註90〕見陸林本，頁694。

〔註91〕見陸林本，頁781：金聖歎此書自序也強調字縫：「柱下有云，有以為利，無
以為用。惟書亦然，不在句字，而在其縫。」（頁542）以筆為刀的特殊譬喻，
或許來自於《莊子‧養生主》「庖丁解牛」的典故。此書評點因此常見金聖歎
以刀為喻，例如批王鏊〈所謂大臣者〉曰：「持刀便入，最稱孔子氣憤語。」
（頁638）又如評陳際泰〈吾娶于吳　孟子〉說他「眼既如鏡，筆又如刀。」
（頁612）皆為其例。

〔註92〕見陸林本，頁574。

〔註93〕見陸林本，頁677。

說：

> ……真為此等題定式也，宜精學之。（評錢肅樂〈梓匠輪輿〉）
> 〔註94〕

> 凡文莫不用法，至此文而天下之法皆備矣。筆之行止，疇三亦不自
> 由。文凡七百二十四字，欲刪其一字而不可得也。（評宋德宏〈彌子
> 之妻　弟也〉）〔註95〕

引文所謂「定式」，強調其行文結構的完美。而金氏之評宋德宏運筆行文「亦
不自由」，似乎說明了文法超越了作者，作者有時只能服膺其「定式」。

　　基於文法的自信，金聖歎在《小題才子書》中對於某些名篇的舊批，也
作了一些修訂與辯護。〔註96〕其評語有謂：

> 後學眼中不見此等文，所以手底如畫烏鴉也。此文被人勾壞，故特
> 勾正。（評萬徵奇〈揖巫馬期　以告〉）〔註97〕

> 舊批謂先生于骨肉之際，豈亦多故耶？何以有此文？……必欲多故
> 人作多故題，所以無故人盡遇無故題也。（評劉侗〈尊子〉）〔註98〕

除了更訂既有評語外，他也會比較不同作者的行文優劣，對於同一文題之不
同作品加以臧否。例如：

> ……題之靈妙，全在此處。吾嫌蕭伯玉先生有文真乃冰心玉壺，而
> 獨其破題第一句，便曰「聖人而飲于鄉」。一寫「聖人」二字出來，
> 而題之妙處悉已夷山盈壑矣。（評劉錫玄〈鄉人飲酒〉）〔註99〕

> 此題舊有鄭作，既比戶尸祝矣。此文盡改舊機，重翻新樣。鄭只從
> 貸時，預愁無抵，其苦緩；此直向貸後，極寫根括，其苦急。又鄭
> 文不用邊搕，純擂心鼓，其法實；此卻用打水魚痛、撥草蛇驚，其
> 法虛。先生真後來居上矣！（評顧虬〈又稱貸而（一句）〉）〔註100〕

對於學習者而言，文本差異分析更容易對比出作法的優劣。

〔註94〕見陸林本，頁784。
〔註95〕見陸林本，頁754。
〔註96〕金聖歎也有引述時賢評語者，如其評宋德宏〈彌子之妻　弟也〉（陸林本，頁
　　　　754）一篇即是。
〔註97〕見陸林本，頁610。
〔註98〕見陸林本，頁780。
〔註99〕見陸林本，頁631。
〔註100〕見陸林本，頁734。

（三）相題與解題

於明清八股文而言，題目是整篇文章的意義來源。作者必須根據文題，在有限時間下作出恰如其分的論述，內容上如果多說或少說，則表示對於經書章句理解不足。金聖歎說他帶領子姪讀書並習作八股文，「余試掣而視之，則已溢出題外。若是乎《四書》白文之決不可以不講，而先輩舊文之決不可以不讀也。」〔註101〕因此才編選了這本《小題才子書》。金氏之選批八股文，也極為重視相題與解題的手法。例如他說：

> 相文最貴手法，固也，而不知相題最貴眼光也。（評程邑〈足食足兵〉）〔註102〕

> 臨時要下筆作文，先要停筆相題。如此題，若不向口中作十來遍細吟，即謂只是鞭策語耳，豈能知其為養娘催小姑，純是鳴拍作攏掇耶？先生精于相題，令我念之不置，今在何處？（評陳瑚〈果能此道矣〉）〔註103〕

足見相題實為作八股文的第一步。讀者可以看到在《小題才子書》中，金聖歎對於題面花了很大的功夫解說。例如《孟子·梁惠王下》「昔者太王好色」的題目，金氏之評點曰：

> 將「好色」二字，上加「太王」，自是子輿奇文。然東方譎諫，縱極滑稽，而庭陛之間，當復有體。況吾黨誦法，又皆出先聖賢之遺經。惴惴焉，將惟恐失墜之是懼，而敢以蕪穢不淨之言填廁其中乎？作《孟子》小題，最易墜此惡道。吾懸先生此文，欲後賢盡力誅伐一切作穢言人也。（評魏光國〈昔者太王（一句）〉）〔註104〕

提醒讀者看到此一題面，應該注意代言之莊重。〔註105〕又如《孟子·萬章上》「夫公明高，以孝子之心，為不若是恝。我竭力耕田，共為子職而已矣；父母

〔註101〕見陸林本，頁541。

〔註102〕見陸林本，頁644。

〔註103〕見陸林本，頁706。

〔註104〕見陸林本，頁724。

〔註105〕此類題目在明末相當風行，王夫之曾經屬言批評：「妖孽作而妖言興，周延儒是已。萬曆後作小題文字，有諧謔失度、浮豔不雅者，然未至如延儒：以一代典制文字引伸聖言者，而作『豈不爾思』、『逾東家牆』等淫穢之詞，其無所忌憚如此。伏法之後，閨門狼籍不足道，乃令神州陸沉而不可挽，悲夫！經義之設，本以揚搉大義，剔發微言；或且推廣事理，以宣昭實用。小題無當於此數者，斯不足以傳世。」（《夕堂永日緒論·外編》，頁11610）

之不我愛，於我何哉？」此題，金聖歎曰：

> 題最纏綿佶曲，如舜自號泣，卻要長息問。先想長息胸中是何意思，
> 長息特問，公明卻不答；次想公明胸中是何意思，公明不答，長息
> 又便休；再想長息胸中又是何意思，長息尚不聞，孟子卻能代公明
> 暢宣一上；又想孟子胸中又是何意思。如此放眼看題，便見此題一
> 片純是眼淚，一片純是呻吟，一片純是車輪往復。（評沈幾〈夫公明
> 高　何哉〉）〔註106〕

提醒讀者要看進章句的來龍去脈、乃至情感面的投注，此題即牽涉到孟子如
何引「長息問於公明高」為喻的前題。

　　晚明時八股命題往往出在一些意想不到的章句處，小題文尤其有許多寫
作的陷阱，《小題才子書》中對於此類題目頗有批評。例如：

> 題極不佳，然文真乃天下之至妙也。（評金聲〈天下之無（一句）〉）
> 〔註107〕

> 題最無聊，全賴請子貢入來作陪客耳。然又恐拖筆累墨，多一人即
> 多一事。（評史應選〈太宰知我乎〉）〔註108〕

> 題最猥褻，一入俗手，而狹邪之聲不復可入縉紳先生口中矣。（評高
> 承埏〈相窺〉）〔註109〕

即可見一斑。有時這些題面故意出在章句裡的「口是心非」處：

> 入他人手，亦知作口是心非之語。然必佻薄，不復可置前輩長者口
> 中，況將置大聖人口中耶？（評王心一〈孔子曰知禮〉）〔註110〕

> ……其實只算作隨口戲論，非真有一定道理。（評蕭琦〈道之將行
> 命也〉）〔註111〕

> 如曰戲耶，則題先戲矣。且吾亦不問戲不戲，但要相其用筆之法，
> 固不能以戲而廢用筆之法也。（評孫鼎〈今有人曰　一難〉）
> 〔註112〕

〔註106〕見陸林本，頁750。
〔註107〕見陸林本，頁577。
〔註108〕見陸林本，頁619。
〔註109〕見陸林本，頁736。
〔註110〕見陸林本，頁609。
〔註111〕見陸林本，頁660。
〔註112〕見陸林本，頁738。

所以必須著眼於題外，寫題「無字之處」：

> 此「出三日」句，是從必「不出三日」人意中想出。……書中極有
> 題在此而用筆要在彼者，吾不能卒舉。準先生此篇，神而明之可也。
> （評劉侗〈出三日〉）〔註113〕

> 文到絕妙時，只是于題不加一點。問于題不加一點，其法如何？須
> 知切忌寫題有字處，只顧寫題無字處是也。雖說文到絕妙時如此，
> 凡子弟初提筆學文時，便應教其如此。先生此文，雖更歷百千年，
> 其妙如新。（評鍾惺〈子路問聞　行之〉）〔註114〕

如此作文，便需謹慎相題且具有技巧。

《小題才子書》中屢見說明題面難處：

> 「為知之」、「為不知」，兩「為」字合作一副，方是「是知也」句。
> 今題卻只得半邊。單龍不許獨赴大穴，于是時賢莫不以為難可措手。
> （評石申〈知之為知之〉）〔註115〕

> 人告以過而喜，豈非大賢盛節？第二第三之輩，幾此蓋其難矣。卻
> 無奈下節一進而有拜言之禹，又下節又一進而有同人之舜。于是歲
> 歲子路，遂不免只作探竿影草之用。故作文若說「喜」字過難，則
> 既嫌侵奪下位；若說「喜」字不足為難，則又嫌與下不成生起。蓋
> 聞過而喜，其難與不難之間，殊非粗心人率爾下筆所得合也。（評羅
> 萬藻〈子路人告（一句）〉）〔註116〕

好的作手、典範時文，自然能夠考慮到如何避難以生新。

　　為了應答與學習的方便，金聖歎對於這些經題也做了許多分類，包括
有：「啼哭題」〔註117〕、「怒筆題」〔註118〕、考據題與「全無考據題」〔註119〕、
「搖曳題、氣憤題」〔註120〕、「緩題、急題」〔註121〕、「有來路去路題、無

〔註113〕見陸林本，頁630。
〔註114〕見陸林本，頁637。
〔註115〕見陸林本，頁568。
〔註116〕見陸林本，頁733。
〔註117〕如評淩義渠〈觚不觚（全節）〉，見陸林本，頁596。
〔註118〕如評黃景昉〈比干諫而死〉，見陸林本，頁674。
〔註119〕如評陳士奇〈虞仲〉，見陸林本，頁679。
〔註120〕如評王鏊〈所謂大臣者〉，見陸林本，頁638。
〔註121〕如評譚元禮〈禍福將至〉，見陸林本，頁708。

來路去路題」〔註122〕、「正敘題、原敘題」〔註123〕及「商量題、決斷題」
〔註124〕等等名目。

　　要之，應題需知章句出處的理路為何，金聖歎稱此為「來路去路」：

> 凡題皆有來路去路，寫得來路去路明盡，則以為愉快也。（評曹溶
> 〈詩云鳶飛（一句）〉）〔註125〕

> 一題入手，便須其前借何風、後送何浪？如何討人眼淚、如何累人
> 歎息？而題之致盡，而事之致盡矣。（評劉侗〈孽子〉）〔註126〕

作文時也應該根據章句上下文的理路來闡釋，解題必須貫注義理的完整性：

> 有題眼應覷前，有題眼應覷後，授題者手中明授此題，而受題者眼
> 乃覷前覷後，夫是以行文為最樂之事也。盡若諸文不覷前後，但率
> 胸臆自作評論，則又何勞借徑于先師遺經乎？（評葉紹袁〈伯夷叔
> 齊　之下〉）〔註127〕

> 題固只一句，若作文亦只作一句，便不知成何語矣。……先生妙眼，
> 早將上一句下二句，齊放入此一句裏，而後輕輕只寫一句。于是後
> 之人之讀之者，口中歷歷明是只得一句，而眼光卻渾渾全有四句。
> （評蔣超〈鑽之彌堅〉）〔註128〕

（四）破題與肖口氣

　　金聖歎論八股文，特別強調起處，行文之起處若佳，往往能出人意表，
勢如破竹。落筆如能掌握題中關節，文章自然就有氣勢：

> 文到絕妙處，恰是題中所必有、恰又是題中所曾宋有。總于起處，
> 定要著筆在妙處，便一路因風帶火，不自覺其都到妙處。故有人作
> 文，至脫稿後自詫若有神助。此豈真有神助耶？只是起處著筆得
> 妙，便筆筆妙，更不管其是題中所有、是題中所無。（評余颺〈必
> 使反之〉）〔註129〕

〔註122〕如評曹溶〈詩云鳶飛（一句）〉，見陸林本，頁696。
〔註123〕如評黃承昊〈桓公殺公子糾〉，見陸林本，頁657。
〔註124〕如評湯顯祖〈民之歸仁（兩節）〉，見陸林本，頁743。
〔註125〕見陸林本，頁696。
〔註126〕見陸林本，頁780。
〔註127〕見陸林本，頁667。
〔註128〕見陸林本，頁620。
〔註129〕見陸林本，頁613。

吾眼中從未見如此奇文，救火捕賊，七手八腳，都不足喻，庶幾龍
行空中，風旋雲亂耶！則又覺其清空一氣相引，如瑤天笙鶴，並無
半點塵雜得廁也。吾因仔細相其如何用筆，久之乃悟全齣起處只將
命算作戲，便無意中偶然寫得「生而貧」三字來；而下去更不換筆，
到底只將此三字掀翻至盡。（評唐德亮〈屢空賜不　殖焉〉）〔註130〕

得題拂紙磨墨提筆，亦張目熟睹題中關節，急落筆寫入題第一句。
若第一句得勢矣，便疾赴而下，不得將眼移看別處，不得口中輟吟、
不得放筆。（評張榜〈鄒與魯哄（全章）〉）〔註131〕

因此，文章是否刻板陳腐、或是令人驚喜，往往決定於一開始如何落筆。

再者，《小題才子書》對於八股文代聖賢立言之「肖口氣」處，也有很多
的著墨：

梁惠此語，乃是盈胸所積、滿口而出。作文要相題，必須如是不啻
其口，乃肖也。至下文「及寡人之身」語，始作低徊矣，實須按節
而行矣。（評陳際泰〈晉國天下（一句）〉）〔註132〕

足證「肖口氣」是一種對於章句的感性體會，章句既有脈絡，感情亦見起伏。

八股代言既是文體重要的特徵，金聖歎特別關心題面中代言的主體應為
何人，此處如果搞錯，對於章句的觀點自然不同。例如他說：

此明明是冉子題，蓋「與」為冉子而與，「釜」、「庾」為冉子而釜、
庾也。寒士見與釜與庾，皆與公西，遂誤為此是公西題。（評劉理順
〈與之釜請益曰與之庾〉）〔註133〕

此衛輒題也，非夫子題也。「夫子不為」，則衛輒可知也；非不為衛
輒，則夫子可知也。（評顧予咸〈夫子不為也〉）〔註134〕

都是在辨析章句中的發語主體。

除了講究主詞，金聖歎也特別留心章句中的時態：

看先生臨了云：此愚並非武子事後所及，就令武子回思亦當病悸，
真絕筆也！（評劉侗〈其愚不可及也〉）〔註135〕

〔註130〕見陸林本，頁635。
〔註131〕見陸林本，頁727。
〔註132〕見陸林本，頁713。
〔註133〕見陸林本，頁589。
〔註134〕見陸林本，頁605。
〔註135〕見陸林本，頁584。

題固只一句，若作文亦只作一句，便不知成何語矣。何則？此四
句是顏子于既悟後，追憶未悟時有此景。（評蔣超〈鑽之彌堅〉）
〔註136〕

留心代言時之用語：

先生自記洪氏曰：顏淵為邦，王者之佐也；仲弓南面，諸侯之任也。
語最斟酌。此為下語不得漫用「垂旒」、「當宁」等耳。（評陳名夏〈雍
也可使南面〉）〔註137〕

乃至對於章句受詞之釐定：

此題說是巢許家風，固不得；說是堯舜氣象，亦不得。說與三子
一孔出氣，固不得；說與三子分路揚鑣，亦不得。蓋只須此處一
落注腳，便下文更不復考問也。先生妙筆，純于空中自排自蕩，
寫得此一「與」。恰似可以與點，亦可以與三子；又恰似聖人與點，
亦可以三子各自與點。真乃一片全是大道為公，何心何意。（評鄭
鄸〈夫子喟然　點也〉）〔註138〕

全副只是說《詩》，而「事君」二字不過附之自見。所以然者，此題
本為教小子學《詩》，故連說到「事君」；非為教小子事君，故追說
到學《詩》也。故作此題而滿眼是君者，功名人也；滿眼是《詩》
者，性情人也。（評高承埏〈遠之事君〉）〔註139〕

以上數端，皆可見出《小題才子文》對於文法的講求。

（五）復古與用典

前文曾經提及，《小題才子書》當中收錄最多篇的作者以陳際泰與黃淳耀
為主，二氏文章，方苞以為是「從古文規模中變化」〔註140〕而來，於此亦可
得見金聖歎對於古文之講求。例如康熙二十三年（1684）刻本《評注才子古
文》中，王之績（1663～1703）序曰：

予觀聖歎諸《才子書》，知其于詩文詞曲之道，無不洞見深入，固宜
其會心者遠而獨得者神，超前軼後，所自來矣！而他書，學士家多

〔註136〕見陸林本，頁620。
〔註137〕見陸林本，頁587。
〔註138〕見陸林本，頁639。
〔註139〕見陸林本，頁673。
〔註140〕評〈莊暴見孟子曰一章〉，《欽定四書文》，頁485～486。

以閑語目之，獨于所選《左》、《國》、《史》、《漢》、唐、宋諸文，則人購一部，而皆苦無釋義，尋亦束之高閣。〔註141〕

又如李兆洛為《小題才子書》作序，劈頭就從古文說起：

> 制藝之道，尊于古文，以其步趨聖賢也。其為法亦初不殊于古文，其神理骨格皆資于古文也。自學者徒以為弋取科名之具，愈變而愈失其本。……欲革而新之，亦求之心與氣而已矣。〔註142〕

案：從《小題才子書》的選批中，讀者確實可以看見金聖歎對於古文之強調，尤其是對於先秦西漢筆法的重視。以下不煩臚列數條以為例：

> 「空中展步，兼《左氏傳》、《戰國策》而為此。」（行間夾批黃淳耀〈百姓皆以（一句）〉）〔註143〕

> 「接住非道句，恣翻出絕大道理，《戰國策》之精髓也。」（行間夾批孫鼎〈今有人日一難〉）〔註144〕

> 「只是《史記》二疏〈列傳〉耳，寫得如許高奇歷落。」（行間夾批夏長泰〈子孫保之〉）〔註145〕

> 「以〈滑稽傳〉之筆，寫〈貨殖傳〉之事，而讀之乃純是〈游俠傳〉之氣色，則以眼光注射全文，甚快也。」（行間夾批周令樹〈耕也餒在（二句）〉）〔註146〕

> 「詼諧何減讀〈東方先生傳〉？」（行間夾批王无咎〈原思為之　九百〉）〔註147〕

> 「少卿語，用來嗚咽入妙。」（行間夾批顧虬〈二〉）〔註148〕

> 「逼真龍門史贊。」（行間夾批鄭之元〈楚之橋杌〉）〔註149〕

> 「以西京詔令之筆行文，後學讀之，能愈舉體拖沓之病。」（行間夾

〔註141〕《金聖歎全集》，附錄，頁150。
〔註142〕見陸林本，頁155。
〔註143〕見陸林本，頁715。
〔註144〕見陸林本，頁738。
〔註145〕見陸林本，頁699。
〔註146〕見陸林本，頁664。
〔註147〕見陸林本，頁590。
〔註148〕見陸林本，頁646。
〔註149〕見陸林本，頁746。

批吳鍾巒〈生之者眾〉）〔註150〕

近來史局，苦無列傳好手。蓋摹神追影之事，原只用得眉間頰下，輕輕之一筆兩筆，便足使其人之一生百年無數心術人品，無不供寫略盡，此馬、班之所以獨步千載也。先生此文，毋曰小品戲筆，此正是列傳好手，吾謂定應獨步史局也。

「昌黎得意之筆」。」

「一派全是古文，轉變悉非常徑也。」（前評與夾批王元曦〈王曰叟〉）〔註151〕

昔人王遂東先生謂吾言：「看花宜白袷，踏雪宜豔妝。」吾爾時甫十五歲，便識此語是古人筆墨秘訣。因持之以遍相《左》、《策》、《史》、《漢》等書，無不大驗也；逮于蔚宗《後漢書》以降，則已不能多得。（評萬應隆〈修其祖廟〉）〔註152〕

多讀先秦西漢時文，讀時須張目熟睹其章句，大聲以唱之。唱至其頓筆轉筆處矣，便盡一口氣疾赴而下，不得起歇隨意，不得呻吟如病夫，如是則既有其本矣。……蓋深于古文之法者，節節句

〔註150〕見陸林本，頁689。
〔註151〕見陸林本，頁710。此處引文，只為具見金聖歎評點時、或其所評點之王元曦文章具有古文取向，惟限於篇幅與行文架構，不暇細論。審查委員提醒此段可參考桐城派戴名世（1653～1713）〈有明歷朝小題文選序〉，該篇亦論及「世上學者，從數千載後，而想像聖人之意，代為立言，而為之摹寫其精神，彷彿其語氣，發皇其義理，若是者謂之經義。……寫生之技莫妙於傳神，然亦莫難於傳神。……孔子、孟子之神，即其題而已具者也。今夫題之目與顴頰者，其義理也；題之眉歟、鼻口者，其語氣也。目與顴頰之精神得，而眉與鼻口之精神亦無不得矣。」（《戴名世集》，頁98）經義文與「肖口氣」的關係，筆者過去曾經溯其源於北宋理學家「尋孔顏樂處」之議題。（可參考拙作《明清經義文體探析》，下冊（新北：花木蘭文化，2010年9月），頁298～302。此外，經義文之代言與史傳作法自有密切的關係，例如桐城派方苞曾經評論唐順之（1507～1560）經義文曰：「指事類情，曲折盡意，使人望而心開」，認為其作法之淵源為「深透于史事」（評唐順之〈三仕為令尹六句〉，《欽定四書文》），頁100，可見此與明正德、嘉靖年間的經義文復古作法有關。相關討論，筆者曾發表於〈唐順之四書文研究〉，收錄於《第十二屆科舉制與科舉學國際學術研討會論文匯編》（福建：廈門大學，2015年11月），頁344～351，而這些觀念，自然會雜糅於晚明之經義文書寫與相關評論。
〔註152〕見陸林本，頁702。

句下都有生趣，一放筆即逸去，更不可再尋。（評張榜〈鄒與魯哄
（全章）〉）〔註153〕

凡此，可以窺見金氏之評選時文，特別標舉先秦西漢文章，這方面與復社頗
有相近之處。

《小題才子書》在評語中，也可以看見這些文章中使用了「以經治經」
的手法，亦即在行文間使用了經籍章句的典故：

「又有閑筆引《詩》，豈非異人？」（行間夾批吳鍾巒〈生之者眾〉）
〔註154〕

「《公羊傳》有楚王娶媢之文，全是故意牽連出來。」（行間夾批陳
際泰〈吾娶于吳　孟子〉）〔註155〕

「到底不用自己筆墨，純遣《小戴》，隨掌答應，恰成最妙章法。」
（行間夾批施召徵〈下而飲〉）〔註156〕

這些引用，使得文章讀來博雅淵深、古意盎然。

最後，《小題才子書》評語中，金聖歎又運用了許多詩文集，借以說明這
些八股文名篇之筆法風格，包括了：屈宋騷賦〔註157〕、魏文《典論》〔註158〕、
《世說新語》〔註159〕、〈蘭亭集序〉與〈阿房宮賦〉〔註160〕、以及唐詩（崔
顥〔註161〕、王昌齡〔註162〕、杜甫〔註163〕）等等。

（六）思想兼涉佛道

除了經籍章句、史傳筆法、集部詩文以外，《小題才子書》中還有許多雜
涉了佛道思想的內容，這也是晚明八股文的一大特色。據《明史》記載：

（舉業）甚至佛經、道藏摘而用之，流弊安窮？弘治、正德、嘉靖

〔註153〕見陸林本，頁727。
〔註154〕見陸林本，頁689。
〔註155〕見陸林本，頁612。
〔註156〕見陸林本，頁573。
〔註157〕評張安茂〈歲寒〉，陸林本，頁625。
〔註158〕評張一如〈不以兵車〉，陸林本，頁655。
〔註159〕評孫廷銓〈魚我所欲（二句）〉，陸林本，頁768。
〔註160〕評蕭士瑋〈鄒人與楚（一句）〉，陸林本，頁718。
〔註161〕評項煜〈舜之居深　幾希〉，陸林本，頁779。
〔註162〕評項煜〈舜之居深　幾希〉，陸林本，頁779。
〔註163〕評顧贊〈四飯缺適秦〉，陸林本，頁682。又評顧虹〈又稱貸而（一句）〉，頁
　　　　734。

初年，中式文字純正典雅，宜選其尤者刊布學宮，俾知趨向。因取
中式文字一百十餘篇，奏請刊布以為準則。時方崇尚新奇，厭薄先
民矩矱，以士子所好為趨，不遵上指也。⋯⋯雖數申詭異僻之禁，
勢重難返，卒不能從。〔註164〕

雖然朝廷屢次申禁，但是舉業受佛道之影響「勢重難返」。以下不煩略舉金
聖歎幾則評點為例，以窺《小題才子書》如何融攝了佛經、道藏以論時文，
例如：

「空山聞木魚聲，寒潭見白雲影。有此靜境，乃有此妙悟，豈復經
生語耶？」（行間夾批史大成〈夫子之言　天道〉）〔註165〕

今看先生此文，竟是此氣力，竟是此消息，竟是此境界。始悟佛言：
「或有國土，以光明為佛事；或有國土，以音聲為佛事；或有國土，
以花香為佛事；或有國土，以天衣為佛事。」今吾國土，則實以筆
墨而為佛事也。蓋其蘸墨搖筆，便是真修實悟，非曰淺淺經生末技
而已也。

「乾闥婆張琴，以大龍為弦，譬之始有此聲。」

「菩薩作懺摩法，純以眼淚為佛事。」（評點夾批笪重光〈一日克己
（一句）〉）〔註166〕

題中止一「存」字耳，《維摩詰》所云：墮萬丈井，猶攬弱藤駸駸欲
斷，而二鼠又從齧之，真乃絕危絕險絕迮之一刻也。今經先生手，
卻寫作跌躍揮霍、輥火激電，無盡血汗、無量快樂。（評許之漸〈雖
存乎人者〉）〔註167〕

皆以佛經入評語，且金聖歎也自覺與傳統「經生語」有別。又例如：

先生再來人，直從《圓覺十二菩薩章句》中得來，而又通身是花、
通身是香、通身是水、通身是月，洵乎八股之絕事矣！

「爛讀《南華》，又出之以快筆。」（評點夾批石申〈知之為知之〉）
〔註168〕

〔註164〕〈選舉志〉一，《明史》，卷69，頁114。
〔註165〕見陸林本，頁581。
〔註166〕見陸林本，頁641。
〔註167〕見陸林本，頁766。
〔註168〕見陸林本，頁568。

凡題，有高在三十三天之上者，吾便須小著神通，更尋第三十四天蹲踞其上，伸腳下來騰踏之。切不可身立下界，擎手捫摸。莊子亦云：「九萬里，則風斯在下矣」、「而後乃今……，莫之夭閼」也。觀先生此文，全是小著神通、更尋上去，然後騰踏下來。他人不識此法，被題夭閼多少。（評吳南岱〈回也聞一（一句）〉）〔註169〕

極盡溫麗香致矣，然已上如無一點墨者。河上老人，合丹用青蓮花。人謂花是妙花、丹是妙丹，豈知者人是妙人、合是妙手耶？……一掃天風，吹步虛聲，使我尸解以去矣。（評朱泰禎〈妻辟纑〉）〔註170〕

昔者支公、許史相遇，便言莊子〈逍遙〉篇最是難處。如此題，則豈非從來經生家所動色相告，以為難處者耶？……先生再來人耳，若是今生學得此事，豈易猝辦有此？

「豈非佛手所持青蓮花耶？」（評點夾批王仲〈回也其心（一句）〉）〔註171〕

又可見其雜攝了佛、道思想以論文章的風格境界，反映出此期八股文具備「三教合一」的融合思想。〔註172〕

〔註169〕見陸林本，頁580。
〔註170〕見陸林本，頁741。
〔註171〕見陸林本，頁592。
〔註172〕錢新祖透過焦竑的研究，對於晚明「三教合一」有相當深刻的說明：「晚明的宗教折衷在力道與重要性上都是獨一無二的，特別是就它將儒家建構為一套哲學的意涵而言。因此，曾經有過『道家穿越明代新儒菁英階層』這樣的說法，以及『只有在對於這些（道家）元素有一個較佳理解的情況下，我們才能夠對於王陽明以及陽明學派在浙江、泰州以及江西的各種分支得到一個真實的瞭解』。同樣的說法，對於晚明的一些新儒者之於佛教的關係也說得通。許多泰州學派的成員，像是……，他們都自由的援引佛教以及道教的資源去論釋儒家經典。他們成為著名的『狂禪』者，特別是楊起元，他經常被挑出來，作為第一位在科舉應試時運用佛、道觀念的人。將佛道思想注入儒家的趨勢，在泰州學派裡可能是最顯著的。但是這個趨勢並不侷限於泰州學派。晚明的古典學術世界裡，充滿了以折衷風格撰寫的注釋作品。……焦竑認為三教為一並不是因為三教如同一個鼎的三腳般的分立，而是因為三教具有一個單一實體的完整性，並且能夠相互解釋、彼此發明。……在這個新操作模式裡，佛教與道教不僅被認為與儒家共存（coexist），並且也與儒家混合（intermix）。……在這段期間之中，居士佛教結社（associations）在數量上大為增加，……當時在理應為儒家試策的寫作之中使用佛、道觀念，是一

（七）風格與用字

《小題才子書》在選篇上偏愛具有風格的作品，其論文主張神理；此外，金聖歎對於八股文法的講求，特別聚焦於以「題眼」貫串全文。

金聖歎特別反對沒有生氣、奄奄一息的書寫，他曾說：

> 最苦人家父兄，教子弟提筆作文，且求其通。夫通塗、通套、通常，豈非人間之棄唾哉！乃子弟自受此教，而遂服膺無失也。于是塗墨盈篇，略無窪窿。尸冢之間，使人氣索已。夫行文必須手拳腳踢，鱗張爪動，通身是風，遍地是火。今如之何？但為一通而使之作奄奄死人耶？（評馮元颺〈可以群（二句）〉）〔註173〕

而就收錄作品來看，《小題才子書》中確實展現了各式不同的風格：

> 文章一何崢嶸浩汗、變狀百起如是也？（評秦松齡〈不圖為樂（一句）〉）〔註174〕

> 先生為何人哉！筆墨亦是恒物，偏出如許奇怪。我讀之，如游桂林之山，但見玉筍瑤簪，森列無際；又如陸魯望所云金華山，「枝峰蔓壑，秀氣旁魄」，不啻「神仙登臨」矣。（評王无咎〈原思為之 九百〉）〔註175〕

> 全副鉗網摻撻語，讀之卻不覺其刻深。但見筆筆作勁韌之勢，忽如饑鷹掠草，忽如獰鬼拉人。使讀者遍身不樂，以為大樂也。（評鍾鳴陛〈雖曰不要君〉）〔註176〕

> 筆筆睡重夢深，三分酒醉、七分心偏，淒風苦雨時，我含淚讀之也。（評王錫〈吾其為東周乎〉）〔註177〕

個相當普遍的作法。如同酒井忠夫所觀察到的，『雖然官方規定考試是以程朱對經典的注解為基礎，但是考官與考生的心都受到異端思想潮流的強烈影響。』這對儒家取向的考試體系所造成的侵蝕，引發了官方正統護衛者的警覺。1588，禮部上呈一份抗議奏章，要求皇帝下令地方官員『雜燒』所有對儒家經典的『新說曲議』，並懲罰那些膽敢即使『引用佛書一句』者。這也成為晚明黨爭中的一個象徵。」（錢新祖撰，宋家復譯：《焦竑與晚明新儒思想的重構》（臺北市：臺大出版中心，2014年5月），頁5～28。

〔註173〕見陸林本，頁671。
〔註174〕見陸林本，頁602。
〔註175〕見陸林本，頁590。
〔註176〕見陸林本，頁654。
〔註177〕見陸林本，頁670。

突兀而起，曲折而行，沉鬱淋漓，卻一股只是一筆。如觀巨靈擘山勝迹，驚其掌痕宛然。（評陸燦〈忠信重祿（四句）〉）〔註178〕

金氏喜歡具有個性、風格鮮明的文章，即此可見其一斑。

金聖歎的評語因此講求「神理」、「神氣」，以對比奄奄一息缺乏血色的書寫，例如：

> 真是奇筆奇墨，寫此奇文。或曰：「此亦只是快筆快墨，寫此快文耳，何謂之奇？何不謂之快？」聖歎曰：「爾誠只知其快，爾誠不知其奇也！」看先生段段捨一筆，再起一筆，筆筆不作接連，而神氣灌注，只如一筆到底，此是真奇。真奇方是真快，善學者須學其奇，則快必可得也；如欲學其快，則奇必不可得也。（評羅明祖〈雖執鞭之士〉）〔註179〕

> 題是先師二十篇之第一句，文是先正百五十篇之第一篇。某所以特筆冠之者，要後學知小題最貴神理。（評羅萬藻〈學而時習之〉）〔註180〕

> 「趁筆一落，畢寫寒色，然後提筆重寫通章神理。此法誰知？人則云屈原耳、宋玉耳，騷耳、賦耳。」（行間夾批張安茂〈歲寒〉）〔註181〕

> 「神理夷然。」（行間夾批張溥〈三年有成〉）〔註182〕

金氏選文強調神理與風格，顯然與古文家論文主張是一致的。〔註183〕

復次，金聖歎之講求八股文神理，往往又與「題眼」有關，也就是從經文章句中的某些字眼加以經營，貫串起全篇的行文脈絡。例如：

> 「忽從飲字借影生情。小題占勝，每每如此，而重其不佻。」（行間夾批施召徵〈下而飲〉）〔註184〕

〔註178〕見陸林本，頁703。
〔註179〕見陸林本，頁599。
〔註180〕見陸林本，頁557。
〔註181〕見陸林本，頁625。
〔註182〕見陸林本，頁650。
〔註183〕可以看李兆洛為《小題才子書》作序稱：「制藝之道，……其為法亦初不殊于古文，其神理骨格皆資于古文也。……國初金聖歎先生評選《小題文》，善言神智義理者也。」陸林本，頁155。
〔註184〕見陸林本，頁573。

「連挈心字，有膽！」(行夾批陳之遴〈齊桓晉文（一句）〉)〔註185〕

一篇寫「甲」、寫「兵」、寫「棄」、寫「曳」、寫「走」、寫「止」、寫「百步」、寫「五十步」，字字都寫到。問曰：「字字寫到，是寫此題否？」答曰：「如何不是寫此題？然卻不是寫此題，只是寫「笑」不得。看先生一口氣趕出「粲然而笑」句。(評黃淳耀〈棄甲曳兵（三句）〉)〔註186〕

題中止一「存」字耳，《維摩詰》所云：墮萬丈井，猶攬弱藤，駸駸欲斷，而二鼠又從齧之，真乃絕危絕險絕迸之一刻也。今經先生手，卻寫作跌躍揮霍、輥火激電，無量血汗、無量快樂，則為其擒著「人」字，便令「存」字得替也。後賢讀此，胡可不悟放卻死字、別擒活字之法？(評許之漸〈雖存乎人者〉)〔註187〕

皆是其例也，故而有「放卻死字、別擒活字」的說法，因為八股文行文搖曳處，正在於闡述章句中的文字及語氣。

此外，題面字眼有實有虛，虛字處往往更易見出聖人之語氣、或用心所在，金聖歎對於虛字即特別強調，不妨從下列批語中觀察：

從來實字易發，虛字難挑，況虛字中之「雖」字，尤為四面著筆不得。今看先生千方百計，務要挑發出來；起是一樣挑，中是一樣挑，後是一樣挑。人都道作出如許多好文字，不知如許多好文字卻只為「雖」字。(評陳天定〈雖有善者〉)〔註188〕

如此題，神理固在「不亦」字、「乎」字。今先生純寫「不亦」字、「乎」字也。(評羅萬藻〈學而時習之〉)〔註189〕

起比連用五「曰」字，中又用兩「雖」字、四「曰」字，又用兩「雖」字、兩「曰」字，後比又倒找兩「雖」字，峭甚勁甚。

「吾決不料其從曰字陡入來。」(前評夾批鍾鳴陛〈雖曰不要君〉)〔註190〕

〔註185〕見陸林本，頁714。
〔註186〕見陸林本，頁711。
〔註187〕見陸林本，頁766。
〔註188〕見陸林本，頁695。
〔註189〕見陸林本，頁557。
〔註190〕見陸林本，頁654。

若但寫「以王為愛」，復成何用？此段段是「皆」字，故足述也。
（評黃淳耀〈百姓皆以（一句〉〉）〔註191〕

對於虛字的妥善運用，足以貫串起全篇的神采與氣韻。

再者，由於重視以虛字為用，故其評點時文又往往講求「輕筆」〔註192〕，反對八股文之滯重。例如《小題才子文》之評語：

看他何曾有一點墨，曾蘸在筆頭、落在紙上？輕輕只將上文四件從各色書本內挑脫出來，便宛然是「學」字；而又輕輕以三四一十二個「未」字點逗之。末又只略反插一句「果未學」，然後一筆輕輕寫出「雖未學」。甚矣，「輕輕」之為作文妙訣也！（評方希賢〈雖曰未學〉）〔註193〕

試看先生淡淡著烟，輕輕籠水，除起二筆外，肯有一字出題去否？（評顧天埈〈君子之至（二句〉〉）〔註194〕

題眼色全覷下，故要一意敲擊「惟」字，然而著筆為難矣。……通篇皆柔櫓輕鷗之筆，使人意消。（評包爾庚〈唯士為能〉）〔註195〕

「孫夫人詠雪云：『悠悠颺颺，做盡輕模樣。』」（行間夾批賀鼎〈卒之東郭（一句〉〉）〔註196〕

「輕如蜻蜓點水，手不著紙。」（行間夾批周延儒〈微服而過宋〉）〔註197〕

譬如輕雲無心，隨風盪成。（評項煜〈舜之居深　幾希〉）〔註198〕

皆是其例，強調輕筆為作八股文之妙訣。

金聖歎既強調虛字、輕筆以為用，故特別反對行文時鋪排故實，欲以輕

〔註191〕見陸林本，頁715。
〔註192〕例如《金聖歎批評本水滸傳‧序》也提及：「《水滸》所敘，敘一百八人，其人不出綠林，其事不出劫殺，失教喪心，誠不可訓。然而吾獨欲略其形跡，伸其神理者，蓋此書七十回、數十萬言，可謂多矣，而舉其神理，正如《論語》之一節兩節。瀏然以清，湛然以明，輕然以輕，濯然以新，彼豈非《莊子》、《史記》之流哉！」既講神理，又強調文章之「軒然以輕」。
〔註193〕見陸林本，頁560。
〔註194〕見陸林本，頁578。
〔註195〕見陸林本，頁720。
〔註196〕見陸林本，頁749。
〔註197〕見陸林本，頁756。
〔註198〕見陸林本，頁779。

簡筆法駕馭繁滯之題。例如他說：

> 此題妙處，在口頌桓公、心照管仲，固也。然我每恨時手一得此等
> 題，便羅列左氏無數會盟故實。看先生灑然振筆、灑然轉筆，高奇
> 歷落，自作古人。（評張一如〈不以兵車〉）〔註199〕

> 最恨一種作文人，遇此等題，一槩作正敘鋪填故實，特地選先生此
> 文，以云救也。（評黃承旱〈桓公殺公子糾〉）〔註200〕

> 昔人王遂東先生謂吾言：「看花宜白袷，踏雪宜豔妝。」吾爾時甫
> 十五歲，便識此語是古人筆墨秘訣。因持之以遍相《左》、《策》、
> 《史》、《漢》等書，無不大驗也；逮于蔚宗《後漢書》以降，則
> 已不能多得。因又入諗先生，先生笑曰：「小子休矣！盡能是，即
> 不必與子說。」今只如此題，若摭拾「祖廟」字樣，何止累牘不
> 了？看他只是題外寫來，早已極盡奇勝。洵乎，遂東先生不負我！
> （評萬應隆〈修其祖廟〉）〔註201〕

> 若先寫孔子，次寫「登」、次寫「太山」、次寫「天下」、次寫「小」，
> 不知應費幾許筆墨，而又復奄奄如泉下人。今只雙提太山、孔子，
> 更不見別下筆，而斜風斜雨橫來直到，使我如趙州和尚「老僧單管
> 看矣」。（評宋德宏〈登泰山而（一句）〉）〔註202〕

以金聖歎意見，八股文在內容思想層面應該博雅淵深，然其行文時則力求生
動有致，手法上主張虛字輕筆，反對鋪排板滯。

五、結 論

　　過去一百年來，學界關注於金聖歎的小說、戲曲評點，說他的評點有「八
股選家氣」，不過自從 1905 年光緒廢棄科舉以來，時日既遠，今人對於八股
文的瞭解實在很陌生，因此 1990 年重新被發現的《小題才子書》，乃成為研
究者對於明清八股文、以及金聖歎評點相關研究上的珍貴材料。

　　據本論文的看法，今日所見之《小題才子書》，有可能包括了金批大、小
題文在內；其於大題文「評識之式與小題同」，不過在文章作法上，金聖歎曾

〔註199〕見陸林本，頁655。
〔註200〕見陸林本，頁657。
〔註201〕見陸林本，頁702。
〔註202〕見陸林本，頁782。

經指出小題與大題之區別，強調作小題文猶「格物之難」、「行菩薩行」，相對於大題更不易書寫。至於金氏所以編纂評點此書，最初則是為了家塾習作使用。

在選篇方面，《小題才子書》此書蒐錄了 169 篇八股文作品，計收單篇作者 107 人、兩篇作者 21 人、三篇作者 4 人、四篇作者 2 人，合計收錄了 133 位作者。這些作者，主要都是在晚明天啟、崇禎、及至清順治期間活動的人物，這些選文作者當中，包括了豫章派、復社、以及竟陵派等等不同流派與論學主張，然而金聖歎的選評大致仍以秦漢之復古為主流。

至於其評點之意見，論文中嘗試歸納出幾點，簡要說明如下：一、金聖歎評點八股與評點其他才子書相似，係交互採用同一套批評觀點或筆法語彙，有論者指出金聖歎是在找「六經之文法」；二、《小題才子書》之評點強調實作，其重視筆法、文章之「定式」更高於作者，這與後來官方《欽定四書文》以作家為主之取向有很大的差異；三、此書特別強調「相題」，對於文題作了不少具體而細緻的分類，以便於操作，指出相題時需考慮章句上下文之脈絡；四、論及具體之「起筆」如何得勢，下筆時為經句所代言之主體、時態、措辭、乃至於受詞等，也都作了精密的辨析；五、金聖歎在選篇與評點上主要講求復古，尤其標舉先秦西漢文章為其典範，此外亦不乏取材於集部詩賦之評論意見；〔註203〕六、金氏選錄八股名篇、乃至於評點意見中，往往雜攝了佛道思想或意境，表現出晚明「三教合一」的特殊性；七、重視作品的風格與神理，手法上主張虛字輕筆，反對鋪排板滯，則延續了明中葉以來對於制藝文法之講求。

晚明時文艱深複雜，金聖歎於八股文壇雖非主流，《小題才子書》尚可見其時行文持論之梗概。唯限於卷帙，關於金氏個人之深心長慨處，本文未暇細論，有待他日另啟專篇處理之。

〔註203〕清初有以辭賦入時文的作風，尤王派即為其例，後來在乾隆時期袁枚之經義文集中，更見鮮明，可參考拙作〈《袁太史稿》研究〉，收錄於《第六屆中國文哲國際學術研討會論文集》（新北：國立臺北大學中國文學系，2013年10月），頁 24～45；這與茅坤、歸有光、方苞等以唐宋文為復古典範的路數又不同。

六、重要參考文獻

（一）傳統文獻

1. 〔元〕施耐庵原著，〔清〕金聖歎批：《水滸傳》（臺北：文源書局，1970年3月）。

2. 〔清〕金聖歎，《金聖歎尺牘》（臺北：廣文書局，1989年11月）。

3. 〔清〕金聖歎撰，林乾編：《金聖歎評點才子全集》，（北京：光明日報出版社，1997年8月）。

4. 〔清〕金聖歎：《金聖歎全集》（南京：鳳凰出版社，2008年12月）。

5. 〔清〕金聖歎撰，周錫山編校：《小題才子書》（瀋陽：萬卷出版公司，2009年5月）。

6. 〔清〕王夫之：《船山遺書全集》（臺北：中國船山學會印行，1972年11月重編）。

7. 〔清〕徐增：《九誥堂集》，收入《清代詩文集彙編》（上海：上海古籍出版社，2009年9月），第41冊。

8. 〔清〕戴名世撰，王樹民編校：《戴名世集》（北京：中華書局，1986年2月）。

9. 〔清〕方苞：《欽定四書文》，《文淵閣四庫全書》，第1451冊（臺北：臺灣商務印書館，1986年3月）。

10. 〔清〕張廷玉撰：《明史》（臺北：鼎文書局，1978年10月）。

11. 〔清〕梁章鉅著，陳居淵校點：《制藝叢話》（上海：上海書店，2001年12月）。

（二）近人論著

1. 胡適：《中國章回小說考證》（合肥：安徽教育出版社，1999年9月）。

2. 侯美珍：〈明清科舉八股小題文研究〉，《臺大中文學報》第25期（2006年12月），頁153～198。

3. 涂經詒著，鄭邦鎮譯：〈從文學觀點論八股文〉，《中外文學》，第12卷第12期（1984年12月），頁167～180。

4. 張小鋼：〈金聖歎的文學批評與科舉〉，《清史研究》第1期（2002年2

月），頁 86～93。

5. 黃侃:《蘄春黃氏文存》（湖北:武漢大學出版社,1993 年 3 月）。

6. 魯迅:《魯迅小說史論文集——中國小說史略及其它》（臺北:里仁書
  局,1992 年 9 月）。

7. 錢新祖撰,宋家復譯:《焦竑與晚明新儒思想的重構》（臺北:臺大出版
  中心,2014 年 5 月）。

8. 蒲彥光:《明清經義文體探析》（新北:花木蘭文化,2010 年 9 月）。

9. 謝國楨:《明清之際黨社運動考》（北京:中華書局,1982 年 11 月）。

10.龔篤清:《八股文匹賞・八股文淺說》（長沙:岳麓書社,2006 年 8 月）。

詮釋主體之朗現：論明代正德、嘉靖年間「以古文為時文」之新變

提　要

　　明清有所謂「以古文為時文」的作法，正嘉時文究竟如何借用了「古文」的作法或觀念？對於闡發義理方面又有何轉變？論文中分為法、辭、氣、理四個層面作探討：一、正嘉時文從前期章法之發展、進一步追求活法。二、在措辭上，「以古文為時文」有「鎔液經史」的轉化，發顯出作者的「精神」與「氣象」。三、時文拘於華麗的論證形式，卻借鑑於古文氣格，從「聲口」中表現性情。四、「以韓歐之氣達程朱之理」的書寫策略，表現出世俗化發展的走向。結論以為詮釋主體之朗現，應為正嘉期「以古文為時文」最值注意的文學史現象。

關鍵詞：歸有光；唐順之；時文；古文；主體

一、問題與觀點

　　明代「時文」是種複雜的新興文體，依其闡述經典大義，可稱為「經義」；依其科舉規定立論，或稱「制義」、「制藝」、「制舉業」、「舉子業」，依其命題範圍稱「四書文」，就文體形式而言，也就是俗稱的「八股文」。

　　這些作品在不同時期有迥異的特色，方苞（1668～1749）於《欽定四書文》中指出明代時文「體凡屢變」，主要分為四期：洪永至化治（開國到弘治，1368～1505）、正嘉（正德到嘉靖，1506～1566）、隆萬（隆慶到萬歷，

1567～1620)、以及啟禎（天啟到崇禎，1621～1644）：「自洪永至化治，百餘年中，皆恪遵傳註，體會語氣，謹守繩墨，尺寸不踰。至正嘉作者，始能以古文為時文，融液經史，使題之義蘊隱顯曲暢，為明文之極盛。隆萬間兼講機法，務為靈變，雖巧密有加，而氣體荼然矣。至啟禎諸家，則窮思畢精，務為奇特，包絡載籍，刻雕物情，凡胸中所欲言者，皆借題以發之。就其善者，可興可觀，光氣自不可泯。」〔註1〕

我們可以從引文中得見，正嘉朝的作品從國初的「恪遵」與「謹守」，一轉為「融液經史、隱顯曲暢」的創作解放，本論文所感興趣的是，正嘉時文究竟如何借用了「古文」的作法或觀念？對於闡發義理方面又有何轉變？

值得說明的是，此一議題過去不是沒有人探討過，惜目前尚無法提出令筆者覺得周全的解釋。例如鄺健行先生早在 1991 年就發表了〈明代唐宋派古文四大家「以古文為時文」說〉，其見解主要從文體求變之需求、以及義理與形式之扞格，這兩個層面說起：「以古文為時文所以可取，有兩個主要原因：一、明初至成化、弘治百多年間，時文採用『鋪敘』的寫法，雖然符合漢代以來策論的作答方式，但千萬人大體如一，自覺單調呆板。作者謀求文章形式的變化，那是自然不過的事。古文家積累了不少篇章布局的經驗，可資借鏡，融入時文之中，藝術性有所增加，作品的可讀性提高了。二、時文要求股對排比，也就必然著重聲音，所以劉大櫆把時文比作詩中的律體（《海峯文集》，卷四，〈方晞原時文序〉）。就常情論，著重人工形式的文體不易高古莊雅，近體詩和駢文就是例子；可是時文題目出於《四書》，內容講聖賢大道理，倒是十分嚴肅的；這在形式和內容上便容易導致不調和的情況。補救之法，就是在時文字句音節之間加意安排，盡量避免流靡浮滑，以求近古，從而使氣格在若干程度上回復莊雅，不致跟內容的矛盾過於明顯。」〔註2〕

鄺說確實有其洞見，不過他的觀點主要還是放在文學層面上立論，所以會說「鋪敘」的作法、會考慮到「股對排比」與「著重聲音」。這種解釋的框架，卻與古文家傳統觀點不盡相同。例如方苞繼承歸有光「唐宋派」的古

〔註1〕〈進四書文選表・凡例〉，《方望溪全集》，「集外文」卷二（台北：河洛圖書出版社，1976 年 3 月），頁 286。

〔註2〕鄺健行，〈明代唐宋派古文四大家「以古文為時文」說〉，《中國文化研究所學報》（香港：香港中文大學），第 22 卷，1991 年，頁 226。

文號召，曾提出「義法」主張：「『義』即《易》之所謂『言有物』也，『法』即《易》之所謂『言有序』也，義以為經，而法緯之，然後為成體之文。」〔註3〕以古文家的見解，「成體之文」需兼及內容（義理）與表達（文法或形式）兩方面之融洽。

　　筆者曾反省，今日作經義文（八股文）研究之難處，主要在於我們較少從作品之精讀著手。例如：明清時文大致有三個特徵：體用排偶、代聖立言〔註4〕、與守經遵註〔註5〕。研究者能如鄺先生掌握此一文體之形式特徵已屬匪易，若不解宋明理學，恐仍難以掌握文章義理性之闡發。

　　郭英德先生曾經提出相當重要的問題，直指唐宋派文論之研究核心：「唐宋派和心學的關係是非常密切的，包括唐順之的那些文學理論，『洗滌心源』啊等，那套理論整個是心學的話語。心學的思想、心學的思維方式，和唐宋派提出的『文法』之間，又是什麼關係？因為你要『洗滌心源』，自己按照自己的精神來寫，那就可以隨意寫，可是唐宋派最講『文法』——文章的法度，起承轉合、字法、句法、章法，他們特別講究這個，讓後人可以學習，用評點的方式把這些都標出來，可是這兩者之間是什麼關係呢？按照咱們現在來看，這兩者貼不到一起，一個是講自由創作，『洗滌心源』，心裡想什麼就寫什麼，是這樣一種創作態度；那麼另外一個呢？卻是很嚴格地遵照那種文法，寫得起承轉合、開闔變化，講究文章的變化都要有規律。那麼這兩者之間又構成什麼關係呢？這些問題都要再進一步考慮。」〔註6〕

　　那麼，面對正嘉年間唐順之、歸有光「以古文為時文」，我們該如何從其「法」來談論其「義」呢？以下不妨從經義文家所關心的「法」、「辭」、「氣」、「理」等四層面，來作考察。

〔註3〕〈又書貨殖傳後〉，《方望溪全集》（台北：河洛，1976年），卷二，頁29。
〔註4〕《明史‧選舉志》載：「科目者，沿唐、宋之舊而稍變其試士之法，專取《四子書》及《易》、《書》、《詩》、《春秋》、《禮記》五經命題試士，蓋太祖與劉基所定。其文略仿宋經義，然代古人語氣為之，體用排偶，謂之『八股』，通謂之『制義』。」（〈選舉志〉二，《明史》，收入《景印文淵閣四庫全書》，台北：商務，1986年，第298冊，卷70，頁298～115）。
〔註5〕顧炎武說：「國家以經術取士，自五經、四書、二十一史、《通鑑》、《性理》諸書而外，不列於學官，而經書傳注又以宋儒所訂者為準，此即古人罷黜百家、獨尊孔氏之旨。」（〈科場禁約〉，《日知錄》，卷18，頁808。
〔註6〕郭英德，《明清文學史講演錄》（桂林：廣西師範大學出版社，2005年12月），頁102。

二、論 法

時文於明初尚無固定的法式，成化以後才漸漸形成我們熟知的八股文樣式〔註7〕，如從《欽定四書文》中的評語來看，我們發現方苞認為化治期的時文特色，主要仍在發展文體之章法格式。例如他評論此期代表作家王鏊（1450～1524）說：「層次洗發，由淺入深，題義既畢，篇法亦完，此先輩真實本領，後人雖開闔照應，備極巧變，莫能繼武也。」〔註8〕、「渾厚清和，法足辭備，墨義之工，三百年來無能抗者。」〔註9〕皆是其例。

值得注意的是，稍晚的理學宗主王陽明（1472～1529）也講究「篇章句字之法」，例如他特別提及古文及選本之用：「宋謝枋得氏取古文之有資於場屋者，自漢迄宋，凡六十有九篇，標揭其篇章句字之法，名之曰《文章軌範》。蓋古文之奧不止於是，是獨為舉業者設耳。世之學者傳習已久。……夫自百家之言應興，而後有六經；自舉業之習起，而後有所謂古文。古文之去六經遠矣；由古文而舉業，又加遠焉。士君子有志聖賢之學，而專求之於舉業，何啻千里！然中世以是取士，士雖有聖賢之學，堯舜其君之志，不以是進，終不大行於天下。……故夫求工於舉業而不事於古，作弗可工也；弗工於舉業而求於倖進，是偽飾羔雉以罔其君也。」〔註10〕乃從舉業文法講到了借鑑古文以求工。

從正德、嘉靖開始，我們看到明人對於文法更加講究〔註11〕，以唐順之（1507～1560）為例，其刻意講求古文文法，於《文編》序言即說：

> 歐陽子述揚子雲之言曰：「斷木為棋、梡（挽）革為鞠，莫不有法，而況於書乎？」然則又況於文乎？……文而至於不可勝窮，其亦有不得已而然者乎。然則不能無文，而文不能無法。是編者，文之工

〔註7〕顧炎武說：「經義之文，流俗謂之『八股』，蓋始於成化以後。股者，對偶之名也。天順以前，經義之文不過敷演傳注，或對或散，初無定式，其單句題亦甚少。」（顧炎武著，黃汝成集釋，欒保群、呂宗力校點：《日知錄集釋》中冊（上海：上海古籍出版社，2006年），卷一六，頁951。）

〔註8〕評王鏊〈百姓足君孰與不足〉，收入《欽定四書文》，《文淵閣四庫全書》，第1451冊，台北：臺灣商務，1979年，頁26。

〔註9〕評王鏊〈周公兼夷狄百姓寧〉，收入《欽定四書文》，頁56。

〔註10〕王守仁：《王陽明全集》（北京市：中華書局，1992年），卷22，〈重刊文章軌範序〉，頁874～875。

〔註11〕方苞說「以比偶為單行，以古體為今製，唯嘉靖時有之，實制藝之極盛也。」（評胡定〈逃墨必歸於楊〉，《欽定四書文》，頁196）在這之前，時文於形式上仍以駢對為主。

> 匠，而法之至也。聖人以神明而達之於文，文士研精於文，以窺神
> 明之奧，其窺之也，有偏有全、有小有大、有駁有醇，而皆有得也，
> 而神明未嘗不在焉。所謂法者，神明之變化也。易曰：剛柔交錯，
> 天文也；文明以止，人文也。學者觀之，可以知所謂法矣。〔註12〕

所以對於文法之講求，對於他們而言不只是讀懂或寫好一篇文章而已，文法
還是讀懂古文經籍、以上窺聖人神明變化之堂奧。

唐順之講求文法，涉及了明初以來文壇的復古運動，《四庫全書總目提
要》對於唐氏曾有此評論：

> 其文章法度，具見《文編》一書所錄，上自秦漢以來，而大抵從唐
> 宋門庭沿溯以入，故於秦漢之文，不似李夢陽之割剝字句、描摹面
> 貌，於唐宋之文，亦不似茅坤之比擬間架、掉弄機鋒，在有明中葉，
> 屹然為一大宗，至其末年，遁而講學，文格稍變。〔註13〕

可見唐氏乃是延續自弘治以來的復古思潮，只不過李夢陽（1472～1529）、何
景明（1483～1521）所欲興復之典範為秦漢文，到了王慎中（1509～1559）、
唐順之，卻改輒以唐宋古文為典範〔註14〕。

講求文法最重要的方式，主要是靠編選一系列相關的範本教材。《文編》
所選文章自先秦至宋代共1422篇，其中先秦兩漢文計346篇，唐宋文計1053
篇，魏晉六朝文只有23篇。綜觀各體之下的文章，發現唐順之對宋代的歐陽
脩和蘇軾偏愛有加，二人的文章入選得最多〔註15〕。

〔註12〕 唐順之，〈文編序〉，《荊川先生文集》，卷10。

〔註13〕 〈《荊川集》提要〉，《景印文淵閣四庫全書‧總目提要》，卷172，集部別集
類25，第4冊，頁548。

〔註14〕 嘉靖八年（1529），唐順之以會元登進士第，當時的他尚未以唐宋古文為典範，
據夏言（1482～1548）於嘉靖十一年（1532）的疏文來看：「近年以來，士大
夫學為文章，日趨卑陋，往往剽剝摹擬《左傳》、《國語》、《戰國策》等書，
蹈襲衰世亂世之文，爭相崇尚，以自矜眩。究其歸，不過以艱深之詞飾淺近
之說，用奇僻之字蓋庸拙之文，如古人所謂減字、換字之法云耳。純正博雅
之體，優柔昌大之氣，蕩然無有。……伏乞聖明采納，敕考試官今次會試較
士，務取醇正典雅、明白通暢、溫柔敦厚之文，凡一切駕虛翼偽、鉤棘軋茁
之習，痛加黜落，庶幾士子知所趨向，而文體可變而正矣。」（〈正文體重程
式簡考官以收真才疏〉，《南宮奏稿》，收入《景印文淵閣四庫全書》，台北：
台灣商務印書館，第429冊，1986年3月，頁420）唐順之要到隔年（嘉靖
十二年，1533）才接受王慎中的建議，轉向取徑於唐宋古文。

〔註15〕 此中，尤其以歐文影響最大，例如羅洪先〈祭唐荊川文〉說他：「文繼歐曾」
（《念庵文集》，《四庫全書珍本》，王雲五主編，台北：台灣商務印書館，1974

唐氏對於復古典範的選擇，與其「文法說」有密切關係，唐順之認為：

> 漢以前之文未嘗無法，而未嘗有法，法寓扵無法之中，故其為法
> 也，密而不可窺。唐與近代之文不能無法，而能毫釐不失乎法。
> 以有法為法，故其為法也，嚴而不可犯。密則疑扵無所謂法，嚴
> 則疑扵有法而可窺，然而文之必有法，出乎自然而不可易者，則
> 不容異也。

> 且夫不能有法，而何以議扵無法？有人焉，見夫漢以前之文疑扵
> 無法，而以為果無法也，扵是率然而出之，決裂以為體、餖飣以為
> 詞，盡去自古以來「開闔首尾經緯錯綜之法」，而別為一種臃腫侻
> 澀浮蕩之文，其氣離而不屬，其聲離而不節，其意卑，其語澀，以
> 為秦與漢之文如是也，豈不猶腐木濕鼓之音，而且詫曰：吾之樂合
> 乎神！〔註16〕

因此他們欲借徑於唐宋古文者，正在於此「有法之法」。相較於化治期時文
之拘謹，唐順之論文則主張「活法」，反對形式之板滯，強調以唐宋文後天
之法，取則於秦漢上古「無法之法」的自然〔註17〕。方苞評論唐順之時文即
屢稱其「天然綰合」之高妙，例如：

> 理精法老，語皆天出。〔註18〕

> 屬對之巧，製局之奇，細看確不可易，須知題之賓主輕重，前案後
> 斷之間，自有天然部位，妙手乃得之耳。〔註19〕

> 如脫扵聖人之口，若不經意而出之，而實理虛神煥發刻露，以天合
> 天，器之所以疑神也。〔註20〕

> 自然中變幻無端，不可方物。其噓吸神理處，王守溪亦能之，而開

年，第5集，卷17，頁13）而黃淳耀〈答張子灝書〉亦云：「《荊川集》送到，
此老是歐曾嫡派。……不能指其何字何句是古，而逼真古人。」（《陶庵全集》，
《四庫全書珍本》，1982年，第12集，卷1，頁11）
〔註16〕〈董中峯侍郎文集序〉，《荊川先生文集》，卷十，頁35。
〔註17〕明代中葉對於法的討論，也經見於復古詩論中。何景明早在正德二年（1507）
就說到：「竭章句之足守兮，發矩彠之自然。」（〈述歸賦序〉）又說「泯其擬
議之迹。」（〈與李空同論詩書〉，《大復集》，影印文淵閣《四庫全書》本，第
1267冊，卷32，頁19下）
〔註18〕評唐順之，〈匹夫而有天下者二節〉，《欽定四書文》，頁179。
〔註19〕評唐順之，〈昔者太王居邠合下二節〉，《欽定四書文》，頁165。
〔註20〕評唐順之，〈吾與回言終日一節〉，《欽定四書文》，頁89。

閫頓宕夷猶自得，則猶未闖此境也。〔註21〕

細究之，文章想從有法之跡，提昇到此「天然緒合」，股對能擺脫一切「陳言」，主要靠的還是章法和虛詞〔註22〕。與唐氏論學相契的理學家王畿（1498～1583）即有此論：「看刊本時文，徒費精神，不如看六經古文。……古人作文，全在用虛。紆徐操縱，開闔變化，皆從虛生。『行乎所當行，止乎所不得不止』，此是天然節奏，古文、時文皆然。」〔註23〕

所以在古文家方苞的觀點，正嘉期時文的新變創造，實可從文法探索與熟習中解放得見。方氏說：「法由義起，氣以神行，有指與物化，而不以心稽之樂。歸、唐皆欲以古文名世者，其視古作者未便遽為斷語，而於時文則用此，嶷然而出其類矣。推心存心，貫通章旨，首尾天然緒合，緣熟於古文法度，循題腠理，隨手自成剪裁，後人好講串插之法者，此其藥石也。」〔註24〕既是「活法」，所謂「法由義起」，則要視命題與義理以靈活行文，未可懸空來講究文法。

三、論　辭

明代八股文既要求代理古聖賢以詮釋經句，故而也強調修辭之古雅。修辭古雅與否，在文體初創時期，往往直接帶入經籍之章句，如此做法，一方面可以加強文章的論證，看得出學問深淺；另一方面，股對間安插經句，自然使得閱讀上沾染了幾分古奧。於此，不妨以李時勉（1374～1450）時文二股為例：

「不顯惟德，百辟其刑之。」〔註25〕此文武德業之盛也。今也文武既往矣，而其德業之盛，則不與之俱往；後賢仰之，而思有以宗其

〔註21〕評唐順之，〈顏淵喟然歎曰一章〉，《欽定四書文》，頁105。

〔註22〕鄺健行說：「秦漢派重視文字形式的模擬。然而要把秦漢派文字形式融入時文之中便有困難。因為兩者形貌很不一樣。……相反，唐宋派不存在文字形式融入時文而出現障礙的問題。他們學古不在字面，因而不求改動一向沿用的結句方式。他們講求的是章法和神氣，而章法和神氣是一種虛靈的活法，……宋人篇章正是大量而且著重使用語助詞來表達神情語調的。」（〈明代唐宋派古文四大家「以古文為時文」說〉，《中國文化研究所學報》，第22卷，1991年，頁228）

〔註23〕王畿：《王龍溪全集》（臺北市：華文書局，1970年），卷8，〈天心題壁〉，頁36～38。

〔註24〕評唐順之〈此之謂絜矩之道合下十六節〉，《欽定四書文》，頁79～80。

〔註25〕典出《詩經・周頌・烈文》及《中庸》。

德焉。「燕及皇天，克昌厥後」〔註26〕此文武覆育之恩也。今也文武
既已遠矣，而其覆育之恩，則不與之俱遠；後王念之，而思有以保
其緒焉。故曰「君子賢其賢而親其親者」，此也。

「懷保小民，惠鮮鰥寡。」〔註27〕此文武之所以安民也。今也文武
不可見矣，而其安民之功猶在；後世之民含哺鼓腹，莫不賴之以遂
其生焉。「制其田里，教之樹畜。」〔註28〕此文武之所以利民也。今
也文武不可作矣，而其利民之惠猶在；後世之民畊田鑿井，莫不賴
之以得其養焉。故曰「小人樂其樂而利其利者」，此也。〔註29〕

此為《欽定四書文》中收錄於化治期的第一篇時文，可以視為當時典範，窺
見作者如何於股對中展現學識，以經句舉證的寫法。

可是這種寫法，到了正嘉時期卻發生變化，我們不妨看看歸有光如何於
股對中消化經籍：

己之德所當明也，故學為「明明德」焉。人受天地之中以生，所謂
「昊天曰明，及爾出王；昊天曰旦，及爾游衍。」〔註30〕非吾心之
體乎？「人心惟危，道心惟微」〔註31〕，此人之所以有爽德〔註32〕
也。謂之明者，明此而已。懋吾時敏〔註33〕緝熙〔註34〕之功，致其
丕顯克明〔註35〕之實，洗心〔註36〕濯德〔註37〕，超然於事物之表，
而光昭〔註38〕天地之命。蓋吾之德，固天地之德也。德本明，而吾
從而明之耳。不然，則道不盡於己，非所以為學矣。

〔註26〕典出《詩經‧周頌‧臣功之什‧雝》。
〔註27〕典出《尚書‧周書‧無逸第十七》。
〔註28〕典出《孟子‧盡心》上。
〔註29〕評李時勉，〈君子賢其賢而親其親〉二句，《欽定四書文》，頁11。
〔註30〕典出《詩經‧大雅‧板》。
〔註31〕典出《尚書‧大禹謨》。
〔註32〕「爽德」語出《尚書‧商書‧盤庚》篇。
〔註33〕「時敏」典出《尚書‧兌命》篇「敬孫務時敏，厥修乃來」。
〔註34〕「緝熙」典出《詩經‧周頌‧清廟之什‧維清》篇「維清緝熙，文王之典」。
〔註35〕「丕顯克明」典出《尚書‧周書‧康誥》篇「惟乃丕顯考文王，克明德慎罰」。
〔註36〕「洗心」語出《易經‧繫辭上傳》第十一章「聖人以此洗心，退藏於密，吉
　　　凶與民同患」。
〔註37〕「濯德」語出《後漢書‧梁統列傳》所載梁竦〈悼騷賦〉「屈平濯德兮，潔顯
　　　芬香」。
〔註38〕「光昭」語出《左傳‧隱公三年》「光昭先君之令德」。

民之德所當新也，故學為「新民」焉。吾與天下之人而俱生，所
謂「立愛惟親，立敬惟長；始於家邦，終於四海。」〔註39〕非吾
分之事乎？「道有升降，政由俗革」〔註40〕，此世之所以有污俗
〔註41〕也。謂之新者，新此而已。盡吾保乂〔註42〕綏猷〔註43〕之
責，致其裁成輔相〔註44〕之道，通變宜民〔註45〕，脫然於衰世之
習，而比隆〔註46〕三代之治。蓋今之民，固三代之民也。民本當
新，而吾從而新之耳。不然，則道不盡於人，非所以為學矣。
〔註47〕

除了保留前期援引經句的作法外，我們可以發現歸氏在措辭上，對於經史的
「融液」轉化、與運用之生新。方苞評論此篇曰：「化治以前，先輩多以經
語話題，而精神之流通、氣象之高遠，未有若茲篇者。學者苦心探索，可知
作者根柢之淺深。三百篇語，漢魏人用之即是漢魏人氣息；漢魏樂府古詩，
六朝人用之即是六朝人音節。觀守溪、震川之用經語，各肖其文之自己出者，
可悟文章有神。」〔註48〕認為要到了唐順之、歸有光這樣「用經語」，時文
才發顯出「精神」與「氣象」，各「肖其文之自己出者」。

　　正嘉期相關的時文評語，又如評諸燮曰：「鎔先儒語如自己出，而無陳
腐之氣」〔註49〕、如評唐順之曰：「就語孟中取義，而經史事迹無不渾括，
此由筆力高潔，運用生新，後人動鬮入四書字面作文，殊乏精采，所謂上下
牀之隔也。」〔註50〕可見他們並不只簡單地複製引用經句而已，而是鎔化了

〔註39〕典出《尚書·商書·伊訓》。
〔註40〕典出《尚書·周書·畢命》。
〔註41〕「污俗」語出《尚書·夏書·胤征》篇。
〔註42〕「保乂」語出《尚書·周書·康誥》「用保乂民」，及《尚書·周書·君奭》
　　　「保乂有殷」。
〔註43〕「綏猷」典出《尚書·商書·湯誥》「惟皇上帝，降衷於下民；若有恒性，克
　　　綏厥猷惟后」。
〔註44〕「裁成輔相」典出《周易·泰卦·象傳》「裁成天地之道，輔相天地之宜」。
〔註45〕「通變宜民」典出《易經·繫辭下傳》第二章「通其變，使民不倦；神而化
　　　之，使民宜之」。
〔註46〕「比隆」語出《史記·劉敬叔孫通列傳》「欲比隆於成康之時」。
〔註47〕評歸有光〈大學之道〉一節（其三），《欽定四書文》，頁75。此篇亦是方苞收
　　　錄於正嘉期的首篇文章，足以為當時典範。
〔註48〕評歸有光，〈大學之道一節〉，《欽定四書文》，頁75。
〔註49〕評諸燮，〈明乎郊社之禮三句〉，《欽定四書文》，頁147。
〔註50〕評唐順之，〈君子喻於義一節〉，《欽定四書文》，頁98。

經籍裡的語彙，類似於詩歌或古文創作上常見的用典作法〔註51〕。

從另外一面觀察，經過這樣的書寫，經籍詮釋者才能夠從文法的桎梏下超越，有以「自樹立」〔註52〕，如此作風一興，代言者的抒情主體隨之提升，作者的性情風度也就轉化為審美對象〔註53〕。

四、論　氣

（一）以韓歐之氣達程朱之理

在古文家的觀念中，「辭」與「氣」往往提並論，一個人開口說話，與他懷帶怎樣的性情氣質作敘述，當然是攸關的。方苞〈進四書文選表〉提及：

> 文之清真者，惟其理之是而已，即翱所謂「創意」也；文之古雅者，惟其辭之是而已，即翱所謂「造言」也。而依於理以達乎其詞也，則存乎氣；氣也者，各稱其資材，而視所學之淺深以為充歉者也。……欲氣之昌，必以義理洒濯其心，而沈潛反覆於周秦盛漢唐宋大家之古文。〔註54〕

這邊的「氣」，與個人的資質稟賦、學識深淺相涉，方氏認為，如能常以義理澆灌陶鑄此心，沉潛反覆於古文，必有助於氣之昌盛（這邊兼指內在修養與文章氣度兩者，文如其人）。

因此古文的書寫與欣賞，可以說正是作家性情或氣質的筆端展現，例如古文運動之宗主韓愈，曾有著名的〈送高閑上人序〉，主張書法之美在於情感或精神的展現：「往時張旭善草書，不治他伎，喜怒窘窮，憂悲愉佚，怨恨思

〔註51〕韓愈早有類似作風，他曾自述：「愈之為古文，豈獨取其句讀不類於今者耶？思古人而不得見，學古道則欲兼通其辭；通其辭者，本志乎古道者也。」（〈題歐陽生哀辭後〉，《韓昌黎文集校注》，華正書局，卷三）「當其取於心而注於手也，惟陳言之務去，戞戞乎其難哉！」（〈答李翊書〉，《韓昌黎文集校注》，卷三）所以「以古文為時文」，不僅只在化駢為散，也在修辭如何復古創新等觀念上的運用。

〔註52〕韓愈〈答劉正夫書〉提及「聖人之道不用文則已，用則必尚其能者，能者非他，能自樹立，不因循者是也。」（《韓昌黎文集校注》，華正書局，卷三。）

〔註53〕例如將歸有光時文比擬為杜詩：「此文止將社稷臣志事規模切實發揮，不呫呫於悅字，而精神自然刻露，與所謂大臣篇同一寫照，而氣象又別。觀杜詩可知其志節慷慨，觀震川文可知其心術端愨，故曰即末以操其本，可八九得也。」（評歸有光，〈有安社稷臣者一節〉，《欽定四書文》，頁191）

〔註54〕〈進四書文選表〉，《方望溪全集》，「集外文」，卷二，頁288。

慕，酣醉無聊不平，有動於心，必於草書焉發之。」〔註55〕錢鍾書指出古文家這種書寫之平易可親：「退之可愛，正以雖自命學道，而言行失檢、文字不根處，仍極近人。《全唐文》卷六百八十四〈張籍上昌黎〉二書痛諫其好辯、好博進、好戲玩人，《昌黎集》中答書具在，亦殊有卿用卿法、我行我素之意。豪俠之氣未除，真率之相不掩，欲正仍奇，求嚴自溫，與拘謹苛細之儒曲，異品殊科。」〔註56〕

　　同樣的例證，亦常見於正嘉時文中，例如方苞評唐順之〈可以言而不言二句〉曰：「此荊川居吏部時筆，縱橫奇宕，……抉摘飴者隱曲，纖毫無遁，指事類情，盡其變態而止，管荀推究事理之文亦如是，但氣象較寬平耳。」〔註57〕其筆端所表露出來的性情，有時竟是鮮明而激烈。

　　古人性情的筆端展現，與時文之「入口氣」有關，也就是「代聖立言」的作法。時文代言本來是一種聖賢之心的揣摩與投射，透過經典閱讀的深思與移情，藉以提昇自己的修養。而這種讀經策略，最初也來自於宋代的理學家。

　　例如方苞評歸有光〈吾十有五而志于學一章〉曰：「以古文為時文自唐荊川始，而歸震川又恢之以閎肆，如此等文實能以韓歐之氣達程朱之理，而脗合於當年之語意，縱橫排盪，任其自然，後有作者不可及也已。」〔註58〕說明歸有光文章較唐順之「閎肆」，能以韓歐古文中之真實性情，表現出程朱之理學思想，並契合於經籍裡聖賢的發語情境。

　　明前期理學家陳獻章（1428～1500）也曾經提及文藝之「聲口」：「學古人詩，先理會古人性情是如何，有此性情，方有此聲口，只看程明道、邵康節詩，真天生溫厚和樂，一種好性情也。」〔註59〕可見時文中的「氣」與「理」，

〔註55〕〈送高閑上人序〉，《韓昌黎文集校注》，華正書局，卷四。

〔註56〕錢鍾書，《談藝錄》（北京：中華書局），1988 年，頁 63～64。

〔註57〕評唐順之，〈可以言而不言二句〉，《欽定四書文》，頁 197。王夫之曾經批評唐順之時文流於庸俗：「經義之設，本以揚搉大義，剔發微言，……若荊川則已開譯語一路，如〈曾子養曾晳〉一段文，謂以餘食與人，為春風沂水高致。其所與者，特家中卑幼耳；三家村老翁嫗，以卮酒片肉飼幼子童孫，亦嘐嘐之狂士乎？譯則必鄙倍可笑，類如此。此風一染筆性，浪子插科打諢，與優人無別。有司乃以此求士，可謂之舉國如狂矣。」（《夕堂永日緒論‧外編》，頁 11610）。

〔註58〕評歸有光，〈吾十有五而志于學一章〉，《欽定四書文》，頁 88。

〔註59〕陳獻章：《陳獻章集》（北京市：中華書局，1988 年），〈批答張廷實詩箋〉，頁 47。

二者也有密切的關聯性〔註60〕。

　　八股作者思欲擺脫漢魏以來龐大的傳注累贅，直接回歸經典本義，重視體會聖賢語氣的精神，實根源於宋代理學家之意趣。茲舉要如下：

> 某受學於周茂叔，每令尋仲尼顏子樂處，所樂何事？〔註61〕（程顥）

> 讀書者當觀聖人所以作經之意，與聖人所以用心，……句句而求之，晝誦而味之，中夜而思之。平其心，易其氣，闕其疑，則聖人之意見矣。〔註62〕（程頤）

> 簡策之言，皆古昔聖賢垂教無窮，所謂先得我心之同然者。〔註63〕（朱子）

所以八股文之「代聖立言」，也是一種對於「性情」與「聲口」的強調，認為只有透過口吻才能真正貼近聖人「用心」，提升述者之胸襟識見，才能企及作者之真實性情。

（二）歐陽修氣體之轉化

　　如果從唐順之、歸有光時文作品中考察，有一特點值得讀者重視：其時文書寫之古文典範，主要來自於歐陽脩。以下皆為其例：

> 古厚清渾之氣，盤旋屈曲於行楮間，歸震川他文皆然，而此篇尤得歐陽氏之宕逸。〔註64〕

> 原評擬之史漢未免太過，方之唐宋八家中，其歐曾之流亞歟。〔註65〕

> 題本前斷後案，文亦先整後疎，筆力圓勁，神似歐蘇論辨。〔註66〕

〔註60〕明清八股「代聖賢語氣為之」的做法，不應忽略此文體受到宋理學之影響。如清皮錫瑞曾就宋儒《尚書》注釋評論說：「宋儒解經善於體會語氣，有勝於前人處，而其失在變易事實以就其說。」（《經學通論・書經》「論宋儒體會語氣勝於前人而變亂事實不可為訓」條）。

〔註61〕〈濂溪學案〉，《宋元學案》（台北：商務，1969年），頁77。

〔註62〕《近思錄》（台北：商務，1965年），卷3，頁108。

〔註63〕轉引自錢穆，《宋明理學概述》（臺北：臺灣學生，1977年），頁217。朱子在這一段話後面又接著說：「凡我心之所得，必以考之聖賢之書，脫有一字不同，更精思明辨，以益求至當之歸。」並不以經典字句為絕對之價值標準，此故錢穆認為理學家「重聖賢更勝於重經典，重義理更勝於重考據訓詁。」（頁171）

〔註64〕評歸有光，〈夏禮吾能言之四句〉，《欽定四書文》，頁91。

〔註65〕評歸有光，〈先進於禮樂一章〉，《欽定四書文》，頁113。

〔註66〕評歸有光，〈盡信書一章〉，《欽定四書文》，頁194。

　　唐宋派對於歐陽文之取法，例如茅坤〈唐宋八大家文鈔論例〉說：「宋諸賢敘事，當以歐陽公為最，何者？以其調自史遷出，一切結構裁剪有法，而中多感慨俊逸處，予故往往心醉。」〔註67〕又艾南英〈答陳人中論文書〉說：「不佞極推宋大家之文，以其有法；而其稍病宋大家之文，亦因其過於尺寸銖兩而毫厘不失乎法，視《史》、《漢》風神如天衣無縫為稍差者，以其法太嚴耳。宋之文由乎法，而不至於有迹而太嚴者，歐陽子也，故嘗推為宋之第一人。」〔註68〕皆提及歐陽脩文法之可學。〔註69〕而歐陽脩取法於司馬遷者，或許誠如蘇軾說的：「歐陽子論大道似韓愈，論事似陸贄，記事似司馬遷，詩賦似李白。此非余言也，天下之言也。」〔註70〕主要在於記事上之生動鮮活。

　　又王基倫曾指出歐陽脩文章與韓愈不同，風格上由奇澀轉化為庸常：「歐陽脩知貢舉時，打擊太學體，排抑古文寫作過程中險怪奇澀的文風。這期間他提倡尊韓，領導文士步趨韓文，大量書寫古文作品，使之成為一種風尚。然而歐文風格又不似韓文，一方面是他改變了韓文『尚奇』的特點，側重『重道』，在六經精義中找尋『能樹立經時不移的『常』，……在他的文學理論和實踐中體現由『奇』而『常』的轉化。」〔註71〕另一方面，歐陽脩在強調道的同時，更重視『事』的要求，例如其〈代人上王樞密求先集序書〉說：「言以載事，而文以飾言。事信言文，乃能表見於後世。」〔註72〕是從

〔註67〕茅坤，〈唐宋八大家文鈔論例〉，《唐宋八大家文鈔》，《景印文淵閣四庫全書》，第851冊，台北：台灣商務印書館，1983年，頁15。

〔註68〕艾南英，〈答陳人中論文書〉，見李壯鷹等編：《中華古文論釋林》，北京：北京大學出版社，2011年9月，明代下卷，頁416。

〔註69〕余來明認為：「歐陽脩文章受到推崇，一個重要原因是在唐宋派看來，八大家中歐文風調與《史記》最為相近。……他們推崇《史記》，在於《史記》最切近地秉承了六經文章的精義。這一理論路徑的形成，是基於以下認識：由歐陽脩文章上窺《史記》，進而窺測六經文章經義，是使八股文『氣息淳古』的正確作法，直接取法六經，很容易誤入歧途。……唐宋派、『前七子』，二者流派統系上看似『同歸』，實則由於在是否經由唐宋古文上溯秦漢經典，存在分歧而體現不同的治學路徑。」（〈唐宋派與明中期科舉文風〉，《武漢大學學報（人文科學版）》，第62卷第2期，2009年3月，頁189～195）

〔註70〕〈六一居士集敘〉，《蘇軾文集》，孔凡禮典校，北京：中華書局，1986年3月，卷10，頁316。

〔註71〕王基倫，〈歐蘇散文創作與接受活動的考察〉，《東華漢學》（花蓮：國立東華大學中國語文學系），創刊號，2003年2月，頁28。

〔註72〕《歐陽文忠公文集》，台北：台灣商務印書館四部叢刊正編，1979年11月，

記事上體現道理。

五、論　理

　　至於正嘉經義文書寫中所涉及的「理」，義蘊幽深廣大，不易憑空說之，以下姑分為三個層次析論。

（一）經籍章句之理

　　今以《欽定四書文》評語檢視歸、唐時文，吾人得知他們在章句義理之詮釋上，大致恪從「守經遵註」的規定，且加以發揮：

> 玩註中「全體之分、萬殊之本」八字，則大德、小德原不是直分兩截。敦化，敦字即《易傳》「藏諸用」藏字意，「川流」二字即「顯諸仁」顯字意，無心成化天地之功，用即在其中。文能細貼註意，發揮曲暢。〔註73〕

> 深明古者君臣之義，由熟於三經三禮三傳，而又能以古文之氣格出之，故同時作者皆為所屈。〔註74〕

> 看得宋五子書融洽貫串，故縱筆書之有水銀瀉地無竅不入之妙。〔註75〕

時文在義理上原限定於經傳及程朱註解，對於經註之嫻熟玩味，有助於義理上的融會與創見。

（二）史記歐曾之義法

　　前面提及唐宋派時文，常學習歐陽脩之古文筆法。以歸有光為例，方苞認為他作品有兩類風格：「歸震川文有二類，皆高不可攀。一則醇古疎宕，運《史記》、歐、曾之義法，而與題節相會；一則朴實發揮、明白純粹，如道家常事，人人通曉，如此篇及〈堯舜之道二句〉文，他家雖窮思畢精，不能造也。」〔註76〕可惜方苞在這邊的分類未見嚴謹清楚，因為前者說的似乎是合於古文筆法的切題之作，後者則泛指內容或題材而論，不在古文筆法上扣題發揮。

卷67，《居士外集》，卷17，頁504～505。
〔註73〕評歸有光，〈小德川流二句〉，《欽定四書文》，頁156。
〔註74〕評唐順之，〈有故而去五句〉，《欽定四書文》，頁176。
〔註75〕評歸有光，〈喜怒哀樂之未發二節〉，《欽定四書文》，頁135。
〔註76〕評歸有光〈孰不為事一節〉，《欽定四書文》，頁173～174。

事實上，歸氏此類題材與筆法常有融洽之作，方氏亦曾抱怨其俚俗：

> 震川之文，鄉曲應酬者十六七，而又徇請者之意，襲常綴瑣，雖欲
> 大遠於俗言，其道無由；其發於親舊及人微而語無忌者，蓋多近古
> 之文，至事關天屬，其尤善者，不俟修飾，而情辭并得，使覽者惻
> 然有隱，其氣韻蓋得之子長，故能取法於歐曾，而稍更其形貌
> 耳。……又其辭號雅潔，仍有近俚而傷於繁者。〔註77〕

即說他有些文章不俟修飾、情辭並得，雖然能夠取法於歐、曾，襲取司馬遷
之氣韻，卻有近於世俗的問題，頗失雅潔。

這裡必須指出的是，世俗化傾向正是唐宋古文運動的重要發展特徵之
一。據柯慶明的研究：「這種將百姓日用的生活的『相生養之道』與仁義君
臣的道德倫常問題的繫連在一起，而欲以『文』貫『道』的結果，就產生了
唐代古文的基本的美學風格：以百姓日用的經驗來闡發人倫心性的旨趣。／
由於韓柳心目中的「道」，……能遍及一切生活日用的『物』，以及『相生養
之道』、『生人之理』。所以『文以貫道』或『文以明道』的結果，就走向一
種即物窮理，寓言寫物的修辭策略，因而導致一種新起的美學風格的確立，
使古文運動終於達到了文學上的成功。」〔註78〕換句話說，唐宋古文即有此
一世俗化的特徵。

（三）道學與世俗化

歸有光不無肯定陽明心學，他所編撰《文章指南》一書，書中共分禮、
義、禮、智、信五集，有「凡則」66 條、收範文 118 篇，每則每篇都有評說，
而在卷首的「總論看文法」中，他將王陽明與「左氏」、「司馬氏」、「班氏」、
「韓氏」、「柳氏」、「歐陽氏」、「蘇氏」同列為古文中「歷代名家」，並認為
「韓氏簡古」、「柳氏關鍵」、「歐陽氏平淡」、「蘇氏波瀾」，而謂「陽明氏平
正，詞學老蘇而理優於韓」。並選了王陽明文章 7 篇，足見歸有光對於陽明
為文之稱許。

至於與理學家王畿相契論道的唐順之，則有意擯棄工細的書寫，主張文
學應「本諸性情」，而強調修養之功。例如王畿說：

〔註77〕方苞：《方望溪全集》卷五〈書歸震川文集後〉（臺北：世界書局，1960 年 11
月），頁 57～58。

〔註78〕柯慶明，〈從韓柳文論唐代古文運動的美學意義〉，《第一屆國際唐代學術會議
論文集》，頁 245～246。

白沙以詩之聖屬諸少陵，而以康節為別傳。……康節之學，洗滌心源，得諸靜養，窮天地始終之變，究古今治亂之原，以經世為志，觀於物有以自得也。於是本諸性情而發之於詩，玩弄天地，闔闢古今，皇王帝伯之鋪張，雪月風花之品題，自謂名教之樂異於人世之樂，況觀物之樂又有萬萬者焉。……予觀晉魏唐宋諸家，如阮步兵、陶靖節、王右丞、韋蘇州、黃山谷、陳後山諸人，述作相望，雖所養不同，要皆有得於靜中沖淡和平之趣，不以外物撓己，故其詩亦皆足以鳴世。竊怪少陵作詩反以為苦，異乎無名公之樂而無所累，又將奚取焉。說者謂詩之工，詩之衰也，其信然乎！予有荊川唐子專志靜養，工于詩，有意於別傳者，謂康節之詩實兼二妙。〔註79〕

王氏說唐順之專志靜養，本諸性情而發之於詩，批評杜甫「以外物撓己」、「詩之工，詩之衰也」，可以看得出他們文道合一的觀點，猶當年程頤批評韓愈：「學本是修德，有德然後有言。退之卻倒學了。」〔註80〕如此作法看得出理學觀點，自有助於文章重返道器合一的「根本」（性情）。

從相反的觀點來看，王夫之因此批評唐順之措詞沾染了陽明心學，他說：「良知之說充塞天下，人以讀書窮理為戒。故隆慶戊辰會試，〈知之為知之，不知為不知〉文，以不用《集注》，由此而求之，一轉取士，教不先而率不謹，人士皆束書不觀。無可見長，則以撮弄字句為巧，嬌吟塞吃，恥笑俱忘。……乃至市井之談，俗醫星相之語，如『精神』、『命脈』、『遭際』、『探討』、『總之』、『大抵』、『不過』，是何汗目聒耳之穢詞，皆入聖賢口中，而不知其可恥。」〔註81〕即同樣指陳時文世俗化之走向。

〔註79〕王畿：《王龍溪全集》（臺北市：華文書局，1970年），卷13，〈擊壤集序〉，頁6～8。王畿因此主張「不離日用而證聖功」：「修辭達意，直書胸中之見，而不以靡麗為工。隨所事以精所學，未嘗有一毫得失介乎其中。所謂格物也，其於舉業，不惟無妨，且為有助。不惟有助，即舉業為德業，不離日用而證聖功，合一之道也。」（《王龍溪全集》，卷7，〈白雲山房問答〉，頁35～36。）

〔註80〕《近思錄》，卷14。啟禎期古文名家艾南英也有類似論點：「看書作文，學者只有此兩項工夫。但讀書不只是讀四書，如研味五經諸史，辨論古今成敗得失，皆是讀書。作文不只是作時文，如訓解經書，評駁議論，以至應酬日用，與人簡冊，事上使下，一切交際，有關於身心日用者，皆是作文。」（〈上李太盧先生書四〉）

〔註81〕王夫之，《夕堂永日緒論·外編》，收錄於《船山遺書全集》，第20冊，頁11597～11598。

時文的世俗化發展，顯然是經籍詮釋上的近代化現象。學者曾於此肯定：「唐宋派文道的發展與變化也非常明顯，他們與心學關係緊密，更加強調人的創造性與個性，也更加接近日常生活，已經從神聖走向庸常，具有一定的近代色彩。他們的散文開始由家國天下向世俗生活位移，正與道的性質變化同步。」〔註82〕

五四運動以來，在視八股文為「封建殘餘」之批評聲浪下，涂經詒先生曾於1984年提出了一個特別的觀點：

> 關於八股形式是由元劇衍生出來的這種看法，也有其重要的含意，
> 暗示八股文的出現，可能是由於文學形式本身進化而起，而非專制
> 政府規定的、或刻意努力的結果。換言之，八股文的興起，可能與
> 一般人的時尚、愛好有關，而政府只在它的演化過程和自然結果之
> 間，扮演了產婆的角色而已。〔註83〕

他從代言的文體形式上，主張八股文可能與民間時尚、愛好有關，未必是專制政體所致。今日來看，涂說誠然可信，特別是放在晚明的情境來觀察。但這邊應該再作補充的是，此文體在義理層面上受到心學之影響、在創作觀念上受到唐宋古文運動影響，同樣也是走向民間與世俗化的重要原因。

六、結語：以我馭題

本論文在第一節曾引用《欽定四書文》的明代四期特色，方苞主張正嘉作者「以古文為時文」，為「明文之極盛」，這個階段的書寫特色，必然影響文體此後的創作批評。至於第三、四期的發展呢？方氏則指出隆萬文「靈變巧密」，啟禎文「凡胸中所欲言者，皆借題以發之」。

仔細想一想，「靈變巧密」不正是活法所致？這本是八股文體自身從化治以來的發展需求，為了避免失於呆板滯重，因此借用古文運動的若干文法觀念以補救之。至於啟禎期「凡胸中所欲言者，皆借題以發之」，則是朝代最後所呈現出來的詮釋主體之自由，這個時候寫作時文已不復拘謹，擔心題面下的「標準解答」，他們關心的卻是如何「借題」以抒發己志。然歸根究柢，此一現象也當追蹤至正嘉時文的「用經語」、關乎古文的辭、氣作法。

〔註82〕羅書華，〈從神聖到庸常：「唐宋派」文道的新變〉，《廣西師範大學學報（哲學社會科學版）》，第49卷第4期，2013年7月，頁97。

〔註83〕涂經詒著，鄭邦鎮譯，〈從文學觀點論八股文〉，《中外文學》，第12卷第12期，1984年12月，頁175。

方苞曾特別指出歸有光時文之「絕調」所在：

> 古氣磅礴，光焰萬丈，只是於聖人制作精意，實能探其原本，故任
> 筆抒寫，以我馭題，此歸震川之絕調也。〔註84〕

正是從「以我馭題」的磅礴光焰中，我們看到正嘉時期被掙脫的命題桎梏，看到了詮釋者主體之出現與伸張。

　　於此，不妨再以歸有光為例，說明此期文章特色，黃宗羲（1610～1695）曾提及「震川之所以見重於世者，以其得史遷之神也。其神之所寓，一往情深，而紆迴曲折次之。」〔註85〕林紓（1852～1924）說他：「瑣瑣屑屑，均家常之語，乃至百讀不厭，斯亦奇矣。」〔註86〕張士元（1755～1824）亦輯有《震川文鈔》四卷，並加以評點。其序言曰：「明正德、嘉靖年間，唐應德、王道思相切摩以古學，唐學眉山，王學南豐，卓然大雅也。而其力抗歐曾、氣追班馬，如江漢之發源於岷嶓，而滔滔不竭者，熙甫一人而已。余猶喜其叙述諸文中，世俗瑣事，皆古雅可觀。江陰楊文定公嘗言『文章要得二南風度』，如熙甫其可謂得之矣。讀之使人喜者忽以悲，悲者忽以喜，不自知其手舞足蹈而不能已也。」〔註87〕綜論之，不論說歸文一往情深也好、瑣屑家常之親切語也好，或說他文章讓人讀後悲喜交集也好，文章所表露的，正是一個平凡真摯的性情中人。

　　前面已說過，如此審美效果來自於兩方面，一是古文運動之觀念〔註88〕，

〔註84〕批評評歸有光，〈周公成文武之德及士庶人〉，《欽定四書文》，頁143。

〔註85〕黃宗羲：《黃宗羲全集》，第10冊，平慧善校點，浙江古籍出版社，1993年，頁63。

〔註86〕林紓評歸有光〈項脊軒志〉，〈論文偶記〉，《春覺齋論文》（北京：人民文學出版社），1959年，頁43。

〔註87〕張士元：《震川文鈔》（卷首），吳江李齡壽過錄本。

〔註88〕柯慶明說韓柳古文強調的「是自己對於歷史典籍的判斷，以及這些典籍和自己的學習與創作的關係，所以基本上正是作為個人經驗的一部分來加以呈現。……這種同時介於排比對偶的形式美感，以及直接呈示經驗事件的模擬美感的『中間』文體，它所具有的真正的美學意義，其實只是駢儷文體的一種解放，並不就是駢儷美感的棄絕。而最重要的則是對於個人直接經驗的肯定，深信它們具有足夠的美學意涵或倫理意涵，而值得讀者再去經驗與分享，因而個人的實際遭遇，以及出於性情志意的思維與感受，也就成為文學表現的內涵，古文的美學就不免是一種自傳性表現的美學了。」（柯慶明，〈從韓柳文論唐代古文運動的美學意義〉，《中國文學的美感》，臺北：麥田，2000年，頁368～369）古文對於駢儷形式的「解放」，強調個人經驗、性情志意之呈現，同樣是歸唐桐城等「以古文為時文」者所號召的精神。

二是明代理學之發展〔註89〕。竊以為詮釋主體之朗現，應為正嘉期「以古文為時文」最值注意的文學史現象〔註90〕。

七、重要參考文獻

（一）古　籍

1. 〔唐〕韓愈，馬通伯校注，《韓昌黎文集校注》，臺北：華正書局，1986年。

2. 〔宋〕歐陽修，《歐陽文忠公文集》，《四部叢刊正編》，臺北：臺灣商務印書館，1979年。

3. 〔宋〕蘇軾，孔凡禮典校，《蘇軾文集》，北京：中華書局，1986年3月。

4. 〔宋〕朱熹、呂祖謙，《近思錄》，臺北：臺灣商務印書館，1965年。

5. 〔明〕陳獻章：《陳獻章集》，北京市：中華書局，1988年。

6. 〔明〕王守仁，《王陽明全集》，北京市：中華書局，1992年。

7. 〔明〕夏言，《南宮奏稿》，《景印文淵閣四庫全書》，臺北：臺灣商務印書館，第429冊，1986年。

8. 〔明〕何景明，《大復集》，《景印文淵閣四庫全書》，臺北：臺灣商務印書館，第1267冊，1986年。

9. 〔明〕王畿：《王龍溪全集》，臺北：華文書局，1970年。

10. 〔明〕羅洪先，《念庵文集》，《四庫全書珍本》，王雲五主編，臺北：臺灣

〔註89〕如理學家陳獻章（1428〜1500）之強調本體、強調自己性情：「須將道理就自己性情上發出，不可作議論說去，離了詩之本體，便是宋頭巾也。」（陳獻章：《陳獻章集》，北京市：中華書局，1988年，〈次王半山韻詩跋〉，頁72）

〔註90〕近期師雅惠針對康熙年間的古文發展，也提出類似的意見：「明清時文界『以古文為時文』的改良，自明正德、嘉靖年間即已開始。生活在清康熙年間的桐城派早期作家，面對當時時文文壇『俗學大行』的情勢，繼承了前人「以古文為時文」的思路，提倡時文應在作者獨立人格、文章抒寫性靈與文章整體氣息三個方面向古文學習，並以其出色的時文創作成就與細密的文法理論構建，為「以古文為時文」理念在清代的深化發展，做出了重要貢獻。」（師雅惠，〈以古文為時文：桐城派早期作家的時文改良〉，《安徽大學學報（哲學社會科學報）》，2014年第6期，頁37）說得沒錯，重點確實在於作者人格確立、與文章氣格之發皇。但實踐上往往先於理論之成熟，問題未必在於後起（康熙年間）環境的「俗學大行」，此文體自身的發展需求、與理學方面的交織影響，也是原因。

商務印書館，1974 年。

11. 〔明〕唐順之，《荊川先生文集》，臺北：臺灣商務印書館，1967 年。

12. 〔明〕茅坤，《唐宋八大家文鈔》，《景印文淵閣四庫全書》，第 851 冊，臺北：臺灣商務印書館，1983 年。

13. 〔明〕黃淳耀，《陶庵全集》，《四庫全書珍本》，王雲五主編，臺北：臺灣商務印書館，1982 年。

14. 〔明〕黃宗羲，繆天授選註，《宋元學案》，臺北：臺灣商務印書館，1969 年。

15. 〔明〕黃宗羲：《黃宗羲全集》，平慧善校點，浙江：浙江古籍出版社，1993 年。

16. 〔明〕顧炎武，《日知錄集釋》，長沙：嶽麓書社，1994。

17. 〔明〕王夫之，《船山經義》，《船山遺書全集》，第 19 冊，臺北：中國船山學會，1972 年。

18. 〔明〕王夫之，《夕堂永日緒論·外編》，《船山遺書全集》，第 20 冊，臺北：中國船山學會，1972 年。

19. 〔清〕方苞，《欽定四書文》，《景印文淵閣四庫全書》，第 1451 冊，臺北：臺灣商務，1979 年。

20. 〔清〕方苞，《方望溪全集》，臺北：世界書局，1960 年。

21. 〔清〕張廷玉等編，《明史》，北京市：中華書局，1966 年。

22. 〔清〕紀昀等，《景印文淵閣四庫全書·總目提要》，臺北：臺灣商務印書館，第 429 冊，1986 年。

23. 〔清〕皮錫瑞，《經學通論》，臺北：臺灣商務印書館，1989 年。

24. 〔清〕林紓，《春覺齋論文》，北京：人民文學出版社，1959 年。

（二）專　書

1. 錢鍾書，《談藝錄》，北京：中華書局，1988 年。

2. 錢穆，《宋明理學概述》，臺北：臺灣學生，1977 年。

3. 柯慶明，《中國文學的美感》，臺北：麥田，2000 年。

4. 郭英德，《明清文學史講演錄》，桂林：廣西師範大學，2005 年 12 月。

5. 李壯鷹等編：《中華古文論釋林》，北京：北京大學出版社，2011 年。

（三）期刊論文

1. 涂經詒著，鄭邦鎮譯，〈從文學觀點論八股文〉，《中外文學》，第 12 卷第 12 期，1984 年 12 月，頁 167～180。

2. 鄺健行，〈明代唐宋派古文四大家「以古文為時文」說〉，《中國文化研究所學報》（香港：香港中文大學），第 22 卷，1991 年，頁 219～232。

3. 王基倫，〈歐蘇散文創作與接受活動的考察〉，《東華漢學》（花蓮：國立東華大學中國語文學系），創刊號，2003 年 2 月，頁 28。

4. 余來明，〈唐宋派與明中期科舉文風〉，《武漢大學學報（人文科學版）》，第 62 卷第 2 期，2009 年 3 月，頁 189～195。

5. 羅書華，〈從神聖到庸常：「唐宋派」文道的新變〉，《廣西師範大學學報（哲學社會科學版）》，第 49 卷第 4 期，2013 年 7 月，頁 94～97。

6. 師雅惠，〈以古文為時文：桐城派早期作家的時文改良〉，《安徽大學學報（哲學社會科學報）》，2014 年第 6 期，頁 37～44。

體貼聖人之心
——試論經典的詮釋與對話

提　要

　　《文心雕龍》說：「經也者，恆久之至道，不刊之鴻教也。」經書與其他書籍不同之處，在於經典的義理必然具有時代超越性。《中庸集注》引程子曰：「子思喫緊為人處，活潑潑地，讀者其致思焉。」旨在強調經典誦讀必須具有鮮活的意義，經典教育因此並非一門泥古的死學問，而是不斷找尋真實價值、鳶飛魚躍的生命體會。

　　經典既然具備了時代的超越性，那麼後起者應該如何誦讀以企近於聖賢，自然是需要講求的大學問。我們今日提倡讀經教育，所面對的根本問題或許還包括：經典對於二十一世紀具有什麼必要性？傳統經典面對劇變的當代思潮，如何能夠「傳」其「統」，具有因應修訂的改革機制，以擴大詮釋、深化經典的義理性？

　　事實上，這些現象存錄於傳統教育文獻資料上，曾是相當重要的經學議題。經學詮釋所以具有永恆的價值指引，就彷彿植物朝向日光伸展一般，是「恆久之至道」。但是除了文明、性理大方向的確認以外，章句詮釋上其實也需要隨時修補，才足以因應時間考驗。本論文嘗試以我國經學史、教育史上的相關文獻，介紹傳統經師在面對經籍與時代的一些反省觀點，相信對於我們當前迫切的讀經議題，仍會具有參考借鑑的價值。

一、前言：經典與知識有別

　　讀經有許多好處，在我國也有悠久的歷史，在過去以經學為學科的朝代，讀經的主要功能在學以致聖賢。學子從經籍的誦讀中，慢慢體會聖賢的

心境，所謂「舜何人也？予何人也？有為者亦若是。」（《孟子‧滕文公》）至於浸淫日久、用功既深，則有克己復禮、變化氣質，最終成為聖賢之可能。

傳統教育對於經籍的誦讀，因此往往涉及了三個層面：首先是聖賢（作者）的原義、其次則是經書（文本）的章句、最終則是後起學子（述者）的詮釋。橫亙在作者與述者之間的隔閡，當然就是時代流轉的位移。

誦讀經書，如果讀者不相信在經籍章句之前原有一個聖賢存焉，那麼所謂的經書與一般書籍，也就看不出有何分別。經書之所以異於其他書籍，在於章句中應存有一些真確的哲理，而不只是知識。所謂知識，隨著時代變化，可能會日新月異，慢慢接近於真理，例如古希臘的「地心說」到了文藝復興時代會被哥白尼（1473～1543）「日心說」給取代，又如愛因斯坦（1879～1955）「相對論」後來改寫了牛頓（1643～1727）「萬有引力」的物理觀點等，皆是其例。地球、太陽並未更改，但人們對於宇宙的理解則有時間差異，知識往往被改寫與翻新。〔註1〕

經典當然也出自於人類知識的菁華，但經典應該具有一種本質性的、永恆的智慧，具有一種指引生命的價值判斷。隨手翻翻我國傳統經典中的箴言：「學而時習之，不亦說乎？」（《論語‧學而》）、「上下交征利而國危矣」（《孟子‧梁惠王上》），孔子說到學習的喜悅，孟子提醒以功利治國之危殆、標舉仁義之可貴，這些智慧數千年來顛仆不墜、歷久彌新。何以故？主要因為這些見解來自於生命的深刻感受與淬鍊，人類數千年來的生命需求、倫理情感變化不大，因此經典與傳統仍具有解釋與指引的功能。

從而，這樣的經典既指向過去，幫助我們理解自己所由來，因此也就指

〔註1〕如就知識來看時代、看教育，往往會產生一種焦慮不安，例如近年來以推動翻轉教室聞名的葉丙成老師經常強調知識的不可確定性：「……這就是我們的孩子們在 20 年後要面對的世界。一個充滿未知挑戰、未知變局的世界。請問，一個只有成績好的孩子，有辦法面對嗎？沒有辦法。因為通常成績好的孩子，都是在念人家整理好給他的知識。他們只會解決已經看過的問題。但是我們未來年輕人要面對的，卻是這些人類歷史上從沒發生過的問題。要能面對這些充滿未知變局的未來，靠的是他們有沒有那個自信跟能力去面對。這是他們能否生存下來的一個關鍵。我們必須要能培養出具備面對未知挑戰的自信與能力的年輕世代，他們才有辦法在這個社會生存。……我認為在未來 20 年，真正能生存下來的年輕人，必須要有四大能力：『會思考、會表達、會自主學習、會面對未知變局』。」〈葉丙成：May the force be with them……──現在的孩子讓人同情〉，《天下雜誌‧獨立評論@天下》2015 年 4 月 6 日。

引了未來。〔註2〕例如《論語・為政篇》曾經記載，有一天子張問老師說：
「十世可知也？」孔子回答：「殷因於夏禮，所損益可知也；周因於殷禮，
所損益可知也；其或繼周者，雖百世可知也。」孔子這邊所說的，就是人性
與文明的普遍性，而不是破碎的時間斷片。因此，對於經典的閱讀，往往體
悟到的會是生命主體與文明傳統的延續性〔註3〕。

二、現階段經典教育的侷限

　　筆者兩年前曾在此會議（第三屆讀經教育國際論壇）上發表過〈大學國
文課程該如何講授傳統經典教育〉一篇，拙作指出當前台灣經典教育的現代
挑戰：「在各大學中文系所的專門研究中，五四以來反傳統的激憤之情逐漸隨
著時代遠離，兩岸學界也重拾起傳統經典材料的相關論題；然經學文獻及新
儒學研究既成為中文系下之學術支脈，影響力只能局限於學術小圈子中。／
雖然現在不大有人再喊要打倒孔家店，但普遍而言，快速發展轉變的現代社
會，面對傳統經典的態度時，毋寧是保留、甚或冷漠的。這一方面固然與語
言字句的形式艱難有關；另一方面，猶如許多失去解釋效力的現代理論，傳
統經典在面對後現代的全球化語境時，是否還能提供有效的指引？這方面也
可以看到不少教師態度之曖昧。……」〔註4〕因此，在我們這個時代講讀經、

〔註2〕例如施特勞斯（Leo Strauss，1899～1973）說：「西方人成為現在的樣子並是
　　　　其所是，乃通過將《聖經》信仰和希臘思想融合為一：要了解我們自己，要
　　　　照亮我們通往未來、渺無人跡的道路，必須了解耶路撒冷與雅典。」（〈耶路
　　　　撒冷與雅典：一些初步的反思〉，《經典與解釋的張力》，劉小楓，陳少明編著，
　　　　上海：上海三聯書店，2003年，頁259）

〔註3〕不妨參考美國批評家 T.S.艾略特（Thomas Stearns Eliot，1888～1965）的說法：
　　　　「歷史的意識又含有一種領悟，不但要理解過去的過去性，而且還要理解過
　　　　去的現存性；歷史的意識不但使人寫作時有他自己那一代的背景，而且還要
　　　　感到從荷馬以來歐洲整個的文學及其本國整個的文學有一個同時的存在，組
　　　　成一個同時的局面。這個歷史的意識是對於永久的意識，也是對於暫時的意
　　　　識，也是對於永久和暫時的合起來的意識。就是這個意識使一個作家成為傳
　　　　統的。同時也就是這個意識使一個作家最銳敏的意識到自己在時間中的地位，
　　　　自己和當代的關係。」（〈傳統與個人才能〉，卞之琳譯，轉引自《二十世紀西
　　　　方文論選》，上卷，朱立元、李鈞主編，北京：高等教育出版社，2002年6月，
　　　　頁258～261。）理解自身於歷史演進中所處之位置，強調主體與文明傳統的
　　　　延續性。而為了確認自我存在，求取傳統的認同，以理解「過去的現存性」，
　　　　作為人類文明之傳述者必須要努力提升自己。

〔註4〕另請參考車行健〈現代中國大學中的經學課程〉，收入《現代學術視域中的民
　　　　國經學──以課程、學風與機制為主要觀照點》，車行健著，台北：萬卷樓，

講經典教育，往往會被人譏諷與時代脫節，或是誤以為是食古不化者。

這一方面固然是現代學術強調的是客體化與專技化，所以學術界的經學研究只好變成客觀的典籍知識，且強調其學術架構、版本目錄及師承影響等等。經學研究往往成為歷史文獻學的專題研究〔註5〕，經學典籍鮮少對於研究／閱讀者的主體性命，再起什麼深刻的啟蒙或引領作用〔註6〕。

以台灣的經典教育來看，學術界將經學知識化、標本化，其問題在於與生命脫節，因此也就失去了傳統經學的活力；另一方面，我們又可以看到民間讀經教育者的「經典至上」策略。

最典型的看法，例如王財貴先生所說的「書讀百遍，其義自現」，他認為經典「有無窮活轉的內涵，對經典保持一種似懂非懂的深遠的敬重之感也是好的，如果一味為了讓他懂，淺白而解之，可能反而使他忽而玩之，以為天下道理只不過爾爾，大大傷了他的慧根，此所以古人說『小時了了，大未必佳』也。……一再重複的唸唱，即使沒有刻意去理解，所讀唱之內容不只是會存入大腦記憶，它更會烙印在潛意識裡，而潛意識的妙用就是無需經過意志的運作，賦直接地、默默地、自然地影響了人類的思維與行為，……假以時日，有讀經的人多少會受到經典的潛移默化、陶冶性情。」〔註7〕即是把讀

2011 年 9 月，頁 5～40。

〔註5〕 車行健提及現代經學教育沒落的困境：「從清末民初到戰亂頻傳的三、四十年代，直到一九四九年後兩岸分治後的情勢，以迄今日，可以看到，大學中的經學課程的逐漸沒落消失似乎是一個整體的大的趨勢，但為何如此？其原因何在？這當然與經學在現代學術體系中的地位的衰微有直接的關係。……正是在這樣一個從傳統『四部之學』轉換到現代學術體系的過程中，無軌可轉的經學其存在之正當性不但飽受質疑，且其學科本身之整體性、獨立性與主體性也隨之消融殆盡，因而其在現代大學教育中的結局就是被支解分裂成個別經書典籍。(《現代學術視域中的民國經學──以課程、學風與機制為主要觀照點》，頁 29～31)

〔註6〕 例如錢穆（1895～1990）於《國史大綱》著名的前言曰：「當信任何一國之國民，尤其是自稱知識在水平線以上之國民，對其本國已往歷史，應該略有所知。二、所謂對其本國已往歷史略有所知者，尤必附隨一種對其本國已往歷史之溫情與敬意。……」（錢穆，《國史大綱》，台北：國立編譯館，1990 年 3 月修訂 17 版，頁 1）強調歷史知識應含有「溫情與敬意」，但現代學術之治經，鮮少論及情意層面。

〔註7〕 王財貴，《讀經手冊》，頁 39～40、61。蔣夢麟回憶起童年教育時也說：「在老式私塾裏死背古書似乎乏味又愚蠢，但是背古書倒也有背古書的好處。一個人到了成年時，常常可以從背得的古書找到立身處事的南針。在一個安定的社會裏，一切守舊成風，行為準則也很少變化。因此我覺得我國的老式教學

經的情意面放在知識面之前。

此派學者對於經典教育的觀點，有見於知識客體化的危機，轉而強調讀經之「默識」、「修定」，雖然找回了經典的血氣，但將經典「神物化」〔註8〕的觀點，卻也常會遭遇批評〔註9〕。

總體而言，今日大學論及經典之客觀知識，其失也麻痺；而民間論及經典之主體默識，其失則玄秘〔註10〕。前面曾經提及，閱讀經典應該帶來一種具有歷史感的延續性。問題在於，我們有沒有可能在這知行之際「執其兩端，用其中於民」（《中庸第六章》）？考諸經典，孔子論學時常常「仁」、「知」並舉，又說：「質勝文則野，文勝質則史。文質彬彬，然後君子。」（《論語‧雍也篇》）今日講論經典，我們仍應該在情意與知識之間，權衡出合適的支點。

三、經典的能指與所指

而經典所以能夠恆久具有意義，並非因為章句皆無可動搖，主要也在於講經／讀經者能夠權衡去取。

前面提及，讀經往往涉及三個層面：首先是聖賢（作者）的原義、其次則是經書（文本）的章句、最終則是後起學子（述者）的詮釋。如此析論，頗有似於佛學「三寶」的結構。根據佛學觀點，「三寶」分指佛、法、僧，又可析分為（一）現前三寶，（二）住持三寶，（三）一體三寶等不同層次。

所謂「法」寶，在「現前三寶」（指佛祖在世時）原指佛所說的教理，而

方法似乎已足以應付當時的實際所需。」（蔣夢麟，《西潮》，台北：白華書店，1986 年，頁 40）

〔註 8〕詳 Terry Eagleton 著，吳新發譯，《文學理論導讀》，台北：書林，1993 年 4 月，頁 66。

〔註 9〕民間經典教育工作者的觀點不一，但以王財貴先生的讀經法蔚為主流，例如上善人文基金會執行長鄧美玲即提醒：「我以為，經典教育的推動計畫，必須有一個全面的考量，小學二年級以前可以大量背誦，但小學三年級以後就必須開始講解。但經典課程如何跟現代知識銜接，或可以據以發展孩子批判現代知識的能力，則必須是我們這一代應當努力的。如果我們所有的努力，只是編選教材，然後丟給孩子背，對不起！中國文化真會毀在我們的手裡。」（鄧美玲，〈經典教育不能沒有新鮮聲音、新鮮顏色、新鮮氣味〉，網站資料）主張經典之活化。

〔註 10〕舉一個可資參照的例子說明：當代美國著名的天主教神學家特雷西（David Tracy, 1939～）即主張讀經之「公共性」，認為經典的意義不能只是「為我」的，不應是那種只有一己得知的私密意義。（黃懷秋，〈大衛‧特雷西的經典理論〉，《輔仁宗教研究》，第 23 期，2011 年秋，頁 41～68）

在「住持三寶」（佛滅後各時代佛教）則指陳「寫在樹葉、樹皮、布帛、紙等物上的經典，或印刷成經卷書冊的佛教聖典，這也就是所謂的黃卷赤軸。」教理形而上，經卷書冊則形而下。

　　至於所謂「一體三寶」：佛發現了法，並且說法，因此而有佛的教理，如果沒有佛陀悟法說法，便沒有佛教教理，所以法是依存於佛的。佛是由於藉著發現法、悟法、體得法而成佛的，因此，離開法，佛也就不存在。總之，佛是以法為本質的。又，僧是佛的代表（象徵），是代替佛向民眾說法的人，因此，離開佛與法，僧是不可能獨存的。反過來說，佛與法也必須依賴僧寶的傳佈弘揚才更能顯示出其價值和意義。也只有僧寶才能將佛和法的機能顯現出來。佛、法、僧三者之密不可分的關係，由此可知。所以佛、法、僧三者具有一體而不可分的關係，故稱為「一體三寶」〔註11〕。

　　這邊援佛學為例說明，主要是想強調：今日我們講究傳統經典教育，也不應該只局限於經典文本來談，單純將經書標本化、或神物化，都將削減了經學的完整性與活力〔註12〕，而經學在傳統的觀點，原該具見了聖賢之心地〔註13〕。形而下的經文，本來亦只是表述、記載神聖體認之載體。「能指」不見得就是「所指」，且形而下者往往受到「語境」的習染，而不得避免時空之限制。

〔註11〕參見《中華佛學百科全書》。

〔註12〕請參考張隆溪對於美國當代學者威因顯默（Joel C. Weinsheimer）詮釋學理論的說明：「（經典的）規範和價值並非完全外在於解釋者的現在，正如威因顯默在闡述高達美（Hans-Georg Gadamer，1900～2002）的思想時所說：『經典的價值不是現在已經過去而且消失了的時代的價值，也不是一個完美得超脫歷史而永恆的時代之價值。經典與其說代表某種歷史現象的特色，毋寧說代表歷史存在的某一特定方式。』這一特定方式說到底，就是過去與現在的融合，就是意識到現在與過去在文化傳統和思想意識上既連續又變化的關係。威因顯默說得很清楚：『在解釋中，當經典從它的世界對我們說話時，我們意識到我們自己的世界仍然是屬於它的世界，而同時它的世界也屬於我們。』換言之，經典並不是靜態不變的，並非存在於純粹的過去，不是與解釋者無關的外在客體。因此，經典的所謂『無時間性』並不意味著它超脫歷史而永恆，而是說它超越特定時間空間的局限，在長期的歷史理解中幾乎隨時存在於當前，即隨時作為當前有意義的事物而存在。」（張隆溪，〈經典在闡釋學上的意義〉，收入於黃俊傑編，《中國經典詮釋傳統：（一）通論篇》，台北：喜瑪拉雅基金會，2002年6月，頁7）

〔註13〕例如孟子有所謂「尚友古人」的見解：「頌其《詩》，讀其《書》，不知其人，可乎？是以論其世也。是尚友也。」（《孟子・萬章篇》）是其論上古典籍時，是想看到制作之聖人。

今我們如純以知識來看傳統經籍,誠如學者所指出的:「先秦儒家和兩漢、六朝經學皆是圍繞著對《六經》的整理、編纂、傳述、疏解來展開思考的,《六經》是各種觀念和學說『視域交融』的主軸,是詮釋的中心。所以,這一時段的詮釋學焦點是在經,這是一個以經為本的時代。魏晉南北朝時期的道玄,特別是外來的佛教,對儒家文明所代表的價值系統提出了嚴重的挑戰,經的本根性權威遭遇到空前危機。從中唐開始,儒家經典詮釋的重心逐漸從經向傳記轉移,以《四書》為中心的系統至南宋最終形成。這一時段的詮釋學重心是『軸心時代』的原創性著作《論語》、《孟子》、《易傳》等,也就是說是以傳記為核心。入元之後,隨著理學體系的穩固化和思想統治地位的確立,儒家詮釋學的重心又隨之改變。一方面,經典系統被徹底地經院化和嚴重格式化了,詮釋空間極度萎縮。另一方面,經典詮釋逐漸由文本訓詁走向意義理解,由書寫式轉向了體證式,呈現出古典文明形態行將破解之前的複雜性和多向性。」〔註14〕可知我國傳統所謂的「經典」,其主要文本曾經有個改變的歷程:先由漢魏《六經》轉為中唐以後的《四書》,而《四書》之詮釋系統又由程朱理學轉向陸王心學〔註15〕。換言之,在時代推移下,經典之取材與定義也並非是一成不變的。

四、體認聖人之深心

本人近年稍微涉獵了明代教育與科舉考試的相關材料〔註16〕,於此不妨

〔註14〕景海峰,〈儒家詮釋學的三個時代〉,收入李明輝編,《儒家經典詮釋方法:(二)儒學篇》(台北:喜馬拉雅基金會,2003 年 7 月),頁 116~117。景氏此文所述儒家詮釋學分三個階段是沒有問題的,過去李光地(1642~1718)即說過:「天下之道盡於《六經》,《六經》之道盡於《四書》,《四書》之道全在吾心。」(李光地:《榕村語錄》,北京:中華書局,1995 年,卷 1,〈經書總論〉,頁 1)不過景氏從這邊推論到「古典文明形態即將破解」的結論,是又以「國故」之割裂觀來理解經學史。

〔註15〕馮達文曾經指出「就與本文關係而言,陽明解釋比之朱子離開本文更遠。」(〈從朱子陽明子兩家之《大學》疏解看中國的解釋學〉,劉小楓、陳少明編,《經典與解釋的張力》,上海:上海三聯書店,2003 年,頁 188)景海峰認為「從陳白沙到王陽明,正是在探索一種超離以經典解釋方法為依歸的文本意義世界的路子,而直接回到生活意義的世界。」(〈儒家詮釋學的三個時代〉,《經典與解釋的張力》,頁 74。)

〔註16〕宋代以來這些科舉文獻與經學之關係,請參考葉國良的看法:「將之放在儒學資料的脈絡中考察,我們將發現經義文、八股文很像宋代某些不事訓詁、發抒經旨的經學著作,如張栻的《南軒論語解》等,而一篇經義往往可視為一

引明人解經制義以為例，介紹傳統經學如何自我調整與修訂。方苞（1668～1749）曾經指出明代這些科舉文章經歷過「恪遵傳注」，到「融液經史」，繼之為書寫形式的完熟，進而為「窮思畢精，務為奇特」的不同階段：

> 明人制義，體凡屢變。自洪永至化治，百餘年中，皆恪遵傳註，體
> 會語氣，謹守繩墨，尺寸不踰。至正嘉作者，始能以古文為時文，
> 融液經史，使題之義蘊隱顯苗暢，為明大之極盛。隆萬間兼講機法，
> 務為靈變，雖巧密有加，而氣體荼然矣。至啟禎諸家，則窮思畢精，
> 務為奇特，包絡載籍，刻雕物情，凡胸中所欲言者，皆借題以發之。
> 就其善者，可與可觀，光氣自不可泯。〔註17〕

方氏引文中透露的變化所在，正關注於經典傳注與詮釋主體之間的消長。經義文體變化的同時，可以具見明人發展出不同的解經態度，下面略分三點論之。

（一）對於經註之恪遵

經義文從宋代創制以來，便屢見「一道德」之主張，如王安石（1021～1086）說：「今人才乏少，且其學術不一，議論紛然，不能一道德故也。」〔註18〕為求「一道德」的落實，王氏更主張所試經文大義，須先由國家頒定統一標準，以利考校，因此曾頒行其所編著之《三經新義》以為準繩。到了元人科考四書時，又皆律之以朱子《集註》〔註19〕為立論依據。

明清科舉之經義，亦是以孔孟程朱為宗，如顧炎武（1613～1682）說：

> 國家以經術取士，自五經、四書、二十一史、《通鑑》、《性理》諸書
> 而外，不列於學官，而經書傳注又以宋儒所訂者為準，此即古人罷

二句經文的注。……儒學研究者除了經部書、儒家子書外，集部議論文（包括經義與八股文）也應當列入考察的範圍。」（葉國良，〈八股文的淵源及其相關問題〉，《台大中文學報》，台北：臺灣大學中國文學系，第六期，1994年6月，頁56～57。）基於五四運動以來的時代偏見，過去我們常以為八股文一無是處，滿紙空言，不過這些文獻正是研究明清經典教育史的重要材料。

〔註17〕 《欽定四書文》，（《景印文淵閣四庫全書》，第 1451 冊，台北：台灣商務，1979 年），頁3。

〔註18〕 〈選舉一〉，《宋史》，《景印文淵閣四庫全書》，第282冊，第716頁。

〔註19〕 《元史‧選舉志》載：「考試程式，蒙古、色目人，第一場經問五條，《大學》、《論語》、《孟子》、《中庸》內設問，用朱氏章句集注，其義理精明，文詞典雅者為中選。……漢人、南人，第一場明經經疑二問，《大學》、《論語》、《孟子》、《中庸》內出題，并用朱氏章句集注，復以己意結之，限三百字以上。」（〈選舉一〉，《元史》，《景印文淵閣四庫全書》，第 293 冊，第 553～4 頁。）

黜百家、獨尊孔氏之旨。〔註20〕

認為八股文之詮釋經義，應依據「五經、四書、二十一史、《通鑑》、《性理》諸書」為範，且需以宋儒傳注做準則，始得古人「罷黜百家、獨尊孔氏」之正統。顧氏又提及這種道統守成的文體規範，一直要到隆慶間（1567～1572）始生變化：

> 國初功令嚴密，匪程朱之言弗遵也，蓋至摘取良知之說，而士稍
> 異學矣。然予觀其書，不過師友講論，立教明宗而已，未嘗以入
> 制舉業也。其徒龍谿（王畿）、緒山（錢德洪），闡明其師之說而
> 過焉，亦未嘗以入制舉業也。龍谿之舉業，不傳陽明、緒山，班
> 班可攷矣。衡較其文，持詳矜重，若未始肆然欲自異於朱氏之學
> 者。……嘉靖中，姚江之書雖盛行於世，而士子舉業尚謹守程朱，
> 無敢以禪竄聖者，自興化華亭兩執政尊王氏學，於是隆慶戊辰「論
> 語程義」首開宗門（自注：破題見下，是年主考李春芳，興化縣
> 人），此後浸淫無所底止，科試文字大半剽竊王氏門人之言，陰詆
> 程朱。〔註21〕

可見當日「守經遵註」之謹嚴，「匪程朱之言弗遵」，是由於朱子編訂四書、二程揭發性理，在經義詮釋體系上反而轉變為六經、諸子之本源〔註22〕。加上有朝廷「一道德」的思想把關，所以即便是王陽明（1472～1529）的經義文，在當日亦需謹守朱註，並於官方刊本《欽定四書文》中特別強調〔註23〕。

（二）多讀書或「以經解經」

除了經註務需熟稔以外，到了明代中葉，文家於詮釋章句經義時，屢屢強調讀書之功。如方苞說「時文乃代聖賢之言，非研經究史，則議論無根據」〔註24〕、「胸中無經籍，縱有好筆，亦不過善作聰明靈巧語耳，一涉議論，

〔註20〕〈科場禁約〉，《日知錄》，中華書局四部備要子部據明胡氏刻本校刊，卷18，頁808。

〔註21〕〈舉業〉，《日知錄》，卷18，頁805～806。

〔註22〕如方苞評陳際泰〈雖有智慧二句〉論及：「四子之書，於古今事物之理無所不包，皆散在六經、諸子、及後世之史冊。明者流觀博覽，能以一心攝而取之，每遇一題即以發明印證。」（《欽定四書文》，《景印文淵閣四庫全書》，台北：商務，1979年，第1451冊，頁492～3。）

〔註23〕如方苞於評王守仁〈詩云鳶飛戾天一節〉特別聲明：「清醇簡脫，理境上乘，陽明制義謹遵先註如此。（《欽定四書文》，頁39。）

〔註24〕評黃淳耀〈得百里之地而君之皆不為也〉，《欽定四書文》，頁498。

非無稽之談，即氣象蕭然，蓋由理不足以見極，詞不足以指實故也」〔註25〕。梁章鉅（1775～1849）也強調作經義文應「以書卷佐之」〔註26〕、「取材浩博」〔註27〕、「無一字無來歷」〔註28〕、標舉「枕經葄史，卓然儒宗，自天文、地理、樂律、兵法、水利、河防、農桑、方技之書，靡不周覽」〔註29〕，如此，甚且可以補正朱子《集註》之不足〔註30〕。

　　詮釋經義固不能不有所依傍，對於其他經籍的融會與借用，雖然在義理上可以有生新的契機，但如此解決卻也往往會喧賓奪主，威脅了經義的純正。我們從後來的相關文獻中，即發現明人經義文對於經籍之閱讀運用，有日漸廣闊、浮濫，甚且一發不可收拾的現象，如《明史》記載：

> 萬曆十五年禮部言：唐文初尚靡麗，而士趨浮薄；宋文初尚鉤棘，而人習險譎。國初舉業有用六經語者，其後引《左傳》、《國語》矣，又引《史記》、《漢書》矣，《史記》窮而用六子，六子窮而用百家，甚至佛經、道藏摘而用之，流弊安窮？

> 弘治、正德、嘉靖初年，中式文字純正典雅，宜選其尤者刊布學宮，俾知趨向。因取中式文字一百十餘篇，奏請刊布以為準則。時方崇尚新奇，厭薄先民矩矱，以士子所好為趨，不遵上指也。啟禎之間文體益變，以出入經史百氏為高，而恣軼者亦多矣；雖數申詭異險僻之禁，勢重難返，卒不能從。〔註31〕

可見明人舉業之運用由經籍始，而史籍，乃至子部及佛道典籍等，恣軼難返；

〔註25〕評陶元淳〈五百年必有王者興一節〉，《欽定四書文》，頁870。

〔註26〕梁章鉅，《制藝叢話》，上海：上海書店，2001年12月，頁413。

〔註27〕《制藝叢話》，頁327。

〔註28〕《制藝叢話》，頁314及頁25。

〔註29〕《制藝叢話》，頁311。

〔註30〕如梁章鉅載及：「『遷於負夏』，《集註》無明文，自當以《史記·五帝本紀》為證。按：《紀》稱『舜耕歷山，漁雷澤，陶河濱，作什器壽丘，就時於負夏』，《集解》鄭氏曰：『負夏，衛地。』此用《禮·檀弓》注也。《索隱》：『就時猶逐時，若言乘時射利也。《尚書大傳》曰：「販乎頓丘，就時負夏」，《孟子》曰「遷於負夏」是也。』此注最明切。孫奭〈疏〉直云遷居，頗嫌率臆。朱子於耕稼陶漁注，既考信太史公，則此或記錄偶遺，而諸家遂略之。惟趙鹿泉此題文，直以《虞書》『懋遷』二字為根據，而以《史記》之文經緯之，而又不襲《貨殖傳》一語，即以小品論，亦是空前絕後之文也。（《制藝叢話》，頁303。）

〔註31〕〈選舉志〉一，《明史》，卷69，頁114。

所以書固是該讀，但應該要再加以規範；經義文家對於讀什麼書，轉為抱持謹慎保留之意見。

為了維繫經義「純正」，當時文家乃開創出「以經解經」的作法，如方苞評八股文時論及瞿景淳：「以經註經，後有作者莫之或易」〔註32〕，又如梁章鉅對於郭韶溪援引《儀禮・士相見禮》解釋《論語・鄉黨篇》之章句，有所謂「以經證經，故不嫌其背注」〔註33〕的觀點，這種構想主要是為了確保經典釋義的純粹〔註34〕。此外，類似的常見說法還有「以史為經」〔註35〕、「鎔經史而鑄偉詞」〔註36〕等；如此詮釋，自然有助於經典詮釋上的互文性，而開發出更為通達的釋義可能。

（三）從「背注」到「聖賢意中所必有」

前已提及，經義文書寫後來形成了「以經證經，故不嫌其背注」的觀念；其實程、朱在註解經書時，原就強調道理優先於經典，道理才是本體，如朱

〔註32〕評瞿景淳〈道也者二節〉，《欽定四書文》，頁 133。

〔註33〕《制藝叢話》，頁 280。

〔註34〕鄭吉雄曾說「利用文獻本身互相釋證是一種『內證』工夫。這種工夫所得出的結論，具有特別堅實的特性，……是經由深探廣泛的原始文獻的內部後，從中激發出一連串獨特的見解。」並認為此一治學方法或思想的源頭，「可以追到清初儒者所提出的『以經釋經』。最早提出『以經釋經』這個觀念的是清初的黃宗羲、萬斯大和毛奇齡等幾位浙東學者，文獻的出處是黃宗羲所撰《萬充宗墓誌銘》、萬斯大《讀禮質疑序》和毛奇齡《西河合集・經集・凡例》等幾處。他們提出：治一部經書，不能只通一部經書，要『通諸經始可通一經』。」（〈論錢穆先生治學方法的三點特性〉，山東大學《文史哲》，2000 年第 2 期，2000 年，頁 22～26。）我們可以從方苞及梁章鉅討論明清經義文的看法得見：「以經證經」、「以經釋經」的口號或許出自清人，但這種解經的新觀念其實於明中葉早已出現於經義文書寫。

〔註35〕《制藝叢話》，頁 138。依經或傍史是寫作經義文的兩種不同進路，如方苞說：「歸、唐皆以古文為時文，唐（順之）則指事類清，曲折盡意，使人望而心開；歸（有光）則精理內蘊，大氣包舉，使人入其中而茫然；蓋由一深透於史事，一兼達於經義也。」（評唐順之〈三仕為令尹六句〉，《欽定四書文》，頁 100）阮元也特別強調「寓經疏、史志于明人法律之中，為近時獨闢之徑，未可以尋常程式比也。」（〈華陂草堂書義序〉，《揅經室集》，中冊，收入楊家駱編《中國文學名著》，第六集第二十七冊，台北：世界書局，1964 年，頁 637～8。）龔鵬程指出古文運動曾經過兩次典範轉移，自韓愈到茅坤為第一階段，典範作品以韓柳歐蘇為主；歸有光以後為第二階段，歸氏虛尊六經，實法《左傳》，屏棄莊騷，高抬太史公，以《左》、《史》替代了韓愈的地位與作用。（龔鵬程，《六經皆文——經學史／文學史》，台北：台灣學生書局，2008 年，頁 162～164）

〔註36〕評方舟〈貨悖而入者二句〉，《欽定四書文》，頁 606。

子說:「經之有解,所以通經。既通經,自無事于解;借經以通乎理耳。理得,則無俟乎經。」〔註37〕因此當明清文家遇到與朱註不同的詮釋可能性時,也能持一開放的心態來看待,往往重視作者的合理創見。〔註38〕這種背離朱註的義理討論,在經義文獻中所在多有,孰為真理?屢屢考驗著讀者與評選官員們的眼界。

於此,考生或者用一種模稜兩可的不安心態以保留新解,如說:「作者於儒先解說,皆覺不安於心,又不敢自異於朱註,故止言此詩得性情之正,而一切不敢實疏」〔註39〕;或者說如此詮釋亦為合理,可以與朱註相比附,例如:「雖仍雅亡舊說,而持之有故、言之成理,文境蒼深,穆然可玩」〔註40〕、「盡洗積習陳因語,與注義正相比附,……精神歷久常新」〔註41〕、「於聖人語太師本旨,亦未見有閡」〔註42〕、「與註意不相背而相足也」〔註43〕;或者甚至於更進一步,認為章句應可容許不同詮釋的可能,比如:「他人皆見不到、說不出,惟沉潛經義而觀其會通,方能盡題之蘊、愜人之心若此」〔註44〕、「學者博觀而詳求之,可知聖賢之言任人紬繹,而義蘊終無窮盡」〔註45〕,主張經典義蘊是無窮無盡的,除了承繼之餘,更有待後人加以創造。

我們從明代經義文的例子中,看到當時經學教育的創造性與活力,經義的內涵在「以經解經」、「融液經史」的權變策略下,從章句閱讀不斷豐富、擴大了經籍(偏限於時代)的思想內容〔註46〕,而這一切,都是基於「聖賢之

〔註37〕《朱子語類》(黎靖德編,北京:中華書局,1994年),第 1 冊,頁 192。

〔註38〕如方苞溢揚熊伯龍〈一介不以與人二句〉曰:「此種名理從來未經人道」(《欽定四書文》,頁 913)又評李光地〈富歲子弟多賴一章〉時,稱其為「前儒未發之覆」(頁 925)。

〔註39〕評陳際泰〈關雎樂而不淫一節〉,《欽定四書文》,頁 354。

〔註40〕評羅萬藻〈王者之迹熄而詩亡〉,《欽定四書文》,頁 534。

〔註41〕評韓菼〈學而時習之一節〉,《欽定四書文》,頁 615。

〔註42〕評陳子龍〈子語魯太師樂曰一節〉,《欽定四書文》,頁 355～6。

〔註43〕評胡定〈逃墨必歸於楊一章〉,《欽定四書文》,頁 196。

〔註44〕評李光地〈詩三百一節〉,《欽定四書文》,頁 619。

〔註45〕評熊伯龍〈先進於禮樂一章〉,《欽定四書文》,頁 702。梁章鉅也有同樣的說法,主張聖賢之義蘊日新又新:「若人論作史者須兼才、學、識三長,余謂制義代聖賢立言,亦須才、學、識兼到。自元代定制,科舉文以四子書命題,以朱子《章句》、《集註》為宗,相沿至今,遂以背朱者為不合式。然聖賢之義蘊日繹之而不窮,文人之心思亦日濬之而不竭,其有與《章句》、《集注》兩歧而轉與古注相符、於古書有證者,未嘗不可相輔而行。」(《制藝叢話》,頁8～9)

〔註46〕經學體系的轉化,與中唐以降古文運動之用世是互為一體的。林慶彰說:

言任人紬繹，而義蘊終無窮盡」的通達觀念。

經典之能夠被詮釋，經典之所以需要詮釋，也是因為「通儒之心思日出其有」〔註47〕，每個時代都可以對經典重新提問，找到解答；每個時代也都需要有通儒「聚經史之精英，窮事物之情變」，閱讀經典以因應時變，則「義皆心得，言必己出」。唯其如此，後世之讀經者、經籍文本、與聖賢之深心，才有可能融合契合、「三位一體」；使道統得以根深葉茂，薪火傳續。

五、朝未來開放的經典教育

以明代科舉文章施行經典教育與詮釋為例，我們看到了章句如何為學子們所熟習？經書體系如何融合會通？乃至於體貼聖人之心、在經學框架下，容許後世提出合時、合理的見解。所謂「傳統」，在「傳」其「統」，並非只是一個靜態封閉的名詞而已，其中不僅有學（知識面的經書）、更有人（聖賢之心、歷代傳述者）存焉。

「面對時局之變，經學所以會消亡。」這是一個習見的誤解，事實上，如以經學史之發展來看，經學生命力的展現，往往卻是因為有「時局之變」，才得以開啟了樞紐。例如林慶彰在論及我國經學發展的規律時，曾特別提出一個問題：「經典研究每數百年會出現一次回歸原典，何以如此？」他並舉了

「唐代後期的經學，表現了下列數種傾向：其一，逐漸拋脫注疏學的典範，以己意說經，時人視為『異儒』或『異說』。其所以異，並非標新立異，炫己揚才，而是想探求聖人思想的本意，此點可稱為一種『回歸原典的運動』。其二，對漢人傳承下來的經書，開始懷疑其作者的可靠性，篇章順序不合聖人本旨，經中字句有脫誤、經中史事不正確，進而對經書中闕佚的部分加以彌補，並視漢儒為『迂儒』。此點可說是宋代反漢學，疑經改經的先導。其三，由於藩鎮勢力強大，中央政府羸弱，導致亡國。所以當時研究《春秋》的學者都強調君臣之義，宋代以後，如孫復……等，都是承襲了啖助、趙匡、陸淳一系的思想。其四，自李翱韓愈表彰《中庸》、《大學》、《易傳》、《論語》、《孟子》等書，以建構本土化的心性論，並以《大學》的『八德目』來強調內聖外王，經世致用的重要性，以彰顯佛教捨離世界的不合理；入宋以後，程頤表彰《大學》、《中庸》，朱子更將之與《論語》、《孟子》合稱為《四書》，則宋代理學立論所根據的基本典籍和論點，晚唐的韓愈、李翱等人，皆已先提出矣。」（〈漢代後期經學的新發展〉），《中國經學史論文選集》，台北：文史哲，1992年，頁676）林氏以韓愈復古運動之重辭主張，將經典以文學閱讀之方式重新加以詮釋，視之為經學上的「回歸原典運動」。而回歸經典文本，以己意代孔孟說經（所謂「代聖立言」），就是明清經義文的最大特徵。

〔註47〕《制藝叢話》，頁257。

唐中葉以來的回歸原典為例，說明古文運動韓柳所提出的「道統」，與唐宋之際的疑經改經現象，主要皆是為了因應南北朝以來佛學興盛之挑戰。〔註48〕而當日時變劇烈，經學既有凋敝崩潰之虞，卻也同時更訂、融會與擴大了新的論學格局，遂成就程朱理學之建構，以《四書》取代了《六經》。（今日民間講讀經教育，所取資者多為宋明《四書》系統，與大學裡泰半以考究《六經》為主題，又可見其區別。）

要言之，對於經典熟習該算是基本功，對於聖賢傳統有所體認、對於時代趨嚮能夠深思，才算是完整的經典教學。經典教育不該只是復古，也要有開新、致用的創造活力。

提及時代趨嚮，對於「現代化社會下經學存在的必要性」？這也是今日講經學教育者時常面臨的質疑；受限於本篇論題與框架，無法深論之，於此僅舉新儒家學者劉述先的說法為例。

對於我國傳統經學發展，劉氏係服膺牟宗三對於儒家哲學的三大分期：

（一）先秦：以孔、孟、荀為代表。

（二）宋明：以周、張、程、朱、陸、王為代表。

（三）當代：以熊十力先生開出的當代新儒家的統緒：唐（君毅）、牟（宗三）、徐（復觀）為代表。

我們在前文已說過，宋明經學的興起，主要是因應佛學東傳的文化衝擊，這也就是牟、劉對於第二期的主要論題；至於新儒家第三期傳統思想所要因應或消化的，自然就是西方哲學思想的競爭與洗禮。

於此，劉述先援引了史威德勒（Leonard Swidler，1929～）「對話時代（Age of Dialogue）」的觀點，說明直到十九世紀，西方的真理觀念還大體是絕對的、靜態的和獨白式的，但不斷演化為非絕對的、力動的和對話式的。這種新真理觀念發展出六種相關的思潮：1. 歷史主義（Historicism）；2. 意向性（Intentionality）；3. 社會學（Sociology of Knowledge）；4. 語言的限制（Limits of Language）；5. 詮釋學（Hermeneutics）；6. 對話（Dialogue），有待我們去參與時代對話〔註49〕。

〔註48〕林慶彰，《中國經學發展的幾種規律》，《經學研究集刊》，高雄：高雄師範大學經學研究所，第七期，2009年11月，頁107～116。

〔註49〕從這個時代趨嚮來看，王財貴等民間組織主張讀經以《論語》為先，確實有其卓見。《論語》與其他經典之不同，正在於其中有許多對話與行動意態，這也是明代經義文「代聖立言」的教學觀點，此一觀點當可追溯到宋代理學家

　　劉述先又舉了方東美（1899～1977）的批評觀點，說明傳統儒家哲學與西方哲學對話時，確乎表現出一種不同的型態：西方哲學往往以邏輯實證論割裂了知識與價值，但儒家傳統卻是把知識與價值當作不可分割的整體看待，因此儒家傳統學術將有助於修補西方哲學之不足，新儒家需在多元架構的預設下，積極與其他精神傳統對話。

　　融攝到傳統的經學架構，劉述先深化了宋明理學家「理一分殊」的思考，他認為：超越的「理一」絕非儒家的獨有，全球倫理的追求即指明了各不同精神傳所指向的乃是一超越這些傳統的「理一」，全球應在不廢「分殊」的前提之下，進行多元互濟的對話，對修養功夫、知識與價值有一通貫的理解。中國思想，特別是儒家傳統，從來就視修養功夫、知識價值為一體，而拒絕將其互相割裂。這樣的思想在「分殊」方面不足，故必須吸納西學以開拓學統。我們看到近代西方思想發展到當代不免分崩離析、漏洞百出，知識分子重新嚮往通貫的統觀與共識，像懷德海、柏格森、過程神學都給予現代學界重大的啟發。〔註50〕

　　因此，讀經並非抱殘守缺，今日重新講求經學之格局與活力，也必然是因應現代社會病癥的一帖良藥。

六、結　語

　　本篇走筆至此，持論頗失駁雜，行當收束，茲將淺陋心得略事條列如次，以祈就教於學界先進：

　　（一）讀經涉及了三個層面：首先是聖賢（作者）的原義、其次則是經書（文本）的章句、最終則是後起學者（述者）的詮釋。

　　（二）經典具有一種本質性的、永恆的智慧，能夠貞定生命的價值。這些智慧實來自於偉大的心靈與生命經驗。

　　（三）讀經者應該相信在經籍之前原有聖賢存焉，讀經因而是一種「尚友古人」的投射與對話，閱讀經典往往體悟到生命主體與文明傳統的延續性。

　　　對於「孔顏樂處」的探討，請參考拙作《明清經義文體探析》，上冊，收入曾永義主編，《古典文學研究輯刊》（台北縣：花木蘭文化出版社，2010 年 9 月），初編第 22 冊，頁 166。

〔註50〕此處請參見劉述先，〈跨文化研究與詮釋問題舉隅〉，《儒家哲學的典範重構與詮釋》（台北：萬卷樓，2010 年 4 月），頁 75～89。

（四）台灣經典教育的兩個層面：一是學術界將經學知識化、標本化，其問題在於與生命脫節；此外，民間讀經教育將經典神物化，則失於玄秘。今日講讀經，我們應該在情意與知識之間，有所權衡。

（五）經典之取材與定義並非一成不變，不可拘泥；我國核心經典由《六經》轉為《四書》，而《四書》之詮釋系統又由程朱理學轉向陸王心學。

（六）我們從明代經義文的例子中，看到傳統經學教育的創造性，讀者從章句熟習中深化了經籍的思想內容，義理的活水主要來自於對聖賢心地之體會。

（七）每個時代都可以對經典重新提問，找到解答。後世之讀經者、經籍文本、與聖賢之深心，才有可能「三位一體」，使道統得以薪火傳續。

（八）經典教育應該重視開新與致用，傳統學說之不足，應採納西學以彌補，然我國經典亦有助於修復西學之割裂，當是因應現代社會病態的一帖良方。

七、重要參考文獻

（一）古　籍

1. 《欽定四書文》，《景印文淵閣四庫全書》，第 1451 冊，台北：台灣商務，1979 年。

2. 《宋史》，《景印文淵閣四庫全書》，第 282 冊，同上。

3. 《元史》，《景印文淵閣四庫全書》，第 293 冊，同上。

4. 《朱子語類》，黎靖德編，北京：中華書局，1994 年。

5. 《榕村語錄》，李光地，北京：中華書局，1995 年。

6. 《制義叢話》，梁章鉅，上海：上海書店，2001 年 12 月。

（二）專　書

1. 《西湖》，蔣夢麟，台北：白華書店，1986 年。

2. 《國史大綱》，錢穆，台北：國立編譯館，1990 年 3 月修訂 17 版。

3. 《中國經學史論文選集》，林慶彰，台北：文史哲，1992 年。

4. 《文學理論導讀》，Terry Eagleton 著，吳新發譯，台北：書林，1993 年 4 月。

5. 《二十世紀西方文論選》，朱立元、李鈞主編，北京：高等教育出版社，2002 年 6 月。

6. 《中國經典詮釋傳統：（一）通論篇》，黃俊傑編，台北：喜瑪拉雅基金會，2002 年 6 月。

7. 《儒家經典詮釋方法：（二）儒學篇》，李明輝編，台北：喜瑪拉雅基金會，2003 年 7 月。

8. 《經典與解釋的張力》，劉小楓、陳少明編，上海：上海三聯書店，2003 年 10 月。

9. 《六經皆文──經學史／文學史》，龔鵬程，台北：台灣學生書局，2008 年。

10. 《儒家哲學的典範重構與詮釋》，劉述先，台北：萬卷樓，2010 年 4 月。

11. 《明清經義文體探析》，上冊，收入曾永義主編，《古典文學研究輯刊》，台北縣：花木蘭文化出版社，初編第 22 冊，2010 年 9 月。

12. 《現代學術視域中的民國經學──以課程、學風與機制為主要觀照點》，車行健著，台北：萬卷樓，2011 年 9 月。

（三）期刊論文

1. 葉國良，〈八股文的淵源及其相關問題〉，《台大中文學報》，台北：台灣大學中國文學系，第六期，1994 年 6 月，頁 39〜58。

2. 鄭吉雄，〈論錢穆先生治學方法的三點特性〉，山東大學《文史哲》，2000 年第 2 期，2000 年，頁 22〜26。

3. 林慶彰，〈中國經學發展的幾種規律〉，《經學研究集刊》，高雄：高雄師範大學經學研究所，第七期，2009 年 11 月，頁 107〜116。

4. 黃懷秋，〈大衛·特雷西的經典理論〉，《輔仁宗教研究》新北市：輔仁大學宗教系，第 23 期，2011 年秋，頁 41〜68。

守經、用經與背經
——試論明代經義文如何解經

提　要

　　過去經學史研究者常認為明代經學「至為衰微」、「五經掃地，至此而極」，事實上，我們若從明清經義（即八股文）等過去被「漢學眼光」摒棄的文獻來觀察，不但可以考見明代中葉以後經籍詮釋之變化生新，而且此一路數還可能旁及更多經學材料、與不同層次的學術面相。

　　本篇試圖指陳明代經義文解讀經書的三大階段：從「守經遵註」、到「以經解經」、再到「聖賢意中所必有」的「背經」新觀點。進一步討論明代經義文如何在這樣的解經趨勢下，不斷提昇詮釋者的主體地位，造就了經義的分歧競爭，並發展出指涉時政的用世關懷。

關鍵詞：經義，八股文，明代經學

一、明代經學研究價值的重新評估

　　乾嘉迄今，經學研究的主流向來被認為是「正名實、通訓詁」的考據學，又受到五四以來的觀念所限，輕忽社會層面之教育影響及科舉制度，且視明清經義（八股）文體徒具形式，如此一來，對於明清的經學研究也只能聚焦於考據學議題上。2003 年，林慶彰先生主編了《五十年來的經學研究》，條理出台灣過去的經學研究成績，單論經學史方面的研究情形，據陳恆嵩的結語提及：「就經學發展時代來說，以往大部分集中在漢、宋兩代的情形，

而被視為經學中衰的魏晉南北朝及積衰的明代，兩個階段的經學衰微，學者都視為缺乏研究價值，因而成果也極少。」〔註1〕

研治明代經學時，有一條線索應該是顯而易見的，張廷玉等在編訂《明史》時曾經總結前代經術曰：「有明諸儒，衍伊洛之緒言，探性命之奧旨，錙銖或爽，遂啟歧趨，襲謬承訛，指歸彌遠。至專門經訓授受源流，則二百七十餘年間，未聞以此名家者。經學非漢唐之精專，性理襲宋元之糟粕，論者謂科舉盛而儒術微，殆其然乎！」〔註2〕清人即已論斷明代：「經學非漢唐之精專，性理襲宋元之糟粕」，並間接指出經學勢微（「儒術微」）與科舉之間的重要關聯性。近期龔鵬程《六經皆文——經學史／文學史》、與蔡長林《從文士到經生——考據學風潮下的常州學派》兩本論著，也分別從文人經說、經學內部強調：明清經學與科舉制度、官學教育間有密不可分的關係〔註3〕。

〔註1〕林慶彰，《五十年來的經學研究》（台北：臺灣學生書局，2003年），頁319。明代經學積衰的看法，顧炎武、朱彝尊、皮錫瑞及馬宗霍等學者，皆曾持論。可另詳李威熊〈明代經學發展的主流與旁支〉，收入林慶彰、蔣秋華主編之《明代經學國際研討會論文集》（台北：中研院文哲所，1996年），頁77～92。

〔註2〕《明史》，卷282，列傳第170，《儒林》一。

〔註3〕如龔書說：「古文運動以後，文人作文，以昌明聖道為職志，文章本來就要宗經徵聖；科舉考試，又要考經義、試文章，兩者是宋元明整個社會上士人主要勢力及精力所萃，而恰好集經義與文學為一體，只不過，在發揮經義與道理時，又深受宋代理學之影響。在這種情形下，大趨勢、大環境流行著的就是帶有理學氣味的文人經說。細分，則說經者有文學性的解經人，也有教人以科舉作經義文的人。這些人及著作，既是文學，也是經學的。／因此，我們說晚明經學漸盛並不意味著前此經學就不盛了，而是晚明有發展著上述脈絡的（如馮夢龍就是），也有反對的（如錢牧齋）。入清以後，同樣是如此。直到乾嘉，擴大發展了反對的那一路，既反宋學，又反科舉經說，也反對文學式解經（如鍾惺之評點），於是辭章義理與考證正式分途。雖然如此，但我們只要脫離乾嘉樸學的觀點，就可以發現科舉說經之風仍如明代之舊；帶有理學氣味的文人經說，以及帶有時文氣味、文以載道的古文也仍舊在桐城派等身上可以看到。／這個新的文學史脈絡，才能真正解釋宋元明清諸朝經學、道學、文學之間的關係。它們的關係，基本上又是文學的。道學奠定地位，維持聲勢，靠的是科舉試經義與四書文；經學被鑽研，如梅之煥說其鄉之所以成為麟經淵藪，也是靠科舉試經義；而經義與四書文即是文章。要把這種文章作好，經學與道學便須講求，既須探其義，亦須玩其辭。後來清初經世文風或再晚一點的桐城派「義法」說，皆自此流行而下。」（《六經皆文：經學史／文學史》，頁153）蔡書說：「在漢學考據之外，出於科舉之途的博雅文人傳統，也是理解清代文化與學術內涵的重要側面，亟待眾人之發掘。」（《從文士到經生——考據學風潮下的常州學派》，台北：中央研究院

　　蔡長林在研究桂文燦《經學博采錄》時，發現乾嘉道咸時期漢學的擴散與傳播，與科舉考試有不可分割的密切關係。大陸學者羅檢秋討論清代漢學傳統時，認為「清代考據學之所以遠逾前代，與漢學話語的形成、盛行分不開」，充分認識到利用漢學價值觀武裝起來的考據學風潮的擴散所帶來的學術效應。〔註4〕透過漢學在學術場域與政治場域的話語權爭奪，考據學不僅影響到幾代學人之間的治學方式及其學術評論的立場；同時也影響到科舉程式以及書院教學內容的轉變；甚至文人自我身分之認同（為文士、或經生？）也在考據風潮吹襲下，隨之動搖。蔡氏對於當代的經學研究有如下反省：

> 換言之，我們理解的學術史其實是由取得話語權的勝利者所書寫，在自以為掌握到學術真理（漢學）與學術方法（考據學）的映照下，許多在價值、方法乃至表現形式上與之牴觸的學術行為，並未進入其視野之內。……不用提眾多科舉文人的學術作為，往往在考據學者「非學問」的忽視中，沉埋於故紙堆裡，無法成為共譜學術歷史的重要內容。這樣的學術價值觀，這樣的學術史書寫模式，在觀照面上其實存在著很大的局限性。……

> 所以，就作為現代學者的觀察來看，個人認為考據學風潮對現當代學術史視野的最大制約，應是對傳統文人社群在學術意義上的遮蔽。即使到了二十一世紀，我們的學術史視野仍未能超越二十世紀初期前輩學者所設定的框架，因為我們仍然以考據學為基準點，來設定對清代學術的認識；而我們對清代經學的研究，也大抵是在上述的認識基礎上所進行的。

引文所論，其實何限於清代學術？學界之研究明代經學，仍復是沿襲這套陳

　　　中國文哲研究所，2010年，頁13）

〔註4〕請參見蔡長林，〈《從文士到經生──考據學風潮下的常州學派》導言〉，《中國文哲研究通訊》（台北：中央研究院中國文哲研究所，第20卷第1期，2010年3月），頁70～71。又據艾爾曼的研究，他發現清朝實行科舉制度時，雖仍以試四書五經之宋學建立政權合法性，「然而文化上的層面卻益發反映出當時在清儒中十分普遍的漢宋學之爭，滿清視此二者皆不具政治破壞性。於是在太平天國（1850~64）以前，我們有證據相信，科舉制度本身正在進行緩慢但卻重要的內容及方向二者之內在改變，即使此制度依然是以政治及社會方式產生儒家士大夫的主要政治制度。」（艾爾曼 B. A. Elman 著，張琰譯，〈清代科舉與經學的關係〉，《清代經學國際研討會論文集》，台北：中央研究院中國文哲研究所，1994年，頁101）

舊的框架來取擇判斷。陳恆嵩指出，過去經學史研究者認為明代經學「至為衰微」、「五經掃地，至此而極」，直到林慶彰先生發表了〈晚明經學的復興運動〉，大家才知道乾嘉考據學的興盛、漢學之「復興」，應該推溯至明代中葉〔註5〕。事實上，我們若從明清經義等過去被「漢學眼光」摒棄的文獻來觀察，也可以考見明代中葉經典詮釋之開展，而且此一路數還可能旁及更多經學材料、與不同層次的學術面相。

我們有沒有可能從明代科舉文章中，找尋到可供經學研究的材料，或建立起某些經學議題的架構呢？答案是肯定的。明代經義文這些解經材料及解經方式，正可與我們目前以考據學為視域的經學成果互相參照。

二、研治經學的兩種門徑

清人批評明代學術：「經學非漢唐之精專，性理襲宋元之糟粕」，引言中其實寓有另一層價值判斷：「經學」唯漢唐可稱精專，「性理」則為宋元以來的糟粕，把漢唐經學與宋元以來的性理之學加以對舉。事實上，我國悠久的經學傳統裡原本就具有兩種解經策略，於此不妨參考清人劉熙載的看法：

> 漢桓譚徧習《五經》，皆訓詁大義，不為章句，於此見義對章句而言也。至經義取士，亦有所受之。趙岐《孟子題辭》云：「漢興，孝文廣遊學之路，《孟子》置博士。訖今諸經通義得引《孟子》以明事，謂之博文。」唐楊瑒奏有司試帖明經，不質大義，因著其失。宋仁宗時，范仲淹、宋祁等奏言有云：「問大義，則執經者不專於記誦矣。」合數說觀之，所以用經義之本意具見。〔註6〕

明白指出漢代以來，即存有「大義」與「章句」的兩種治經方式〔註7〕。這種治經策略的論辯，且往往是在國家教育或科舉制度層次上來討論。

即以明清科舉解經的文獻資料考察，清人管世銘曾提及此期經義「代言」的寫法，更高於朱子以前之傳註解經：

〔註5〕詳《五十年來的經學研究》（台北：臺灣學生書局，2003年），頁278。

〔註6〕劉熙載：〈經義概〉，《藝概》（收入《劉熙載論藝六種》，徐中玉、蕭華榮整理，四川：巴蜀書社，1990年6月），頁174。

〔註7〕皮錫瑞《經學歷史》說：「治經必宗漢學，而漢學亦有辨。前漢今文說，專明大義微言；後漢雜古文，多詳章句訓詁。章句訓詁不能盡饜學者之心，於是宋儒起而言義理。」也是把大義微言與章句訓詁加以對舉。關於漢代的章句之學，請參詳林慶彰〈兩漢章句之學重探〉（《中國經學史論文選集》上冊，頁277～297，台北：文史哲出版社，1992年），其概念與訓詁又未必相同。

前人以傳註解經，終是離而二之。惟制義代言，直與聖賢為一，不得不逼入深細。且《章句》、《集傳》本以講學，其時今文之體未興，大註極有至理明言，而不可以「入語氣」，最宜分別觀之。設朱子之前已有時文，其精審更當不止於是也。〔註8〕

明清經義的詮釋方法，頗近似桓譚所謂之「訓詁大義」，但又受到程朱理學的影響〔註9〕。

此外，黃俊傑也指出傳統儒家解經以求「道」有兩種方法：一種是透過文字訓詁以疏證經典；另一種則是《孟子》所謂「以意逆志」的解經方法，訴諸解經者個人生命的體認，其讀經乃建立在所謂「興式思維方式」之上。〔註10〕

至少在明代經學的研究上，我們應該考慮如何跳脫以「章句」及「文字訓詁」為主的既有框架，因為此一框架顯然是清代乾嘉以來的「復古／反動觀點」，未必是明人視域中的「經學觀點」〔註11〕；至於乾嘉以來的視域所限，我們也該有所反省。

三、明代經義文如何詮釋經籍

明清時期盛行五百多年的經義文（八股文），其文體定制於明初，風行於清代。這種新興文體不但發展出繁複的寫作技法，其解經時所重新萃取、建構之義理層面，實具有經典詮釋學的研究價值。考明清經義之文體規定，據

〔註8〕 梁章鉅，《制藝叢話》（上海：上海書店，2001年12月），頁19。
〔註9〕 筆者曾經指出明清經義文「代聖立言」的規約，係源本於理學家「尋孔顏樂處」的意趣，請參考拙著《明清經義文體探析》（台北縣：花木蘭文化，2010年）。
〔註10〕黃俊傑：《中國經典詮釋傳統（一）：通論篇》（台北：喜瑪拉雅基金會，2001年），頁419～431。
〔註11〕此處不妨參考龔鵬程的說法：「友人寄了韓國陽明學者鄭齊斗的《霞谷集》來，翻開卷十七《經學集錄》，講的是什麼？上編：天之道、道之用、道之體、性之德、性之道、達道達德；中編：性命一理、物我一性、事物止一、一貫大小、本來一理、博約為仁、大中時中；下編：知能、知行、精一、明誠、誠道合、忠恕、修己安人、仁一體。可見當時人論這些知行誠仁問題時，本自認為即是經學。清初人反對宋明，認為經被宋明人講岔了，所以要重新講經學。可是他們為了強調自己才是真正的經學家，自己才擁有了解經典本義的方法，竟把經學與理學切割開來，把理學說得好像就不是經學似的，豈非大悖於歷史真相乎？」（《六經皆文——經學史／文學史‧自序》，台北：臺灣學生書局，2008年，頁VI～VII）

《明史・選舉志》載：

> 科目者，沿唐宋之舊而稍變其試士之法，專取《四子書》及《易》、
> 《書》、《詩》、《春秋》、《禮記》五經命題試士，蓋太祖與劉基所定。
> 其文略仿宋經義，然代古人語氣為之，體用排偶，謂之「八股」，通
> 謂之「制義」。〔註12〕

　　可見此文體悉「沿唐宋之舊」而逐漸成熟，在行文格式上，因為承襲於歷來應制文體，不免受到唐代律賦、試帖詩，宋代的文賦及經義文之影響，而有破題及偶對長股的寫法；在應試經典的內容及作法方面，明清八股文「專取《四子書》及《易》、《書》、《詩》、《春秋》、《禮記》五經命題試士」，且與宋代經義文強調上述經書需「以文解釋，不必全記注疏」〔註13〕的命題精神一致。

　　八股文因與闡釋經典義理有關，又實承襲於宋代的經義文體而來，故明清人即以「經義」名之，如劉熙載於〈經義概〉開宗明義說：

> 經義試士，自宋神宗始行之。神宗用王安石及中書門下之言定科舉
> 法，使士各專治《易》、《詩》、《書》、《周禮》、《禮記》一經，兼《論
> 語》、《孟子》。初試本經，次兼經大義，而經義遂為定制。其後元有
> 「四書疑」、明有「四書義」，實則宋制已試《論》、《孟》、《禮記》，
> 《禮記》已統《中庸》、《大學》矣。
>
> 今之「四書文」，學者或並稱「經義」。《四書》出於聖賢，聖賢吐辭
> 為經，以經尊之，名實未嘗不稱。
>
> 為經義者，誠思聖賢之義宜自我而明，不可自我而晦，則為之自不
> 容苟矣。〔註14〕

劉氏介紹了此體淵源、及科考內容，其所謂「為經義者，誠思聖賢之義宜自我而明」，可以看到從中唐以降古文家如韓愈〔註15〕、理學家如二程、朱子等

〔註12〕〈選舉志〉二，《明史》，《景印文淵閣四庫全書》，第298冊，卷70，頁115。
〔註13〕呂祖謙，《類編皇朝大事記講義》（收入《宋史資料彙編》，台北：文海，1981年，第4輯），卷16，頁617。
〔註14〕劉熙載，〈經義概〉，《藝概》（收入《劉熙載論藝六種》，徐中玉、蕭華榮整理，四川：巴蜀書社，1990年6月），頁164。
〔註15〕韓愈提出「文以貫道」的理想，他的文學觀明顯具有一種儒學價值重整的企圖；且昌黎所處之中唐，恰是「哲學突破」的艱難時代。韓愈在文學與思想上之洞見皆很可觀；就其刻苦創發的「古文」而言，在當日實為一種前所未

人所屢屢言之的道統。

　　宋代以來這些科舉文獻與經學之關係，葉國良曾經指出其重要性：「將之放在儒學資料的脈絡中考察，我們將發現經義文、八股文很像宋代某些不事訓詁、發抒經旨的經學著作，如張栻的《南軒論語解》等，而一篇經義往往可視為一二句經文的注。……儒學研究者除了經部書、儒家子書外，集部議論文（包括經義與八股文）也應當列入考察的範圍。」〔註16〕雖然如此，可惜因為受到五四運動以來學界對於八股文的偏見，相關研究實乏人問津。

　　明代經義文對於經籍的解讀／改寫，正好展現了經典「文本」的深化。方苞曾經指出明代科舉文章經歷過「恪遵傳注」，到「融液經史」，繼之為書寫形式的完熟，進而為「窮思畢精，務為奇特」的不同階段：

> 明人制義，體凡屢變。自洪永至化治，百餘年中，皆恪遵傳注，體會語氣，謹守繩墨，尺寸不踰。至正嘉作者，始能以古文為時文，融液經史，使題之義蘊隱顯曲暢，為明文之極盛。隆萬間兼講機法，務為靈變，雖巧密有加，而氣體茶然矣。至啟禎諸家，則窮思畢精，務為奇特，包絡載籍，刻雕物情，凡胸中所欲言者，皆借題以發之。
> 就其善者，可興可觀，光氣自不可泯。〔註17〕

方氏引文中透露的變化所在，正關注於經典傳注與詮釋主體之間的消長。經義文體變化的同時，可以具見明人發展出不同的解經態度，下面略分三點論之。

（一）對於經註之恪遵

　　經義文從宋代創制以來，便屢見「一道德」之主張，如王安石說：「今人

　　　有的嶄新文類，然昌黎自稱此種短篇散文為「師（古人）其意，不師其辭」，並欲以如此載體表述「堯以是傳之舜，舜以是傳之禹，禹以是傳之湯，湯以是傳之文、武，文、武以是傳之周公、孔子，書之於冊，中國之人世守之。」（〈送浮屠文暢師序〉，《韓昌黎文集校注》，台北：華正，1986年，頁148）的道統觀。此種文道合一的觀念，後來深刻影響了明清的文壇。韓愈等人開啟了宋代反漢學「疑經改經」的作風，可參林慶彰〈唐代後期經學的新發展〉，《東吳文史學報》，第八期（1990年3月），頁159～163。

〔註16〕〈八股文的淵源及其相關問題〉，《台大中文學報》，第六期，1994年6月，頁56～57。

〔註17〕《欽定四書文》，（《文淵閣四庫全書》，第1451冊，台北：台灣商務，1979年），頁3。經義文之詮釋衍異至「務為奇特」，此所以當日有「八股盛而六經微」的憂慮（《制藝叢話》，頁24）。

才乏少，且其學術不一，議論紛然，不能一道德故也。」〔註18〕為求「一道德」的落實，王氏更主張所試經文大義，須先由國家頒定統一標準，以利考校，因此曾頒行其所編著之《三經新義》以為準繩。到了元人科考四書時，又皆律之以朱子《集註》〔註19〕為立論依據。

明清科舉之經義，亦是以孔孟程朱為宗，如顧炎武說：

> 國家以經術取士，自五經、四書、二十一史、《通鑑》、《性理》諸書而外，不列於學官，而經書傳注又以宋儒所訂者為準，此即古人罷黜百家、獨尊孔氏之旨。〔註20〕

認為八股文之詮釋經義，應依據「五經、四書、二十一史、《通鑑》、《性理》諸書」為範，且需以宋儒傳注做準則，始得古人「罷黜百家、獨尊孔氏」之正統。顧氏又提及這種道統守成的文體規範，一直要到隆慶間始生變化：

> 國初功令嚴密，匪程朱之言弗遵也，蓋至摘取良知之說，而士稍異學矣。然予觀其書，不過師友講論，立教明宗而已，未嘗以入制舉業也。其徒龍谿（王畿）、緒山（錢德洪），闡明其師之說而過焉，亦未嘗以入制舉業也。龍谿之舉業，不傳陽明、緒山，班班可攷矣。衡較其文，持詳矜重，若未始肆然欲自異於朱氏之學者。……嘉靖中，姚江之書雖盛行於世，而士子舉業尚謹守程朱，無敢以禪竄聖者，自興化華亭兩執政尊王氏學，於是隆慶戊辰「論語程義」首開宗門（自注：破題見下，是年主考李春芳，興化縣人），此後浸淫無所底止，科試文字大半剽竊王氏門人之言，陰詆程朱。〔註21〕

可見當日「守經遵註」之謹嚴，「匪程朱之言弗遵」，是由於朱子編訂四書、二程揭發性理，在經義詮釋體系上反而轉變為六經、諸子之本源〔註22〕。加上

〔註18〕〈選舉一〉，《宋史》，《景印文淵閣四庫全書》，第 282 冊，第 716 頁。
〔註19〕《元史‧選舉志》載：「考試程式，蒙古、色目人，第一場經問五條，《大學》、《論語》、《孟子》、《中庸》內設問，用朱氏章句集注，其義理精明，文詞典雅者為中選。……漢人、南人，第一場明經經疑二問，《大學》、《論語》、《孟子》、《中庸》內出題，並用朱氏章句集注，復以己意結之，限三百字以上。」（〈選舉一〉，《元史》，《景印文淵閣四庫全書》，第 293 冊，第 553～4 頁。）
〔註20〕〈科場禁約〉，《日知錄》，卷 18，頁 808。
〔註21〕〈舉業〉，《日知錄》，卷 18，頁 805～6。
〔註22〕如方苞評陳際泰〈雖有智慧二句〉論及：「四子之書，於古今事物之理無所不包，皆散在六經、諸子、及後世之史冊。明者流觀博覽，能以一心攝而取之，每遇一題即以發明印證。」（《欽定四書文》，頁 492～3。）

有朝廷「一道德」的思想把關，所以即便是王陽明的經義文，在當日亦需謹守朱註，並於官方刊本《欽定四書文》中特別強調〔註23〕。

我們也可以從《欽定四書文》的評點中，發現他們對於「守經遵註」的重視，一篇八股文章是否寫得好，掌握住章句義理之命脈？往往在於註意是否被理解與發揮了。如評語曰：

> 融會註意，抒寫題神，落落大方，無纖側之態。〔註24〕

> 會通上下數節，清出題緒，而以實理融貫其間，可謂善發註意。〔註25〕

> 玩註中「全體之分、萬殊之本」八字，則大德、小德原不是直分兩截。……文能細貼註意，發揮曲暢。〔註26〕

> 肖題立格，依註作疏，氣體高閎，肌理縝密，前代會元諸墨，當以此為正軌。〔註27〕

> ……前幅融會程子之言，及朱子圈外註意，極為明快。〔註28〕

> 朱子論求放心之旨，是此題註腳，……通篇發揮此意，語語精切，細若繭絲。〔註29〕

> 「立」字註訓：道成於己而可為民表。此文於身字、道字交關處，說得親切，立字精神意象俱躍躍紙上矣。可見四書名理，非能者不知疏濬。〔註30〕

> 照註補出「性」字，疏題典要，確不可易，其體直方以大，真經解也。〔註31〕

可見註意之精熟，往往是理解或詮釋命題章句的前提。

〔註23〕如方苞於評王守仁〈詩云鳶飛戾天一節〉特別聲明：「清醇簡脫，理境上乘，陽明制義謹遵朱註如此。」（《欽定四書文》，頁39。）
〔註24〕評儲在文〈康誥曰如保赤子一節〉，《欽定四書文》，頁599。
〔註25〕評王樵〈故君子不可以不修身一節〉，《欽定四書文》，頁150。
〔註26〕評歸有光〈小德川流二句〉，《欽定四書文》，頁156。
〔註27〕評鄧以讚〈生財有大道一節〉，《欽定四書文》，頁207。
〔註28〕評魏大中〈生之謂性一章〉，《欽定四書文》，頁306。
〔註29〕評徐念祖〈我欲仁斯仁至矣〉，《欽定四書文》，頁675。
〔註30〕評章世純〈修身則道立〉，《欽定四書文》，頁465。
〔註31〕評丘濬〈父子有親五句〉，《欽定四書文》，頁53。

（二）多讀書或「以經解經」

除了經註務需熟稔以外，到了明代中葉，文家於詮釋章句經義時，更屢屢強調讀書之功。如方苞說「時文乃代聖賢之言，非研經究史，則議論無根據」〔註32〕、「讀書多，則義理博而氣識閎，有觸而發者，皆關係世教之言」〔註33〕、「胸中無經籍，縱有好筆，亦不過善作聰明靈巧語耳，一涉議論，非無稽之談，即氣象蕭然，蓋由理不足以見極，詞不足以指實故也」〔註34〕。梁章鉅也強調作經義文應「以書卷佐之」〔註35〕、「取材浩博」〔註36〕、「無一字無來歷」〔註37〕、標舉「枕經葄史，卓然儒宗，自天文、地理、樂律、兵法、水利、河防、農桑、方技之書，靡不周覽」〔註38〕，如此，甚且可以補正朱子《集註》之不足〔註39〕。

詮釋經義固不能不有所依傍，對於其他經籍的融會與借用，雖然在義理上可以有生新的契機，但如此解法卻也往往會喧賓奪主，威脅了經義的純正。我們從後來的相關文獻中，即發現八股文對於經籍之閱讀運用，有日漸廣闊、浮濫，甚且一發不可收拾的現象，如《明史》記載：

> 萬曆十五年禮部言：唐文初尚靡麗，而士趨浮薄；宋文初尚鉤棘，而人習險譎。國初舉業有用六經語者，其後引《左傳》、《國語》矣，又引《史記》、《漢書》矣，《史記》窮而用六子，六子窮而用百家，甚至佛經、道藏摘而用之，流弊安窮？
>
> 弘治、正德、嘉靖初年，中式文字純正典雅，宜選其尤者刊布學宮，

〔註32〕評黃淳耀〈得百里之地而君之皆不為也〉，《欽定四書文》，頁498。

〔註33〕評黃淳耀〈子產聽鄭國之政一章〉，《欽定四書文》，頁531。

〔註34〕評陶元淳〈五百年必有王者興一節〉，《欽定四書文》，頁870。

〔註35〕《制義叢話》，頁413。

〔註36〕《制義叢話》，頁327。

〔註37〕《制義叢話》，頁314及頁25。

〔註38〕《制義叢話》，頁311。

〔註39〕如梁章鉅載及：「『遷於負夏』，《集註》無明文，自當以《史記·五帝本紀》為證。按：《紀》稱『舜耕歷山，漁雷澤，陶河濱，作什器於壽丘，就時於負夏』，《集解》鄭氏曰：『負夏，衛地。』此用《禮·檀弓》注也。《索隱》：『就時猶逐時，若言乘時射利也。』《尚書大傳》曰『販乎頓丘，就時負夏』，《孟子》曰『遷於負夏』是也。』此注最明切。孫奭〈疏〉直云遷居，頗嫌率臆。朱子於耕稼陶漁注，既考信太史公，則此或記錄偶遺，而諸家遂署之。惟趙鹿泉此題文，直以《虞書》『懋遷』二字為根據，而以《史記》之文經緯之，而又不襲《貨殖傳》一語，即以小品論，亦是空前絕後之文也。」（《制義叢話》，頁303。）

俾知趨向。因取中式文字一百十餘篇,奏請刊布以為準則。時方崇
尚新奇,厭薄先民矩矱,以士子所好為趨,不遵上指也。啟禎之間
文體益變,以出入經史百氏為高,而恣軼者亦多矣;雖數申詭異險
僻之禁,勢重難返,卒不能從。〔註40〕

可見明人舉業之運用由經籍始,而史籍,乃至子部及佛道典籍等,恣軼難返;
其所讀書本之不同,又如明末顧咸正所臚列:

昔之文盛未極也,而甚難;今之文盛極矣,而反易,何以故?……

且昔之讀書者,自六經而外,多讀《左傳》、《國策》、《史記》、《漢
書》、漢唐宋諸大家及《通鑑綱目》、《性理》諸書,累年莫能究,而
其用之於文也,乃澹澹然無用古之跡,故用力多而見功遲;

今之讀書者,只讀《陰符》、《考工記》、《山海經》、《越絕書》、《春
秋繁露》、《關尹子》、《鶡冠子》、《太玄經》、《易林》等書,卷帙不
多,而用之於文也,無不斑斑駁駁,奇奇怪怪,故用力少而見功速。

此今昔為文難易之故也。〔註41〕

博涉群書原來是為了理解經義,後來卻轉變為以「炫奇」俾取功名,如此對
於經書之本義,更是一種斲傷。

所以書固是該讀,但應該要再加以規範;經義文家對於讀什麼書,轉為
抱持謹慎保留之意見。如劉熙載認為:

厚根柢,定趨向,以窮經為主。秦、漢文取其當理者,唐、宋文取
其切用者。制義宜多讀先正,餘慎取之。

他文猶可雜以百家之學,經義則惟聖道是明,大抵不離天地之常經,
古今之通義也。然觀王臨川〈答曾子固書〉云:「讀經而已,則不足
以知經。」此又見羣書之宜博也。〔註42〕

便主張「惟聖道是明」,不宜駁雜百家之學。

為了維繫經義「純正」,八股文家也提出「以經解經」的作法,如方苞評
八股文時論及瞿景淳:「以經註經,後有作者莫之或易」〔註43〕,又如梁章鉅
對於郭韶溪援引《儀禮・士相見禮》解釋《論語・鄉黨篇》之章句,有所謂

〔註40〕〈選舉志〉一,《明史》,卷69,頁114。
〔註41〕《制藝叢話》,頁23。
〔註42〕〈經藝概〉,《劉熙載論藝六種》,頁175。
〔註43〕評瞿景淳〈道也者二節〉,《欽定四書文》,頁133。

「以經證經，故不嫌其背注」〔註44〕的觀點，這種構想主要是為了確保經典釋義的純粹〔註45〕。此外，類似的常見說法還有「以史為經」〔註46〕、「鎔經史而鑄偉詞」〔註47〕等；如此詮解，自然有助於經典詮釋上的互文性，而開發出更為通達的釋義可能。

（三）從「背經」到「聖賢意中所必有」

前已提及，八股文書寫後來形成了「以經證經，故不嫌其背注」的觀念；其實程、朱在註解經書時，原就強調道理優先於經典，道理才是本體，如朱子說：「經之有解，所以通經。既通經，自無事于解；借經以通乎理耳。理得，則無俟乎經。」〔註48〕因此，當明清文家遇到與朱註不同的詮解可能性時，也能持一開放的心態來看待，如方苞說：「學識定然後下語不可動搖，匪是而逞辨，必支離無當，即墨守註語，亦淹淹無生氣也。」〔註49〕就同樣

〔註44〕《制藝叢話》，頁280。
〔註45〕鄭吉雄曾說「利用文獻本身互相釋證是一種『內證』工夫。這種工夫所得出的結論，具有特別堅實的特性，……是經由深探廣泛的原始文獻的內部後，從中激發出一連串獨特的見解。」並認為此一治學方法或思想的源頭，「可以追到清初儒者所提出的『以經釋經』。最早提出『以經釋經』這個觀念的是清初的黃宗羲、萬斯大和毛奇齡等幾位浙東學者，文獻的出處是黃宗羲所撰《萬充宗墓誌銘》、萬斯大《讀禮質疑序》和毛奇齡《西河合集‧經集‧凡例》等幾處。他們提出：治一部經書，不能只通一部經書，要『通諸經始可通一經』。」（〈論錢穆先生治學方法的三點特性〉，山東大學《文史哲》，2000年第2期，2000年，頁22～26。）我們可以從方苞及梁章鉅討論明清經義文的看法得見：「以經證經」、「以經釋經」的口號或許出自清人，但這種解經的新觀念其實於明中葉早已出現於經義文書寫。
〔註46〕《制藝叢話》，頁138。依經或傍史是寫作經義文的兩種不同進路，如方苞說：「歸、唐皆以古文為時文，唐（順之）則指事類情，曲折盡意，使人望而心開；歸（有光）則精理內蘊，大氣包舉，使人入其中而茫然；蓋由一深透於史事，一兼達於經義也。」（評唐順之〈三仕為令尹六句〉，《欽定四書文》，頁100）阮元也特別強調「寓經疏、史志于明人法律之中，為近時獨闢之徑，未可以尋常程式比也。」（〈華陔草堂書義序〉，《揅經室集》，中冊，收入楊家駱編《中國文學名著》，第六集第二十七冊，台北：世界書局，1964年，頁637～8。）龔鵬程指出古文運動曾經過兩次典範轉移，自韓愈到茅坤為第一階段，典範作品以韓柳歐蘇為主；歸有光以後為第二階段，歸氏虛尊六經，實法《左傳》，屏棄莊騷，高抬太史公，以《左》、《史》替代了韓愈的地位與作用。（龔鵬程，《六經皆文——經學史／文學史》，台北：台灣學生書局，2008年，頁162～164）
〔註47〕評方舟〈貨悖而入者二句〉，《欽定四書文》，頁606。
〔註48〕《朱子語類》（黎靖德編，北京：中華書局，1994年），第1冊，頁192。
〔註49〕評黃淳耀〈桃應問曰一章〉，《欽定四書文》，頁567。

主張「學識定然後下語不可動搖」，更優於淹淹無生氣的「墨守註語」；此外，八股文家往往重視作者的合理創見。〔註50〕

八股文家梁章鉅曾經舉了一個生動的例子，他說到鄉里傳聞：

> 吾鄉傳有應童試者素能文，題為「臧文仲居蔡」，通篇俱以「蔡」為陳蔡之蔡，已謄完全卷。有鄰號一童素相善，閱其文大驚曰：「汝文大誤，朱注云『蔡，大龜也』，何竟忘之乎？」本人乃如夢初覺，急提筆續其末行云：「或曰『蔡，大龜也』，是說也，吾不之信。」學使賞其文，亦得入泮。〔註51〕

可見朱註之遵守與否，並不是僵化的規定。如果文章精彩，有其見識、理據，未必不能獲雋。

這種背離朱註的義理討論，在經義文獻中所在多有，孰為真理？屢屢考驗著讀者與評選官員們的眼界。

於此，考生或者用一種模稜兩可的不安心態以保留新解，如說：「作者於儒先解說，皆覺不安於心，又不敢自異於朱註，故止言此詩得性情之正，而一切不敢實疏」〔註52〕；或者說如此詮釋亦為合理，可以與朱註相比附，例如：「雖仍雅亡舊說，而持之有故、言之成理，文境蒼深，穆然可玩」〔註53〕、「盡洗積習陳因語，與注義正相比附，……精神歷久常新」〔註54〕、「於聖人語太師本旨，亦未見有閡」〔註55〕、「與註意不相背而相足也」〔註56〕；或者甚至於更進一步，認為題目下皆可容許不同詮釋的可能，比如：「他人皆見不到、說不出，惟沉潛經義而觀其會通，方能盡題之蘊、愜人之心若此」〔註57〕、「翻轉出一番新意，正復題中所應有也，此種最足益人神智」〔註58〕、「學者博觀而詳求之，可知聖賢之言任人紬繹，而義蘊終無窮

〔註50〕如方苞評揚熊伯龍〈一介不以與人二句〉曰：「此種名理從來未經人道」（《欽定四書文》，頁913）又評李光地〈富歲子弟多賴一章〉時，稱其為「前儒未發之覆」（頁925）。

〔註51〕《制藝叢話》，頁449。

〔註52〕評陳際泰〈關雎樂而不淫一節〉，《欽定四書文》，頁354。

〔註53〕評羅萬藻〈王者之迹熄而詩亡〉，《欽定四書文》，頁534。

〔註54〕評韓菼〈學而時習之一節〉，《欽定四書文》，頁615。

〔註55〕評陳子龍〈子語魯太師樂曰一節〉，《欽定四書文》，頁355～6。

〔註56〕評胡定〈逃墨必歸於楊一章〉，《欽定四書文》，頁196。

〔註57〕評李光地〈詩三百一節〉，《欽定四書文》，頁619。

〔註58〕評金聲〈侍於君子有三愆一節〉，《欽定四書文》，頁431。《制藝叢話》中亦

盡」〔註59〕，主張經典義蘊是無窮無盡的，除了承繼之餘，更有待後人加以創造。

方苞嘗提及明人此種經義新詮的變化，是「八股中不可不開之洞壑」，他認為：

> 制科之文，至隆萬之季，真氣索然矣，故金、陳諸家，聚經史之精英，窮事物之情變，而一於四書文發之，義皆心得，言必己出，乃八股中不可不開之洞壑也。……夫程子《易傳》切中經義者無幾，張子《正蒙》與程、朱之說即多不合，但以持之有故，言之成理，故並垂于世。金、陳之時文，豈有異于是乎？〔註60〕

方氏很大膽地揭出理學家之說法各殊，「切中經義者無幾」，以為例證。八股文也同樣不能無別，論者沒有必要退守既有的僵化註解，詮釋上只要能夠「持之有故，言之成理」、「義皆心得，言必己出」，便得以與時偕行，「並垂于世」。

梁章鉅在面對這問題時，則提及「文章體格有盡，而義理日出不窮，是以李厚菴、韓慕廬、方百川、望溪諸先生專於義理求勝，復能各開生面，卓然成家。而識力透到，往往補傳注所不及。……程、朱可作，亦必急許其深於經法，而舍己以從之也。」〔註61〕強調義理日出不窮的創造性，「往往補傳注所不及」，本屬必然之事。即便程、朱復起，亦必推許其經義上的深化。

經典之所以能夠被詮釋，經典之所以需要詮釋，也是因為「通儒之心思日出其有」〔註62〕，每個時代都可以對經典重新詮釋，找到解答；每個時代也都需要有通儒「聚經史之精英，窮事物之情變」，其發為切合時變之文，則「義皆心得，言必己出」。唯有如此，道統才得以在變局中薪火傳續，不

屢見此類說法，如：「洵有是題不可無是作矣」（頁258）、「為此題不可少文字」（頁283）、「雖當年未必盡然，亦可以備一解」（頁310）。

〔註59〕評熊伯龍〈先進於禮樂一章〉，《欽定四書文》，頁702。梁章鉅也有同樣的說法，主張聖賢之義蘊日新又新：「昔人論作史者須兼才、學、識三長，余謂制義代聖賢立言，亦須才、學、識兼到。自元代定制，科舉文以四子書命題，以朱子《章句》、《集註》為宗，相沿至今，遂以背朱者為不合式。然聖賢之義蘊日繹之而不窮，文人之心思亦日濬之而不竭，其有與《章句》、《集注》兩歧而轉與古注相符、於古書有證者，未嘗不可相輔而行。」（《制藝叢話》，頁8～9）

〔註60〕評金聲〈德行一節〉，《欽定四書文》，頁386～7。

〔註61〕《制藝叢話》，頁257～8。

〔註62〕《制藝叢話》，頁257。

知其盡也。

四、關於用經與用世

前面提及，明人經義文之轉譯原典，原以恪遵經註為規範，然而到了正德、嘉靖年間，卻開始出現一種新的解經觀念與作法，所謂「融液經史」的詮釋學變革。可以這樣說，八股文書寫從「守經遵註」演化至「融液經史」，其實正如古文宗主韓愈昔年所論的，是一種「師其意，不師其辭」、「自樹立，不因循」的自信表現〔註63〕，強調主體對於經籍的消化生新。

此期作品之融液經史，如方苞評唐順之曰：

> 就《語》、《孟》中取義，而經史事迹無不渾括，此由筆力高潔，運用生新。〔註64〕

標舉其行文「渾括」了經史事迹，特別稱譽其「運用生新」。又如其評歸有光云：

> 義則鎔經液史，文則躋宋攀唐，下視辛未諸墨，皆部婁矣。〔註65〕
>
> 化治以前，先輩多以經語詁題，而精神之流通、氣象之高遠，未有若茲篇者。學者苦心探索，可知作者根柢之淺深。三百篇語，漢魏人用之即是漢魏人氣息；漢魏樂府古詩，六朝人用之即是六朝人音節。觀守溪、震川之用經語，各肖其文之自己出者，可悟文章有神。〔註66〕

這邊也提到了「用經」〔註67〕的觀念，認為歸氏解經文章「精神之流通、氣象之高遠」，更高於前期之「恪遵傳註」，為「明文之極盛」。這樣的解經

〔註63〕韓愈〈答劉正夫書〉：「或問：『為文宜何師？』必謹對曰：『宜師古聖賢人。』曰：『古聖賢人所為書具存，辭皆不同，宜何師？』必謹對曰：『師其意，不師其辭。』……若聖人之道不用文則已，用則必尚其能者，能者非他，能自樹立，不因循者是也。」（《韓昌黎文集校注》，馬通伯校注，台北：華正，1986年，頁121～122）唐宋古文運動原是一種對於秦漢經典的重新詮釋，在書寫上本就強調「不師其辭」、「不因循」；就這一點來看，正嘉八股文「融液經史」之精神，與古文運動對於經典傳統之消化創造是一致的。

〔註64〕評唐順之，〈君子喻於義一節〉，同前註，頁98。

〔註65〕評歸有光，〈生財有大道一節〉，同前註，頁82。

〔註66〕評歸有光，〈大學之道一節〉，《欽定四書文》，頁75。

〔註67〕關於該怎麼「用經」，方苞的看法是：「文有合用傳註者，亦須鎔化，不可直寫。」（評顧清，〈子謂韶盡美矣二句〉，《欽定四書文》，頁19。）也就是以詮釋主體為第一序，經典傳注次之，這種經典詮釋觀念還可以追溯到程朱理學。

觀念，重視詮釋時的精神、氣象，是來自於程朱理學與古文運動之共同影響（「學行繼程朱之後，文章在韓歐之間」）。

又據顧炎武《日知錄》記載：「林文恪公（材）《福州府志》云：『……楊、金二學士皆文章宿老，蔚為儒宗，尚默乃能必之二公若合符節，何哉？當是時也，學出於一，上以是取之，下以是習之，譬作車者不出門，而知適四方之合轍也。正德末，異說者起，以利誘後生，使從其學，毀儒先，詆傳注，殆不啻弁髦矣。由是學者俀俀然莫知所從，……欲道德一、風俗同，其必自大人不倡游言始。』」〔註68〕引文中林氏的說法很值得留意，他認為八股「毀儒先，詆傳注」之「異說」紛起，係從正德末年開始的，再比照於方苞所標舉的唐順之、歸有光，二人皆於嘉靖期間登第，這恰好可以佐證正嘉期間經義文對於經籍詮釋之新興變革，此種解經態度也造成了「異說」紛起，使得「學者俀俀然莫知所從」。

經義文如此詮釋／利用經籍，則勢必產生三方面的影響：首先是經典傳注既有「神聖性」的下降，形成文本詮釋的多義性；其次則是詮釋主體地位的上升，「滿街都是聖人」〔註69〕；最後則是以經籍章句「用世」的功能性。以下試分別論之。

（一）經典意義的歧出與競爭

關於第一點，明代正嘉以後在經籍詮釋上的多義性，也就是受到「融液經史」、「用經」觀念的直接影響，其實與後來進一步發展的考證學不可能無關。

前面我們提及明中葉以後，經義文開始出現了複雜的詮釋策略，有「以經證經」、「融經液史」，乃至旁及各式典籍所引發之「背經」討論。即以方苞收錄《欽定四書文》的保守拘謹，尚可見到當日引用如：《左傳》、《國語》、《戰國策》、《周官》、先秦《韓非子》、《管子》、《荀子》、《史記》、董仲舒、賈誼、晁錯、杜詩、唐宋八大家（尤其是蘇、曾、歐陽）、宋五子書、及元人春秋說等。這些典籍材料的廣泛運用，也代表了程、朱權威的動搖，因此經義文家如方苞或說：「與註意不相背而相足也」〔註70〕，或說「……聚經

〔註68〕《制藝叢話》引，頁230。
〔註69〕此為王艮語，見陳榮捷，《王陽明傳習錄詳註集評》，台灣學生書局，1983年，頁357。
〔註70〕《欽定四書文》，《文淵閣四庫全書》，頁1451～196。

史之精英，窮事物之情變，而一於四書文發之，義皆心得，言必己出，乃八股中不可不開之洞壑也。……夫程子《易傳》切中經義者無幾，張子《正蒙》與程、朱之說即多不合，但以持之有故，言之成理，故並垂于世。金、陳之時文，豈有異于是乎？」〔註71〕如梁章鉅說：「昔人論作史者須兼才、學、識三長，余謂制義代聖賢立言，亦須才、學、識兼到。自元代定制，科舉文以四子書命題，以朱子《章句》、《集註》為宗，相沿至今，遂以背朱者為不合式。然聖賢之義蘊日繹之而不窮，文人之心思亦日濬之而不竭，其有與《章句》、《集注》兩歧而轉與古注相符、於古書有證者，未嘗不可相輔而行。」〔註72〕一方面故可窺見明人於經學詮釋之開放心態，另一方面則是其義理系統正處於劇烈的消化與重整。

如此，滲透了各式經籍史料子集文獻等等寫作的經義篇章，實際上是思想系統龐雜而行文風格紛陳的。蘇翔鳳於《甲癸集》自序中，曾提及其選編啟禎經義文時之困難：「……然而服是劑者，亦難矣。蓋名理精於江右，經術富於三吳，而談經濟、論性情皆擅其長，大力之沈摯，千子之謹嚴，文止之修潔，正希之樸老，大士之明快，彝仲之精實，臥子之爽亮，陶菴之愷切，伯祥之古奧，維節之孤峭，長明之幽秀，二張之典麗精碩，歐黎之淡遠清微，登顛造極者指不勝屈。而其所言者，大之化育陰陽、興亡治亂、綱常名教、性命精微，小之及鳥獸草木之情、飲食居處之節，凡三才所有，無不晰其神明，得其情狀。故不通六經本末者，不能讀也；不熟諸史得失者，不能讀也；不深於周、程、張、朱之語錄以得聖賢立言大義者，不能讀也；不審於春秋戰國之時勢以得聖賢補救深心者，不能讀也；不徧觀於諸子百家以悉其縱橫變幻者，不能讀也；不推於人情物態以辨其強弱剛柔、悲喜離合之故者，不能讀也。不然，仍以字句求之，以為不合於今日有司之程而驚異焉，譬之狗彘遇飲食之腐敗者而甘之，設有膏粱則不知其味矣。吾願學者無以狗彘故習，而污先哲名文也。」〔註73〕從這裡我們可以看到，經學內容在經義文方面的複雜艱深，也可以具見經學從明中葉以降是如何交融衍異、乃至不同詮釋體系之間的對話與競爭。〔註74〕

〔註71〕《欽定四書文》，《文淵閣四庫全書》，頁 1451-386～387。
〔註72〕《制義叢話》，頁 8～9。
〔註73〕引見《制藝叢話》，頁 35～39。
〔註74〕可以參考拙作〈試論王船山的經義觀點與書寫〉，《明清經義文體探析》（台北縣：花木蘭文化，2010 年），下冊，頁 365～396。

　　再者，即以前述經義文來看其內容，事實上也不乏對於傳注的考據發明，梁章鉅的《制義叢話》中即記錄了經義寫作如何在清初漸漸攙入了漢學的內容〔註75〕，我們也可以從當時的記載中，看見閻若璩與江永常以經籍考證來闡述章句。他們不僅在自己的經義文中，寫出對於經句的考證心得，也常常大量引用前此知名的明代經義篇章，作為辯證其經義解釋上的文獻依據〔註76〕。

（二）文人經說的視角

　　再者，關於詮釋主體地位的上升，從詮釋主體來談經學，顯然也是一個新興而重要的學術現象〔註77〕。我們大致可以從前述龔鵬程《六經皆文——經學史／文學史》、與蔡長林《從文士到經生——考據學風潮下的常州學派》等相關論述中，嘗試建構文人經說的研究視角。論及明清學術史，如果我們從文士階層來考察，當會理出全然不同的脈絡，例如龔氏說：

> 過去我們講清朝學術史，是以「漢宋之爭」的架構去看那個時代，殊不知宋學在乾隆間並無大師，也無法對講經學或漢學者提出什麼反擊，對經學考證之道，更不嫻熟，無法參與到他們的話語系統裡去。文人則不然。無論姚鼐、紀昀或袁枚哪一類人，都是能入室操戈的。看出漢學家的毛病、平衡其尊漢黜宋之偏，其實還得靠這些文人。後來在道咸同光間，反省漢學之弊的一些見解，其實也早見於這些文人議論中。
>
> 這些文人本身又多有經學著述或意見。此類篇什，實係整體乾隆年間經學成績之一部份。論乾隆年間經學發展者，也不應忽視這一部份。事實上，這一部份之質量也不比專業經學家遜色。
>
> 若再由趨勢上說，則我要說：清朝的經學，其實正是文人經說的發展，專業經生只是在整體發展趨勢中出現的一個小支脈，乾嘉吳皖

〔註75〕《制義叢話》，頁28。
〔註76〕這部分記載散見於《制義叢話》卷四、卷十四及卷十五。
〔註77〕關於明中葉以後文人主體意識之崛起，可以參考鍾彩鈞、楊晉龍所主編的《明清文學與思想中之主體意識與社會·學術思想篇》（台北：中研院文哲所，2004年）。饒宗頤認為明代經學家最大的毛病在於「妄改及作偽」（〈明代經學的發展路向及其淵源〉，收入林慶彰、蔣秋華主編之《明代經學國際研討會論文集》（台北：中研院文哲所，1996年），頁7），其實也與明代經典詮釋者的主體意釋凌駕經典攸關。

二派之後，這一部份就仍然回歸於文人治經之傳統。〔註78〕
說明過去聚焦於「漢宋之爭」的框架未必合理，而欲收編乾嘉吳皖考據學派
於文人經說之脈絡下，回到文人治經大傳統。龔書尤不欲以「文士」或「經
學」二分之刻板概念，藉此或標榜或排除部分文獻，以免支離。他於書中反
省現代治學分化的現象，往往強化了我們將史料強加分類的誤解：

> 民國以後學科分化已成趨勢，博雅通人漸少而專家狹士寖夥。文學
> 與經學之分尤其嚴重，喜歡辭章的人，輒以考據為苦；研經之士，
> 亦往往質木無文。而且大家對自己不懂或不擅長的東西毫無敬意，
> 彼此不了解對方也看不起對方，漸漸地竟成一常態。目前我們的學
> 界，其實就是如此的，海峽兩岸皆然。……我們說某人為辭章之士，
> 或某人為經學家，在清朝均僅能大體言之，很多人是很難只歸入某
> 一類的。而文人之治經術者則尤多，縱或其經學為文名所掩，我們
> 也不應只從辭章之士的角度去看他。〔註79〕

龔氏指出明清學術史應以「文人與經學合一」、「博雅通人」的文儒為本，這
誠然是一個重要的歷史現象。可惜過去我們常常誤以後代學科分化的視域去
研究相關課題，反而受限於自己問題意識的狹隘，結果僅能從有限的經學專
著中，理不清明代經學的種種現象。至少就明清文集、雜著、以及經義這些
文獻材料而言，應該是有助於學界對於文人治經的理解。

（三）明代經義文之用世關懷

饒宗頤曾經提及明代經學「治經儘量避開名句文身的糾纏，而以大義為
先，從義理上力求心得，爭取切身受用之處，表面看似蹈虛，往往收到行動
上預期不到的實效。」〔註80〕其實就明代經義文而言，我們也確實可以看到
這種致用的關懷。

例如啟禎時期八股文有一個非常重要的現象，就是作者經常以古寓今，
借題以攄發胸臆。〔註81〕蘇翔鳳選啟、禎文，其《甲癸集》曰：「諸君子以

〔註78〕〈乾隆年間的文人經說〉，《六經皆文——經學史／文學史》，頁363。
〔註79〕〈乾隆年間的文人經說〉，《六經皆文——經學史／文學史》，頁331～332。
〔註80〕饒宗頤，〈明代經學的發展路向及其淵源〉，收入林慶彰、蔣秋華主編之《明代經學國際研討會論文集》（台北：中研院文哲所，1996年），頁15～22。
〔註81〕方苞稱啟禎經義文「窮思畢精，務為奇特，包絡載籍，刻雕物情，凡胸中所欲言者，皆借題以發之。」（〈進四書文選表·凡例〉，《方望溪全集》，「集外文」卷二（台北：河洛圖書出版社，1976年3月），頁286。）又說此期文章

六經深其義，以《史》、《漢》廣其氣，以宋儒端其範，以兵農禮樂之志明其用，以得失是非之故大其識，以參觀典藏長其悟，以博覽雜記益其慧，固與先正所尚畧同。而其時廟堂之上，門戶相角，婦寺擅權，忠良僇辱，作者感末運之陵微，抒所懷之憤激，故其質堅剛，其鋒銳利，三百年元氣發揮殆盡，此起衰金石也。」〔註82〕即指出當時經義寓有憫時憂國之憤激感慨。

《欽定四書文》中相關的記載亦為數不少，例如方苞於評點提及：

> 實情實事，皆作者所目擊，宜其言之痛切也。自趙夢白借題以摹鄙夫之情狀，啟禎諸家效之，一時門戶及吏治民情，皆可證驗，足使觀者矜奮。〔註83〕

> 相傳同時某人有講色取行違之術，以欺世而得重名者，故言其情狀，語皆刺骨，蓋痛憤所寄，不得已而有言也。〔註84〕

> 借題以攄胸中之鬱積，橫空而來，煙波層疊。〔註85〕

> 借題攄發胸臆，剴切之旨出以蘊藉風流，在作者稿中不可多得。〔註86〕

指出從萬曆趙南星〔註87〕以後，這種影射時局、「借題以攄胸中之鬱積」的寫法，已為「諸家效之」，使得經義文幾乎寓有幾分「詩史」的味道，雖曰為「痛憤所寄，不得已而有言也」，然而「一時門戶及吏治民情，皆可證驗，足使觀者矜奮」。

　　啟禎經義此種「借古諷今」的作法，使得經典詮釋上顯得更具有用世的功能性，文評家轉而說「聖言深遠」、「聖人之言無不包蘊」，強調經典的普遍性，例如：

「悲時憫俗」，或許即是指這種「借題以攄發胸臆」的作風，方氏說：「制科之文，至隆萬之季，真氣索然矣，故金、陳諸家，聚經史之精英，窮事物之情變，而一於四書文發之，義皆心得，言必己出，……故于兩家之文，指事類情，悲時憫俗，可以感發人心，扶植世教者，苟大意得則畧其小疵，并著所以存之之故，使學者無迷於祈嚮焉。」（評金聲，〈德行一節〉，《欽定四書文》，頁386～7）

〔註82〕《制藝叢話》，頁35～39。

〔註83〕評黃淳耀，〈孟子之平陸一章〉，《欽定四書文》，頁502～3。

〔註84〕評金聲，〈夫聞也者一節〉，《欽定四書文》，頁399。

〔註85〕評陳際泰，〈季康子問仲由一節〉，《欽定四書文》，頁373。

〔註86〕評羅萬藻，〈位卑而言高一節〉，《欽定四書文》，頁544。

〔註87〕趙南星，字夢白，又字儕鶴，高邑人，萬曆甲戌進士，吏部尚書，謚忠毅。

雖似別生枝節,然聖人之言無不包蘊,凡有關世道之論,因題以發
之,皆可以開拓後學之心胷也。〔註88〕

聖言深遠,數百載以後學者流弊包括無遺。作者胸中具有後世事跡,
用以闡發題蘊,言簡義閎,蒼然之色、淵然之光,不可逼視。〔註89〕

中舉其體,後及其用,上自伊周,下逮韓忠獻、李文靖事蹟,畢見
於尺幅中。〔註90〕

另一面,卻也指出這種隱括了時政於義理的寫法,有體有用,不僅可以「開
拓後學之心胷」,而且更能由「後世事跡」來證成「聖言深遠」。這樣的作法,
自然也是明中葉以來「用經」觀念的進一步推衍,經義作家從經典的文本出
發,轉化為對於當朝時政的針砭。〔註91〕

五、結 論

綜合以上所述,本論文對於明代經義文如何解經,於此可以做個簡單的
結語。乾嘉迄今,經學研究的主流向來被認為是「正名實、通訓詁」的考據
學,因此學界對於明人經學之評價是相當貶低的。然近期龔鵬程《六經皆文
——經學史/文學史》、與蔡長林《從文士到經生——考據學風潮下的常州學
派》兩本論著,分別從文人經說、經學內部強調此期經學與科舉制度間有密
不可分的關係。

如果我們從過去被大家棄置不論的明代經義文來看,當時文人對於經籍
的解讀/改寫,正好展現了經典文本的深化歷程。例如方苞曾經指出明代這
些科舉文章經歷過「恪遵傳注」,到「融液經史」,繼而有「窮思畢精,務為奇
特」的不同階段。

此期經義文值得關注之處,尤其在於明代中葉「融液經史」的詮釋方
法,強化且擴大了經書的背景知識體系,所謂「以經證經,故不嫌其背注」、

〔註88〕評陳子龍,〈孟公綽一節〉,《欽定四書文》,頁408。
〔註89〕評陳際泰,〈群居終日一節〉,《欽定四書文》,頁419。
〔註90〕評陳際泰,〈惟大人為能格君心之非〉,《欽定四書文》,頁530。
〔註91〕蔡長林也提到:「與考據門徑大不相同的是,此類文士之所以博綜涉獵經史百
　　　家,泰半出於應付科舉考試之需求,而不見得是出於對學問純粹的興趣;他
　　　們當然重視經典,不過其經學或學術見解強調的是運用性,故多發於詞章策
　　　論之中,而非汲汲探求經注詁經之正解。對他們來說,運用經典的『論』經,
　　　比學術研究的『解』經要實際得多了。」(《從文士到經生——考據學風潮下
　　　的常州學派》,台北:中央研究院中國文哲研究所,2010年,頁14)

「鎔經史而鑄偉詞」等新觀念的提出，既有助於經典詮釋上的互文性，開發出更為通達的釋義可能，卻也造成了義理的分歧。經典義蘊因此變為開放性文本，所謂：「學者博觀而詳求之，可知聖賢之言任人紬繹，而義蘊終無窮盡」，等同主張經典義蘊是無窮無盡的，除了承繼之餘，更有待後人加以創造。

經義文如此詮釋／利用經籍，於明代形成了三個層面的影響：首先是經典傳注既有「神聖性」瓦解，形成文本詮釋的多義性；其次是詮釋主體的地位提升，「滿街都是聖人」；最後則是借寓經籍章句以「用世」的寫作現象。

我們有沒有可能從明代這些經義作品中，找尋到可供經學研究的材料，或建立起某些經學議題的架構呢？答案顯然是肯定的。